HAYMON verlag

Edith Kneifl

Glücklich, wer vergisst

Kriminalroman

Gedruckt mit freundlicher Unterstützung
des Landes Oberösterreich und der Kulturabteilung der Stadt Wien

HAYMON verlag
Innsbruck-Wien
www.haymonverlag.at

ISBN 978-3-85218-585-9

Umschlag- und Buchgestaltung:
Kurt Höretzeder, Büro für Grafische Gestaltung, Scheffau/Tirol
Coverfoto: Mauritius Images

Gedruckt auf umweltfreundlichem,
chlor- und säurefrei gebleichtem Papier.

„Der Mensch kann immer etwas aus dem machen,
was man aus ihm macht.“
J. P. Sartre

für Silvia

Prolog

Der Rosenwind hatte nachgelassen. Der Tag neigte sich dem Ende zu.

Als am frühen Abend das Wasser wieder zu einer spiegelnden Fläche wurde und man den Grund des Sees nicht nur erahnen, sondern auch sehen konnte, stand sie allein auf einem hölzernen Steg.

Sie ging in die Knie, tauchte ihre Hände in das kühle Nass. Dann sprang sie hinein. Schwamm weit hinaus, ließ sich auf dem stillen Wasser treiben. Kraulte erst knapp vor Einbruch der Dunkelheit zurück ans Ufer.

Sie kletterte die wackelige Leiter des Steges hinauf, wickelte das Handtuch um ihren kindlichen Körper, griff nach Jeans und Sweater und ging zum Bootshaus, das völlig im Dunkeln lag.

Als sie nur mehr ein paar Schritte entfernt war, nahm sie den Lichtschimmer hinter den halb geschlossenen Fensterläden wahr. Neugierig schlich sie näher, stellte sich auf die Zehenspitzen und spähte durch den Spalt.

Das alte Ruderboot wurde von einer Kerze schwach beleuchtet. Schemenhaft zeichneten sich zwei Gestalten im Boot ab.

Plötzlich vernahm sie eigenartige Geräusche: Leises Wimmern, Schluchzen, ein unterdrückter Schrei: „Nein, bitte nicht ...“ Die folgenden Worte gingen im Plätschern der Wellen unter.

Das Wimmern wurde lauter: „Hör auf, du tust mir weh!“

Sie zitterte, kreidebleich im Gesicht. Vorsichtig öffnete sie die Tür des Bootshauses.

Das erste, was sie sah, war der nackte, pickelige Hintern eines Mannes. Sein Rücken verdeckte zur Hälfte das Gesicht und die rotblonde Haarpracht einer Frau. Die Flamme der Kerze erleuchtete ihre vor Angst und Schmerz weit aufgerissenen Augen.

Es dauerte ein paar Sekunden, bis sie begriff, was sich hier abspielte. Ihre Freundin lag auf dem Rücken, den Kopf an die Bank gelehnt. Der Mann kniete über ihr und bewegte seinen Hintern auf und ab. Seine Finger kneteten die kleinen prallen Brüste.

Das Gefühl von Hilflosigkeit verstärkte ihre Panik. Sie fing einen Blick ihrer Freundin auf. Aus ihren Augen sprachen Verzweiflung und Ohnmacht zugleich.

Um nicht lauthals zu schreien, biss sie sich auf die Unterlippe und schloss dann leise die Tür hinter sich. Sie wollte davonlaufen, doch ihre Füße schienen im feuchten Gras zu kleben. Weinend und nur mit dem Handtuch bekleidet verließ sie schließlich den Badeplatz.

Abends ging sie nicht zum Konzert im Schloss. Sie legte sich ins Bett, ließ aber die Lampe auf ihrem Nachtkästchen an. Ihre Augen waren vom vielen Weinen gerötet. Hektische rote Flecken machten sich auf ihren Wangen breit. Sie sah krank aus. Leise Klaviermusik drang in ihr Zimmer.

Kurz nach Mitternacht, als die letzten Gäste das Schloss längst verlassen hatten, klopfte jemand an ihre Tür. Sie rührte sich nicht.

„Verdammt, mach auf! Ich weiß, dass du nicht schläfst."

Aus Angst, die laute Stimme könnte ihre Eltern wecken, öffnete sie.

Ihre Freundin stand, nur mit einem kurzen Hemdchen bekleidet, das lange Haar total zerzaust, in der Tür und fauchte sie an: „Schwör mir auf der Stelle, dass du keinem Menschen erzählen wirst, was du heute gesehen hast. Schwöre es beim Leben deines Vaters. Er soll tot umfallen, wenn du etwas verrätst."

Entsetzt hob sie zwei Finger der rechten Hand zum Schwur und schloss wortlos wieder die Tür.

1. Kapitel

„Wir müssen sofort an den Attersee fahren. Deine Halbschwester steht unter Mordverdacht." Die Stimme meines Vaters triefte vor Theatralik.

„Bist du jetzt am helllichten Tag schon besoffen?", fauchte ich in den Hörer.

„Es ist eine Tragödie!"

Die einzige Tragödie sind schauspielernde Väter. Ich sagte es nicht laut.

„Du hast kriminalistisches Gespür und außerdem eine tolle Verbindung zur Wiener Kriminalpolizei. Du musst uns helfen!"

Er sprach von „uns". Noch bevor ich ahnte, worum es ging, sagte ich energisch: „Lass mich in Frieden, Victor. Ich habe von kriminellen Geschichten ein für alle Mal die Nase voll. Kein Interesse."

„Ich sage nur Franzi ..."

Als ich nicht sofort reagierte, sagte er: „Erinnerst du dich denn nicht mehr an Franzi? Deine beste Freundin, damals am Attersee?"

„Ich erinnere mich sehr wohl an sie", sagte ich reserviert.

„Franzi ist deine Halbschwester. Und sie ist gerade verhaftet worden. Keiner außer dir oder deinem Kommissar wird ihr helfen."

Mein Herr Papa weigerte sich nach wie vor, den Karrieresprung meines Freundes zu akzeptieren. „Jan Serner ist Major und für banale Mordfälle nicht mehr zuständig", sagte ich. Dann erst registrierte ich, was er über Franzi gesagt hatte.

„Franzi ist meine Schwester?", fragte ich ungläubig.

„Ja, mein Schatz. Beruhige dich, es war vor deiner Zeit. Ich wusste bis vor einer halben Stunde selbst nicht, dass ich der Welt nicht nur eine schöne Tochter geschenkt habe. Ich habe die Kleine immer wie ein Vater geliebt. Das ist mir erst jetzt bewusst geworden. Als mich die Baronin anrief und mir dieses ganze Drama geschildert hat ..."

„Hör auf, Victor. Du hast Franzi nie leiden können. Hast Angst gehabt, dass sie einen schlechten Einfluss auf mich haben könnte, weil sie viel selbstbewusster und frecher war als ich."

„Du erfindest, wie immer, deine Geschichte neu."

Was meinte er denn damit nun wieder?

„Walpurga hat mich vorhin angerufen und mir alles gestanden."

Ich war sprachlos. Walpurga war eine Jugendfreundin von Victor. Sie hatten sich bei einem Konzert der Wiener Musikhochschule kennengelernt. Er hatte zu dieser Zeit das Reinhardt-Seminar besucht, während sie Klavier und Komposition an der Hochschule studiert hatte. Nach meiner Geburt verbrachten meine Eltern fast jeden Sommer zwei Monate mit mir auf Schloss Welschenbach am Attersee. Eine billige Sommerfrische, idyllisch und vornehm zugleich. Mir war nie der Gedanke gekommen, dass Victors Vorliebe für diesen See auch erotische Gründe haben könnte.

„Ja, ich habe tatsächlich erst heute erfahren, dass Franzi meine Tochter ist", schrie mein Vater ins Telefon.

Ich hielt den Hörer ein paar Zentimeter weg.

„Kurz bevor Gisela mit dir schwanger wurde, hatten deine Mutter und ich uns vorübergehend getrennt. Ich verbrachte den Sommer damals allein am Attersee. Gisela blieb in Wien, arbeitete an ihrer Diplomarbeit. Walpurga war eine sehr attraktive, junge, todunglückliche Witwe. Und es kam, wie es kommen musste ..." Er seufzte herzerweichend.

„Und du warst ein sehr attraktiver, junger Witwentröster", murmelte ich resigniert. Dann begann ich nachzurechnen und herrschte ihn an: „Erzähl keinen Mist, Papa. Franzis Vater starb, als sie zweieinhalb Jahre alt war. Wenn du willst, dass ich dir helfe, musst du mir die Wahrheit sagen."

„Wahrheit? Du kannst einem alten Mann nicht verdenken, wenn er ein paar Jahreszahlen durcheinanderbringt."

Alter Mann? Sehr interessant. War das seine neue Masche? Schärfer, als ich es beabsichtigt hatte, sagte ich: „Also, ihr hattet schlicht und einfach eine Affäre miteinander? So was soll hin und wieder vorkommen."

„Sei nicht so zynisch, mein Kind. Ich wollte es dir ja gerade erklären."

„Was gibt es da zu erklären? Mich interessiert nur, wer wen umgebracht hat."

„Das weiß ich nicht. Die Polizei verdächtigt unsere arme Franzi, ihren Stiefvater Philip Mankur ermordet zu haben, diesen zweitklassigen Sänger und Schmierenkomödianten."

„War er nicht früher einmal dein bester Freund?"

Papa ignorierte meinen Einwand und fuhr aufgeregt fort: „Angeblich hat sie ihn mit einem Schürhaken erschlagen. Nein, ich glaube, sie hat seine Eier damit aufgespießt."

„Mit einem Schürhaken?"

„Ich weiß nicht genau, was passiert ist, Schatz. Auf jeden Fall war's Totschlag, vielleicht sogar Mord. Die arme Walpurga kann sich keinen ordentlichen Anwalt für ihre Tochter leisten, deshalb hat sie sich an mich gewandt."

„An den liebenden Vater! Was für eine rührende Geschichte. Du hast doch auch kein Geld."

„Deshalb habe ich ja gedacht, dass du ..."

„Einen teuren Anwalt bezahlen soll? Du spinnst wohl."

„Joe, lass mich ausreden. Es gibt einen Enkel. Franzi hat einen Sohn. Ist das nicht wunderbar?"

Ein Stammhalter! Na endlich! – Bevor ich völlig ausrastete, verlegte sich Victor aufs Bitten: „Josefa, bitte, Liebes, es geht um unsere Familie. Wir beide haben sonst niemanden mehr", sagte er mit weinerlicher Stimme.

Obwohl mir eher zum Lachen zumute war, konnte ich seinem flehenden Ton nicht widerstehen. Ich hatte meinem Vater noch nie was abschlagen können. Allerdings ließ ich ihn all seine Überredungskünste aufbieten, bevor ich mich gnädigerweise bereit erklärte, ein letztes Mal Detektivin zu spielen.

Morde passierten mir einfach. Aber warum musste ich mich immer gleich einmischen? Ich wollte eigentlich nichts mit Mord und Totschlag zu tun haben, war im Grunde ein ängstlicher Mensch. Doch meine Neugier und mein Gerechtigkeitssinn waren anscheinend ebenso stark entwickelt wie meine Ängstlichkeit.

Jan würde zwar nicht erfreut sein, wenn er davon erfuhr – aber da er gerade an einer internationalen Konferenz in Stockholm teilnahm und wir nur sporadisch miteinander telefonierten, musste ich ihm ja nicht verraten, dass ich für eine paar Tage an den Attersee fahren würde.

Ich träumte in den vergangenen Jahren oft von diesem See. Wasser steht für Erinnerung, das Eintauchen in die Kindheit. Die Sommer meiner Kindheit bedeuteten See, Sonne und ein altes Schloss. In meinen Träumen malte ich mir aus, wie ich an einem frühen Sommermorgen ins kalte Wasser springen und das prickelnde Gefühl auf meiner Haut genießen würde. Nach dem erfrischenden Bad würde ich mit blauen Lippen und am ganzen Körper zitternd auf dem morschen Holzsteg liegen und mir von den ersten Sonnenstrahlen meinen Rücken wärmen lassen. Ich konnte die Wassertropfen, die auf meinen Armen und Beinen verdunsteten, fast spüren und sah mir dabei zu, wie ich die kleinen Fische im seichten Wasser beobachtete.

Der Attersee konnte seine Farbe wechseln wie ein Chamäleon. Von mattem Taubenblau über Marineblau, zu Türkis bis Smaragdgrün. Alle Schattierungen zwischen Blau und Grün waren bis heute meine Lieblingsfarben.

Ich schaute aus dem Zugfenster und sah öde braune Felder. Es war ein regnerischer Herbsttag. Grau- und Brauntöne, so weit das Auge reichte. An sich mochte ich flaches Land, einen weiten Blick. Aber den hatte man im Welser Becken nur an klaren, kalten Wintertagen oder kurz vor einem heftigen Sommergewitter.

Die Mitreisenden in meinem Abteil schauten nicht aus dem Fenster. Sie wussten, dass es draußen nur öde braune Felder zu sehen gab, graubraune Hügel, graue Einfamilienhäuser.

Der ICE verlangsamte sein Tempo. „In wenigen Minuten erreichen wir den Bahnhof Attnang-Puchheim", verkündete eine Männerstimme aus dem Lautsprecher und wiederholte diesen Satz in akzentreichem Englisch. Die Studenten, die mir gegenüber saßen, grinsten überheblich.

Ich hängte mir die große schwarze Reisetasche um die Schulter und zwängte mich durch die verschwitzten Jungmänner, die am Gang mit einigen Bierdosen ihren Freigang begossen. Was für eine Schnapsidee, sich ausgerechnet an einem Freitagnachmittag auf die Westbahnstrecke zu begeben!

Die Baronin erwartete mich auf Bahnsteig 3. Ich erkannte sie sofort, obwohl ich mir Gesichter schlecht merken kann und wir uns seit einer Ewigkeit nicht gesehen hatten. Die Jahre waren an Walpurga nicht spurlos vorübergegangen. Sie hatte an die zwanzig Kilo zugenommen. Ihr volles, ehemals blondes Haar war ergraut, fast weiß, das hübsche, ebenmäßige Gesicht sonnenverbrannt und von tiefen Falten durchzogen, wie das Gesicht einer Bäuerin, die täglich viele Stunden auf dem Feld arbeitete.

Sie trug einen dunkelblauen Hosenanzug. Dazu ein T-Shirt von demselben Hellgrau wie ihr Haar. Wider Willen bewunderte ich ihre schlichte Eleganz. Weder war sie mit Goldschmuck behängt, noch trug sie eines dieser großen, bunten Tücher, hinter denen die meisten Damen ihres Alters ihre faltigen Hälse zu verstecken suchten.

Unsere Umarmung fiel etwas steif aus. Der Anlass unseres Wiedersehens war kein erfreulicher.

„Mädchen, lass dich ansehen." Walpurga hielt mich an beiden Armen fest und schob mich ein Stück von sich weg. „Großartig siehst du aus. Eine Spur zu dünn vielleicht. Aber du bist eine schöne Frau geworden, siehst Gisela sehr ähnlich, vor allem im Gesicht. Derselbe Mund, die gleichen graublauen Augen. Du bist wirklich ihr Ebenbild."

Als ich den Namen meiner Mutter aus ihrem Mund vernahm, versetzte es mir einen kleinen Stich in der Herzgegend. Walpurga und Gisela waren befreundet gewesen. Wahrscheinlich hatte meine Mutter bis zu ihrem Tod nicht gewusst, wie gut sich Walpurga auch mit meinem Vater verstanden hatte.

Der alte Passat-Kombi sah ziemlich ramponiert aus. Walpurga stellte mein Gepäck auf den Rücksitz, da der Kofferraum mit Dachziegeln, Zementsäcken und anderem Baumaterial voll beladen war. Das Innere des Wagens war verdreckt.

„Wir müssen die Terrasse fertig betonieren und das Dach dicht kriegen, bevor der Winter kommt", erklärte sie mir.

Auf dem Rest der Fahrt sprachen wir übers Wetter. Als die Schörflinger Kirche in Sicht kam, zeigte ich mich überrascht, wie wenig sich die Umgebung des Attersees in den letzten Jahren verändert hatte.

„Ja, zum Glück sind wir vom Massentourismus bis heute verschont geblieben. Der See ist nach wie vor ein Geheimtipp für Ruhe suchende Großstädter, vor allem für Künstler und andere Exzentriker."

„Ich weiß, Gustav Klimt hat in einigen seiner Bilder Schloss Kammer, die Insel Litzlberg und Unterach verewigt", sagte ich schnell, um mir einen Vortrag über Klimt zu ersparen. Ich erinnerte mich recht gut an Walpurgas pädagogische Ader.

„Nicht nur Klimt ließ sich von unserem See inspirieren, auch große Komponisten und Musiker wie Gustav Mahler, Johannes Brahms oder Hugo Wolf liebten diese Gegend.

Viele dieser Künstler waren im Landgut Berghof am Fuße des Schafbergs jahrelang auf Sommerfrische."

„Weil sie nichts bezahlen mussten", warf ich boshaft ein. „Auch vor hundert Jahren waren Künstler abhängig von ihren Mäzenen. Der Wiener Adel folgte ja eher dem Kaiser nach Bad Ischl und hatte mit den armen Künstlern weniger am Hut."

Walpurga schien mir nicht zugehört zu haben. „Schriftsteller wie Hugo von Hofmannsthal und Arthur Schnitzler oder Verleger wie die Fischers waren gern bei uns zu Gast ..."

„Schriftsteller und Komponisten waren von ihren reichen Verlegern abhängig. Und die Maler natürlich von ihren Sammlern. Künstler und Prostituierte besitzen eben eine gewisse Ähnlichkeit. Aber wenigstens mussten diese Herren nicht ihre Körper an die Neureichen verkaufen, sondern nur ihre Bilder oder ihre Manuskripte. Doch wer weiß ...?", sagte ich augenzwinkernd.

„Friedrich Gulda hatte auch ein Haus am See", fuhr Walpurga unbeirrt fort. Sie war schon immer humorlos gewesen. „Und Maria Jeritza besaß gleich zwei Villen in Unterach ..."

„Schreibst du die Texte für die Prospekte des Fremdenverkehrsamtes?", unterbrach ich sie gereizt. Mir reichte ihre Aufzählung all der prominenten Gäste. Ich war hier, um ihrer Tochter, die im Knast saß, zu einem guten Anwalt zu verhelfen.

„Entschuldige bitte, Joe. Ich rede einfach gedankenlos irgendwas daher."

Sofort tat es mir leid, diese alte Dame, die ich nicht mehr mochte, seit ich wusste, dass sie die Geliebte meines Vaters gewesen war, so schroff zurechtgewiesen zu haben. Hatte ich sie eigentlich früher gemocht? Ich war mir nicht sicher. Als kleines Mädchen hatte ich mich vor ihr gefürchtet. Sie war sehr streng gewesen, vor allem mit Franzi. In späteren Jahren hatte ich ihr manchmal ganz gern zugehört. Sie war eine gebildete Frau, allerdings hatte sie die Lehrerin nie leugnen können. Walpurga hatte einem immer alles zwei-

oder dreimal erklärt, wahrscheinlich weil sie, so wie viele andere Pädagogen, ihre Mitmenschen für kleine minderbemittelte Idioten hielt.

An den alten Baron von Welschenbach, Walpurgas ersten Mann, konnte ich mich nicht mehr erinnern. Als er sich erhängt hatte, war ich zwei Jahre alt gewesen. Aus Erzählungen meiner Eltern wusste ich, dass Walpurga ihn jedes Jahr erneut hatte überreden müssen, ein paar Zimmer im Schloss an Sommerfrischler aus Wien zu vermieten. Angeblich hatte er mit dem Touristenpack nichts zu tun haben wollen. Mit extrem günstigen Preisen war es ihr gelungen, vor allem junge Schriftsteller und Schauspieler anzulocken, so wie meinen Vater.

Mir fiel auf, dass wir bisher weder ihn noch Franzi erwähnt hatten, obwohl dieses überraschende Wiedersehen nur wegen ihnen zustandegekommen war.

Das alte baufällige Schloss lag etwa einen Kilometer vom See entfernt auf einer Anhöhe zwischen Seewalchen und Litzlberg und war umgeben von einem riesigen Park, der Anfang des 19. Jahrhunderts angelegt worden war und rund um den sich ein dichter Mischwald ausdehnte. Die Welschenbachs hatten damals mit Napoleon sympathisiert, und als die Ager für kurze Zeit zum Grenzfluss zwischen Österreich und dem mit Frankreich verbündeten Bayern wurde, erlebten das Schloss und seine Bewohner eine Hochblüte. Das Westufer des Sees und damit auch Schloss Welschenbach gehörten einige Jahre zum Bayrischen Königreich und standen daher unter französischem Einfluss.

Das Schloss war im Laufe der Jahrhunderte so oft umgebaut und renoviert worden, dass von dem ursprünglich barocken Prunk nicht viel übrig geblieben war. Der Anstrich schrie förmlich nach Erneuerung. Das Schönbrunn-Gelb war einem schmutzigen Beige-Grau gewichen. Eine breite Außentreppe führte auf eine große Terrasse, von der aus man früher den See gesehen hatte. Jetzt waren die Baumwipfel so hoch, dass man den See nur mehr erahnen konnte.

Das massive Eingangstor befand sich auf der Rückseite. Links, gleich neben dem Eingang, waren die Küche und die früheren Gesindestuben untergebracht, die heute als Bügelraum und Abstellkammern dienten. Über einen breiten, nicht sehr langen Gang erreichte man den großen Salon, vom Gang aus führten zwei steinerne Treppen hinauf in die oberen Stockwerke.

Die meisten Räume im linken Flügel des Schlosses waren bereits vor Jahrzehnten unbewohnbar gewesen. Ende der 70er Jahre hatten Walpurga und ihr Mann im Erdgeschoß alle Zwischenwände entfernt und einen kleinen Konzertsaal eingerichtet. Die oberen Stockwerke hatten sie dem Verfall preisgegeben.

Im rechten Flügel waren die Gästezimmer untergebracht. Im Parterre gab es nur eine Toilette, und zwar in einem großen, altmodischen Badezimmer.

Im ersten Stock lag die Wohnung der Familie Mankur. Im zweiten Stock hatte Albert, Walpurgas Sohn aus erster Ehe und, wenn man es genau nahm, der heutige Baron von Welschenbach, sein Reich. Ich wunderte mich, dass er immer noch dort oben hauste. Albert musste Anfang fünfzig sein und lebte nach wie vor bei seiner Frau Mama?

Von dem Zimmer aus, in dem ich untergebracht war, führte eine schmale Tür auf die große Terrasse. Ich ging hinaus.

Die Tage wurden schon deutlich kürzer. Ein herbstlicher orangeroter Schimmer breitete sich über den Laubwald unterhalb des Schlosses. Dort, wo ich den See vermutete, zogen die ersten Nebelschleier vorüber. Ich stützte mich mit den Händen auf der Balustrade ab und beugte mich hinunter.

Die Marmortreppe war notdürftig mit groben Natursteinplatten ausgebessert worden. Dazwischen gab es

Lücken und Ritzen, aus denen das Unkraut spross. Die wenigen originalen Marmorsteine waren gesprungen und graubraun verfärbt. Es roch nach verfaultem Laub.

Kein Lüftchen regte sich. Die Feuchtigkeit kroch durch meinen Baumwollpullover, ließ mich frösteln. Es würde eine neblige Nacht werden. Dieses Herbstwetter war tückisch. Fast jedes Jahr handelte ich mir um diese Zeit eine schlimme Erkältung ein.

Ich ging zurück in mein Zimmer. Auch in dem alten Gemäuer war es ziemlich ungemütlich. Die mindestens fünf Meter hohen Räume waren fast unbeheizbar, und da die meisten der großen Holzfenster noch dazu undicht waren, zog es in allen Räumen wie in einem Vogelhaus. Das Heizsystem des Schlosses war etwas altertümlich. Außer den offenen Kaminen standen in allen bewohnten Räumen Ölöfen. In der Küche spuckte ein alter, schwarzer Kohleofen Kohlenmonoxid aus. Das Bad im Parterre wurde mit einem ebenfalls antiquarischen Holzofen beheizt. Ich verschob die Dusche auf morgen früh, zog einen wärmeren Pullover an und ging hinüber in den Salon.

Zuerst fiel es mir gar nicht auf, dass ich nicht allein war. In dem großen Raum gab es so viele Nischen und Sitzgruppen, dass man sich gut zu dritt oder zu viert darin aufhalten konnte, ohne einander ansehen, geschweige denn miteinander sprechen zu müssen.

Im Salon häufte sich der Besitz vieler Leben an. Ein Sammelsurium sündhaft teurer Antiquitäten, Jugendstilvasen auf Biedermeierkommoden, eine goldene Standuhr auf einer schweren Anrichte aus dem 18. Jahrhundert, ein großer schwarzer Flügel, edle Orientteppiche und prächtig verzierte Spiegel neben billigen Souvenirs aus aller Welt und diversem Krimskrams. Die Vitrinenschränke waren vollgestopft mit Meißner Porzellan und nicht minder wertvollen Nippes. An den Wänden hingen Ölbilder, hauptsächlich Ahnenporträts und Landschaftsmalerei. Margarita, die Freundin meines Vaters, hätte sich hier wohl gefühlt. In ihrem Haus sah es ähnlich aus.

Die vier großen Fenster und die Terrassentüren waren hinter schweren Vorhängen von undefinierbarer Farbe verborgen. Sie dürften ursprünglich wohl einmal bordeauxrot gewesen sein. Sofas und Sessel waren mit Hussen in beigen Farbtönen überzogen. Walpurga konnte es sich bestimmt nicht leisten, die Fauteuils neu tapezieren zu lassen, dachte ich, bevor ich mich mit einem lauten Räuspern bemerkbar machte.

Nicht Walpurga saß in dem Ohrensessel am Kaminfeuer, sondern ein Mann.

Rasch warf ich einen Blick in den Empire-Spiegel, strich mit den Fingern durch mein zerzaustes Haar und fuhr mir mit der Zunge kurz über meine trockenen Lippen, bevor ich „Guten Abend" sagte.

Ich sah sein Gesicht, noch ehe er sich umdrehte. Ein schmales Gesicht mit eingefallenen Wangen, einem blassen Teint, einem resignierten, aber sinnlichen Mund und tief liegenden, großen dunklen Augen, von Erschöpfung gezeichnet, umgeben von einem Hauch von Dekadenz.

Er drehte seinen Kopf zu mir, sah mich an. Weder Überraschung noch Wiedersehensfreude lagen in seinem Blick.

Sein dunkles Haar hatte sich an der Stirn etwas gelichtet und war von grauen Strähnen durchzogen. Es waren jedoch dieselben hageren, kantigen Züge und dieselben melancholischen braunen Augen, die mich jahrelang in meinen Träumen heimgesucht hatten.

„Servus Albert", sagte ich verlegen und streckte ihm meine Hand hin. „Ich will dich nicht stören. Ich möchte mich nur ein bisschen aufwärmen. Der Ofen in meinem Zimmer funktioniert nicht ..., kenne mich mit Ölöfen nicht aus. Das Kaminfeuer ist ebenfalls ausgegangen ..., habe es nicht geschafft, es wieder anzufachen ...", stammelte ich mit belegter Stimme. Gleichzeitig ärgerte ich mich, dass mich der Anblick von Albert auch heute noch in Verlegenheit brachte.

Er sprang auf, starrte mich aber weiterhin mit diesem abwesenden Blick an, den ich nicht zu deuten wusste. Registrierte er überhaupt, dass *ich* es war, die da eineinhalb Meter vor ihm stand? Er musste doch von meinem Kommen unterrichtet worden sein.

Es vergingen ein paar peinliche Sekunden, bis er endlich meine Hand ergriff. „Grüß dich, Joe. Schön, dich zu sehen“, murmelte er fast unhörbar. „Ich habe einen Moment lang gedacht, Gisela wäre zurückgekehrt. Du siehst aus wie deine Mutter ...“

Ich erinnerte mich, dass Albert immer extrem leise gesprochen hatte. Schüchtern und aggressionsgehemmt, diagnostizierte ich rasch, um endlich dieses Gefühl loszuwerden, das kleine Mädchen zu sein, das den großen Bruder seiner Freundin anhimmelt.

„Darf ich?“, fragte ich forsch, nahm, ohne seine Antwort abzuwarten, auf der dick gepolsterten Zweierbank rechts neben ihm Platz, wandte mich von ihm ab, hielt meine Hände nahe ans Feuer und redete drauflos. „Wie geht's dir? Du hast dich auch kaum verändert. Ich habe dich sofort wieder erkannt. Wie lange haben wir uns nicht gesehen?“ Irgendwann gingen mir die Floskeln aus. Ich schaute ihn direkt an. Und, oh Wunder, er schenkte mir eines seiner äußerst seltenen Lächeln. Damit hatte er mir schon in meiner Jugend den Schlaf geraubt. Wenn Albert lächelt, geht die Sonne auf, pflegte meine Mutter manchmal zu sagen.

„Möchtest du Kaffee, Tee oder lieber einen Drink?“, fragte er, ganz der wohlerzogene Gastgeber.

Ich erwartete, dass er gleich eine unsichtbare Klingel betätigen würde und daraufhin ein beflissener Butler erschien und mir ein Tässchen Tee in feinstem Meißner Porzellan reichte.

Nur um zu sehen, was tatsächlich passierte, sagte ich: „Gegen einen Tee hätte ich nichts einzuwenden, obwohl mir eher nach einem Grog zumute ist."

Albert erhob sich, entschuldigte sich und verließ den Salon.

Albert Welschenbach, oder wenn die Adelsbezeichnungen in der ersten Republik nicht abgeschafft worden wären, Baron von Welschenbach, war fast so groß wie Jan Serner und sogar eine Spur dünner als er. Gekleidet war er wie ein Landjunker aus dem vorigen Jahrhundert: Hellbraune Schnürlsamthose, warmes Flanellhemd, Sakko mit Lederflecken auf den Ellbogen, alles oftmals gewaschen und abgetragen, jedoch von guter Qualität. Die Sachen waren ihm viel zu groß. Ich überlegte kurz, ob er wohl Hosenträger unter seinem Sakko versteckte.

Nach ein paar Minuten kam er wieder zurück. „Mutter bringt gleich den Tee. Sie füllt nur rasch Öl in deinem Ofen nach."

Walpurga scheint die Rolle der alten Kathi, die früher als gute Seele den Haushalt betreut hatte, übernommen zu haben, dachte ich boshaft. Sogleich tat es mir leid, ihr zusätzliche Arbeit aufgehalst zu haben. Ich nahm mir vor, mich in den nächsten Tagen hier ein bisschen nützlich zu machen.

„Der Heinz ist verschwunden", sagte Albert plötzlich.

„Heinz?"

„Der Sohn vom alten Fischer-Hans. Erinnerst du dich nicht mehr an ihn?"

Ich erinnerte mich vage an einen blassen Jüngling, der nichts als seine blöden Fische im Kopf gehabt hatte.

„Sein Boot ist herrenlos im See getrieben, hinunter zur Ager. Er hat sich seit Tagen nicht mehr bei uns blicken lassen. Normalerweise bringt er uns jede Woche mindestens zweimal frischen Fisch", sagte Albert.

„Warum rufst du ihn nicht an, wenn du dir Sorgen machst?“

„Er hat kein Handy. Er hat diese Art von Kommunikation bisher genauso verweigert wie ich.“

„Und zu Hause?“

„In seiner Baracke gibt es keinen Telefonanschluss.“

Ich zuckte mit den Achseln und war froh, dass sich in diesem Moment Walpurga mit dem Tee zu uns gesellte.

Albert stand auf und sagte lächelnd: „Schlaft gut.“

„Ich dachte, du trinkst deinen Tee mit uns. Ihr habt euch so viele Jahre nicht gesehen“, sagte Walpurga fast bittend.

„Entschuldigt, aber ich muss an meine Arbeit. Wir sehen uns ja beim Frühstück, Joe“, fügte er mit einem sanften Lächeln hinzu.

Walpurga seufzte kaum hörbar, als er den Raum verließ. Ich legte meine Hand auf ihre und sagte: „Lass ihn. Ich unterhalte mich ohnehin viel lieber mit dir. Albert schüchtert mich heute noch ein. Ich wüsste gar nicht, worüber ich mit ihm reden sollte.“

„Er wird immer eigenbrötlerischer. Die Sache mit Franzi hat ihn sehr mitgenommen. Ich habe Angst, dass er sich wieder in eine Depression flüchtet. So wie damals ...“

Sie beendete den Satz nicht. Ich fragte nicht nach, war müde, fühlte mich nach den wenigen Stunden in diesem Haus erschöpft und niedergeschlagen. Komisch, dass ich als Kind die Atmosphäre in dem alten Gemäuer nie als bedrückend empfunden hatte.

„Du musst mir zeigen, wo man das Öl nachfüllt“, sagte ich, um sie auf andere Gedanken zu bringen. „Ich kann mich an diese Ölöfen nicht erinnern.“

„Im Sommer haben wir sie nie benützt. An kalten Abenden hat das Feuer im Kamin genügt.“

Sommer 1979

Der Himmel über dem Attersee ist von ungetrübtem Blau. Nur ein paar Schäfchenwolken ziehen vorüber. Hinterlassen kaum Spuren auf dem spiegelglatten Wasser. Es ist heiß in diesem August.

„Ein Jahrhundertsommer!“, betont Walpurga bei der Begrüßung ihrer Wiener Gäste.

„Das behaupten die Einheimischen von jedem Sommer, der nicht völlig verregnet ist“, murmelt Philip.

„Die Temperaturen werden für uns langsam zur Qual. Der Boden ist völlig ausgetrocknet“, stöhnt Walpurga. Sie hat die Worte ihres Mannes offensichtlich überhört.

Gisela erklärt ihrer Gastgeberin, warum sie heuer, statt der üblichen acht Wochen, nur fünf Wochen am See bleiben können: „Victor hat dieses Engagement bei den Sommerfestspielen in Reichenau einfach annehmen *müssen*. Es ist extrem gut bezahlt. Und er bestand darauf, dass wir mitkommen. Wollte mit Joe unbedingt auf die Rax und den Schneeberg. Aber du kennst ja mein Mädchen. Joe hasst Bergwanderungen.“

Walpurga nickt.

„Ich brauch erst mal eine Abkühlung“, sagt Victor. „Kommst du mit, Schätzchen?“ Er öffnet die Tür auf der Beifahrerseite seines Renaults.

Joe verzieht abfällig das Gesicht und ignoriert das Angebot ihres Vaters. Schwingt sich stattdessen hinter Franzi auf ein altes Sachs-Mofa und sagt energisch: „Fahr los!“

Victor überlegt es sich anders, steigt aus und hilft seiner Frau und Walpurga, das Gepäck auf die Zimmer zu bringen.

„Ich habe Höllenqualen durchgemacht. Habe mich ganz fürchterlich nach dem Attersee gesehnt“, vertraut Joe ihrer Freundin an, als sie zusammen am Steg liegen.

Joe hat ihr Tagebuch mitgenommen und beginnt, Franzi einige wichtige Passagen daraus vorzulesen.

Ihre Freundin scheint sich nicht besonders für diese Tagebuchaufzeichnungen zu interessieren. „Stell dir vor, ich bin mit Bomben und Granaten durchgefallen. Aber die Hotelfachschule in Bad Ischl nimmt mich auch mit einem Fleck in Physik“, sagt sie.

Als Franzi von ihrer zukünftigen Freiheit in der „Großstadt Bad Ischl“ zu schwärmen beginnt, unterbricht Joe sie: „Wir sollten uns eincremen.“

„Ich weiß. Die Baronin schwört auf Tiroler Nussöl. Aber das bringt bei mir nichts. Ich habe zu viele Sommersprossen. Rotblonde Menschen werden überhaupt schwer braun.“

„Ich hab mich heuer schon mal geschält. Ein zweites Mal werde ich Giselas Standardtherapie gegen Sonnenbrand nicht überleben. Buttermilch! Pfui Teufel. Habe die halbe Nacht lang gekotzt.“

„Ich hab im BRAVO ein Geheimrezept gefunden. Das könnten wir mal ausprobieren.“

Franzi nimmt ein kleines Fläschchen Olivenöl und eine Zitrone aus ihrer Badetasche.

„In dem Artikel haben sie einem eine wunderbare, lang anhaltende Bräune versprochen.“

„Okay, lass es uns versuchen.“

Sie schmieren sich gegenseitig ein Gemisch aus Olivenöl und Zitrone auf ihre jugendlichen Körper.

„Du hast eine richtig tolle Figur“, sagt Joe. „Ich muss in diesem Urlaub unbedingt ein paar Kilos zulegen. Ich seh aus wie ein Zahnstocher.“

„Stopfst du dir immer noch Watte in deine BHs?“, fragt Franzi kichernd.

„Du bist gemein.“ Joe gibt ihrer Freundin einen Klaps auf den wohlgerundeten Popo.

Gründlich eingeölt legen sie sich auf ihre Luftmatratzen. Schwimmen weit hinaus auf den See.

Als sie nach einer Stunde zurückkehren, sehen sie aus wie ein knallrotes Zwillingspärchen.

Willi und Gustav warten bereits am Steg auf die Mädchen. Joe lässt sich ihre Freude über das Wiedersehen mit den beiden Freunden nicht anmerken. Sie nickt den Burschen cool zu.

Willi, der sechzehnjährige Sohn des evangelischen Pfarrers, hat für Joe ebenfalls nur ein kurzes Nicken übrig. Er hat nur Augen für Franzi. Genauer gesagt für Franzis Brüste. Das Oberteil ihres alten Bikinis zeigt mehr her, als es verdeckt.

Gustav heißt Joe dagegen umso herzlicher willkommen. Drückt sie fest an sich. Gibt ihr sogar ein Busserl. Rasch entzieht sie sich seiner Umarmung.

Gisela und die Baronin tauchen, bepackt mit unzähligen Bade- und Kühltaschen, unter den alten Eichen auf.

„Du hättest uns ruhig mit dem Gepäck helfen können", faucht Walpurga ihre Tochter an.

„Philip und Albert sind doch eh zu Hause", verteidigt sich Franzi und verabschiedet sich mit einem Köpfler in die nassen Fluten.

Willi folgt ihr.

„Wo ist Papa?", fragt Joe.

„Die lange Fahrt hat ihn ermüdet. Er hat sich hingelegt", sagt Gisela.

Gustav begrüßt die Damen höflich, bevor er sich zu Joe auf die Luftmatratze setzt.

„Alle haben euch schon ungeduldig erwartet. Der halbe Sommer ist vorbei ..."

„Wem sagst du das. Ich bin total sauer auf meinen Vater. Drei Wochen Reichenau! Das sind genau drei Wochen zu viel für mich gewesen. Es war echt ätzend. Berge, nichts als blöde Berge. Da wäre ich ja noch lieber mit Mama in Wien geblieben."

„Mir geht's ähnlich. Stell dir vor, meine Alten sind vor kurzem nach Lenzing gezogen. Mein Vater ist Postenkommandant geworden. Ich kenne dort kein Schwein. All meine Freunde leben hier am See. Zum Glück haben mir meine Eltern zum Geburtstag ein Puch-Moped geschenkt. Willi war total neidisch. Er fährt noch immer diese uralte gebrauchte KTM."

Da Joe der Unterschied zwischen einem KTM- und einem Puch-Moped nicht klar ist, kann sie mit dieser Information nicht viel anfangen.

Gustav redet weiter auf sie ein. Bemerkt nicht, dass die Wellen des Attersees, die in gleichbleibendem Rhythmus am flachen Ufer auslaufen, Joe bereits in leichten Schlaf wiegen.

„Der See singt, hat Gustav Mahler angeblich gesagt, wenn er dieses leise Plätschern gehört hat", murmelt sie verschlafen.

Franzi taucht prustend und hustend neben dem Steg auf. Spritzt ihre Freunde nass und legt sich dann zu ihnen.

„Ich hol rasch unsere Taucherbrillen. Kann ich mir kurz deine Maschine ausborgen?", fragt Willi seinen Freund.

Gustav, der fasziniert auf die Wassertropfen starrt, die wie silberne Perlen Joes flachen Bauch schmücken, nickt abwesend.

„Wenn die nicht bald mit ihrem blöden Gequatsche aufhören, gehe ich wieder nach Hause", sagt Franzi.

„Mich bringt hier keiner mehr weg", sagt Joe.

Die Erwachsenen ergehen sich in Lobeshymnen über das Wasser:

„Ist das Wasser nicht gut ..."

„Ja, es ist phantastisch."

„So erfrischend."

„Ja, einfach herrlich."

„Echt superb."

„Und diese gute Luft ..."

„Ja, wunderbar."

„Einfach traumhaft."

„Toll."

„Ist das Wasser nicht super ...“

„Wie können durchaus intelligente Menschen wie eure Mütter oder die Frau Pfarrer stundenlang so aufschlussreiche und anregende Gespräche führen“, fängt nun Gustav zu lästern an.

„Selbst der Herr Pfarrer ist sich nicht zu blöd, in diesen Singsang einzustimmen, wenn er seinen dunkelbraunen Oberkörper und seine braunen Arschbacken der Sonne entgegenstreckt“, sagt Franzi kichernd. „Wisst ihr, wie ihn die alten Betschwestern, natürlich mit hochroten Wangen und einem anzüglichen Zwinkern, hinter vorgehaltener Hand nennen? Flotter Hirsch und Schwerenöter.“

Joe fällt in ihr Kichern mit ein. Gustav jedoch schüttelt unwirsch den Kopf, als Franzi fortfährt: „Ihr wisst ja, dass er unbedingt die zwölf Apostel zeugen will. Acht hat er ja bereits mit Hilfe seiner Frau geschafft. Zwei uneheliche laufen angeblich auch im Ort herum. Da Willis Mama bereits Mitte vierzig ist, wird er sich beeilen oder noch zweimal Gottes Zorn auf sich ziehen müssen.“

„Du bist ärger als die ganzen alten Tratschweiber miteinander“, sagt Gustav missbilligend. Als man das Knattern eines Mopeds hört, steht er auf. „Ich muss leider heim zum Essen. Sehen wir uns später im Strandbad, Joe?“

„Wir werden da sein“, antwortet Franzi.

Kaum ist er aus ihrem Blickfeld verschwunden, flüstert sie Joe ins Ohr: „Braves Bubi. Die Mami darf man nicht warten lassen ...“

„Du Lästermaul“, stöhnt Joe und kehrt ihrer Freundin den Rücken zu.

2. Kapitel

Bevor ich mir ein neues Gesprächsthema einfallen lassen konnte, fragte Walpurga mich: „Würde es dir etwas ausmachen, wenn wir den Tee in meinem Zimmer trinken? Es ist genau hier passiert.“ Sie zeigte auf den Kamin. „Ich sehe dauernd sein blutüberströmtes Gesicht vor mir.“

„Hat Franzi ihn tatsächlich umgebracht?“

Sie antwortete nicht.

„Wie ist er denn nun wirklich umgekommen? Ist er erschlagen oder erstochen worden?“, fragte ich hartnäckig.

„Der Schürhaken steckte in seinem Unter..., in seinem Bauch“, murmelte sie.

„Was heißt Bauch? Jemand hat seine Eier aufgespießt, hat zumindest mein Vater behauptet“, unterbrach ich sie.

„Nicht jetzt, Joe, bitte!“

Obwohl ich mich plötzlich hellwach fühlte und den Tatort gern näher in Augenschein genommen hätte, folgte ich Walpurga ins ehemalige Esszimmer, in dem wir an kühlen Tagen immer an einem riesigen Tisch gesessen waren.

Es sah vollkommen anders aus als früher. Walpurga hatte nicht nur die alte zart geblümte Tapete durch eine champagnerfarbene ersetzt, sondern die gesamte Einrichtung entfernt und den Raum mit modernen, hellen Möbeln als Arbeitszimmer eingerichtet. Selbst die Vorhänge waren in einem freundlichen grünen Farbton gehalten. Der riesige Luster, der früher über dem Esstisch hing, hatte einer weißen Glaskugel Platz machen müssen. Auf dem hübschen schwarzen Jugendstilschreibtisch entdeckte ich eine alte Messinglampe mit grünem Schirm, die mir genauso bekannt vorkam wie die Bilder an den Wänden. Walpurga hatte für ihr Zimmer ein paar romantische Landschaften, meist Ansichten vom Attersee, gewählt. Die unappetitlichen Stillleben, über die Franzi und ich uns beim Essen oft lustig gemacht hatten, waren verschwunden.

„Was möchtest du morgen essen?", fragte Walpurga, als wir es uns in den Fauteuils gemütlich machten, die dicht beim dunkelgrünen Kachelofen standen.

„Egal, ich esse, was auf den Tisch kommt. Ich bin nicht heikel, wie du weißt."

Ich befürchtete, sie würde mir gleich alle Gerichte aufzählen, die ich als Kind standhaft verweigert hatte. Doch sie schien meine Essprobleme vergessen zu haben.

„Isst du nach wie vor so gerne Fisch?", fragte sie.

Als Kind hatte ich keinen Fisch gegessen. Heute liebte ich ihn. Ich nickte erleichtert.

„Unser Fischer hat sich leider seit ein paar Tagen nicht blicken lassen, aber ich habe Forellen in der Tiefkühltruhe. Ich müsste sie heute Abend rausnehmen. Erinnerst du mich bitte daran, bevor wir zu Bett gehen?"

„Der alte Fischer lebt noch? Der muss bald an die neunzig sein. Er kam mir damals schon steinalt vor."

„Er ist seit einem Jahr unter der Erde oder besser gesagt, er leistet nun seinen geliebten Fischen Gesellschaft. Sein Sohn, der Heinzi, hat seinen letzten Willen respektiert und, obwohl es illegal ist, die Asche seines Vaters mitten am See verstreut. Doch nun ist auch er von einer Ausfahrt nicht zurückgekehrt. Ein Spaziergänger hat vor ein paar Tagen das leere Ruderboot entdeckt, wie es Richtung Agerbrücke getrieben ist. Polizei und Taucher haben sich sofort auf die Suche nach ihm gemacht. Sie haben ihn bis heute nicht gefunden. Er ist etwa eine Woche, nachdem Philip starb, verschwunden."

Da ich diese Geschichte bereits kannte, fragte ich, nachdem sie mir Tee eingeschenkt hatte: „Magst du mir jetzt erzählen, was an diesem schrecklichen Abend passiert ist?"

Sie goss sich selbst Tee ein und nahm zwei Löffel Zucker. Der Löffel kreiste eine ganze Weile in ihrer Tasse, bevor sie endlich zu reden begann: „Philips Tod war mehr oder weniger ein Unfall."

„Das wird die Polizei zu entscheiden haben", unterbrach ich sie.

„Franzi und Philip hatten einen schrecklichen Krach. Wahrscheinlich sind sie sogar handgreiflich geworden."

Das nehme ich wohl an, dass sie Hand an ihn gelegt hat, er hat sich den Schürhaken nicht selber in den Unterleib gerammt, dachte ich, unterbrach sie aber nicht mehr.

„Franzi hat sich bestimmt nur verteidigt. Sie war Philip körperlich nicht gewachsen. Ich könnte mir vorstellen, dass sie, als er sich auf sie stürzte, den Schürhaken schützend vor sich gehalten hat. Meiner Meinung nach hat er sich selber aufgespießt. Ich glaube nicht, dass sie zugestochen hat, die Wunde war viel zu wenig tief. Daran wäre er auch sicher nicht gestorben."

„Und woran ist er dann gestorben?"

„Er ist unglücklich gestürzt, hat sich die Halswirbelsäule gebrochen." Walpurga verbarg ihr Gesicht in den Händen und schluchzte leise.

„Wie bitte?", fuhr ich sie an. Einerseits war ich erleichtert, es war offenbar kein geplanter Mord gewesen. Andererseits erschien mir die ganze Geschichte etwas mysteriös. Warum war Franzi verhaftet worden, wenn bereits feststand, dass Philip bei einem Unfall ums Leben gekommen war?

„Er ist nach rückwärts getaumelt, mit dem Hinterkopf gegen einen harten Gegenstand geprallt, wahrscheinlich gegen den Kaminsims. Die Kante war blutig, das habe ich mit eigenen Augen gesehen."

„Es steht also fest, dass er nicht an seiner Unterleibsverletzung gestorben ist?", vergewisserte ich mich noch einmal.

„Ja. Er hat sich das Genick gebrochen. Doktor Braunsperger, der früher am Tatort war als der Polizeiarzt, hat das sofort festgestellt. Franzi hat bisher jede Aussage verweigert. Deshalb hat die Polizei sie auch mitgenommen. Sie macht angeblich nach wie vor den Mund nicht auf. Ich bin gespannt, ob du sie zum Reden bringen kannst."

Ich bezweifelte, dass ich mehr Chancen haben würde als die geschulten Kripobeamten, doch darüber konnte ich mir am Montag den Kopf zerbrechen. Ich hatte mir von Wien aus eine Besuchsgenehmigung für die Justizanstalt Linz besorgt.

„Meine Ehe mit Philip war eine einzige Katastrophe", sagte Walpurga. „Dein Vater hat ihn mir bei einem Liederabend im Schloss Kammer vorgestellt. In jungen Jahren hatte Philip eine viel versprechende Karriere als Operettentenor vor sich. Er war gut aussehend, hatte Charme. Mehr brauche ich dir wohl nicht zu erzählen. Ich war seit zwei Jahren verwitwet und leider empfänglich für sein weltmännisches Gehabe und seine großspurige Art. Und ich war jung und naiv. Das ist meine einzige Entschuldigung. Ich habe nicht kapiert, dass er es in erster Linie auf das Schloss abgesehen hatte, den Gutsherrn spielen wollte, weil seine Sängerkarriere zu diesem Zeitpunkt bereits den Bach hinunterging. Als er um meine Hand anhielt, reichte seine Stimme nur mehr für Auftritte bei zweitklassigen Konzerten in der Provinz. Und er hat damals schon getrunken."

„Er hat gehofft, sich ins gemachte Nest setzen zu können?"

„Ja, genau. Dass ich völlig bankrott war, hat er nicht wissen können. Mein erster Mann hat mir, außer diesem baufälligen Gemäuer, nichts als Schulden hinterlassen."

Dass es so schlimm um ihre Finanzen stand, überraschte mich.

„Ich habe meine Kinder und mich selbst so recht und schlecht mit Klavier- und Französischstunden durchgebracht. Eine Zeitlang habe ich sogar Singen an unserer Volksschule unterrichtet. Solange meine Eltern lebten, haben sie mich unterstützt. Heinrich, Doktor Braunsperger, meine ich, und der Herr Pfarrer, Gott hab ihn selig, haben uns ebenfalls finanziell unter die Arme gegriffen. Seine Witwe, die Gerti, versorgt uns bis heute mit alten Sachen, die sie für arme Familien in der Slowakei sammelt. Wir dürfen uns immer die besten Stücke aussuchen. Nicht nur Franzi, auch Albert und ich tragen die Kleider anderer Leute. Und mit der überhöhten Pacht, die der Herr Pfarrer freiwillig für den Seegrund bezahlte, beglich ich jahrlang unsere horrenden Strom- und Ölrechnungen. Er war ein christlicher Mensch! Ich ließ nie was auf ihn kommen, egal, was im Dorf über ihn getratscht wurde."

Dass Walpurga total verarmt war, merkte man nicht auf den ersten Blick. Sie hat einfach Stil, dachte ich.

„Philip hat seine Karriere als Operettensänger gleich nach der Hochzeit aufgegeben", fuhr sie fort. „Aus heutiger Sicht würde ich sagen, es war höchste Zeit. Es hat ihn ohnehin keiner mehr engagieren wollen. Trotzdem hat er mir bis zuletzt vorgeworfen, dass ich seine Karriere ruiniert hätte. Wenn er betrunken war, wurde er immer aggressiv. An so manchem Abend habe ich mich mit Albert und Franzi in meinem Zimmer eingeschlossen, bevor er vom Goldenen Ochsen nach Hause gekommen ist."

„Er hat es gewagt, dich zu schlagen?", fragte ich entsetzt.

„Wenn es nur das gewesen wäre", sagte sie. „Er hat meinen Grund und Boden in den Casinos verspielt und mein Erbe mit irgendwelchen Flittchen durchgebracht. Er hat uns ruiniert."

„Warum hast du das zugelassen? Warum hast du ihn nicht gezwungen, sich einen Job zu suchen?"

Sie lachte gekünstelt. „Du hast Philip nicht gekannt. Du warst damals ein Kind."

Ich wollte widersprechen. Zwar hatte auch ich Philip nicht leiden können, aber ich hatte ihn eher für einen Pantoffelhelden gehalten.

„Als uns das Wasser wieder mal bis zum Hals gestanden ist, habe ich ihn überreden können, ebenfalls Gesangsstunden zu geben", fuhr Walpurga fort. „Der Herr Kammersänger war anfangs ein sehr begehrter Lehrer in unserem

Dorf. Sogar aus den Nachbarorten sind die Schülerinnen in Scharen gekommen."

„Na wunderbar", warf ich verlegen ein. Ihre Lebensbeichte war mir peinlich.

Walpurga ließ sich durch meine ironische Bemerkung nicht beirren. „Dieser unerwartete Geldsegen hat nicht lange angehalten. Nach ein paar Monaten hatten sich seine Unzuverlässigkeit und sein Alkoholproblem herumgesprochen. Meistens habe ich seine Unterrichtsstunden übernommen. In letzter Zeit hat er überhaupt nur mehr mit blutjungen Mädchen gearbeitet. Was mich sehr beunruhigt hat, wie du dir vorstellen kannst. Er hat behauptet, dass ihm die alten Matronen vom Kirchenchor alle an die Wäsche wollten. Ich weiß nicht, ob da was dran war oder nicht. Als er sich dann auch noch als Verwalter unserer Grundstücke aufgespielt hat, ist es nur mehr bergab gegangen. Bereits mein erster Mann hatte ein paar Felder und Wiesen an die umliegenden Bauern verpachtet. Philip hat dann die Felder sukzessive verkauft, um seinen aufwendigen Lebensstil finanzieren zu können. Geblieben sind uns praktisch nur mehr ein paar Quadratmeter rund ums Schloss. Im heurigen Frühjahr wurde sogar unser letzter Wald versteigert. Ich habe die Kreditzinsen nicht mehr bezahlen können. Den Zuschlag hat der Roither-Bauer erhalten. Erinnerst du dich an ihn?"

Ich schüttelte den Kopf, obwohl mir der Name bekannt vorkam.

„Egal, das ist eine andere Geschichte. Er und Philip waren seither Todfeinde, haben sich gegenseitig das Leben schwer gemacht. Philip hatte von Anfang an große Pläne mit dem Schloss. Zuerst wollte er einen Golfplatz errichten, doch dazu hatten wir nicht genügend Grund. Dann interessierte sich ein deutscher Industrieller für das Gebäude. Diesen Großkotz haben Franzi und ich verscheucht. Philip hat danach einen Monat lang kein Wort mit uns gewechselt.

Zuletzt wollte er das Schloss als Time-Sharing-Hotel an eine amerikanische Investorengruppe verkaufen. Der Vertrag lag bereits auf dem Tisch. Ich hätte nur mehr unterzeichnen müssen. Und ich muss zugeben, das Angebot war sehr verlockend. Aber ich verbinde mit diesem Haus so viele schöne Erinnerungen. Außerdem will ich es für Albert erhalten. Er ist ein Geborener von Welschenbach und es ist sein Besitz, selbst wenn er nach dem Tod seines Vaters auf sein Erbe verzichtet hat. Albert interessiert sich nicht für weltliche Dinge. Du kennst ihn ja."

Ich nickte ungeduldig.

„Lieber den Rest meines Lebens in Armut verbringen, als in einem netten, freundlichen Ein-Raum-Appartement im Seniorenheim Seewalchen auf das Ende zu warten. Außerdem habe ich ja nicht nur einen Sohn, sondern auch einen Enkel."

Ja, und du hast auch eine Tochter. Und die sitzt im Knast, dachte ich. Sogleich verflüchtigte sich mein Mitgefühl mit Walpurga wieder.

Als hätte sie meine Gedanken gehört, fing sie von Franzi zu reden an.

„Franzi war mir in all den Jahren eine große Stütze. Sie liebt unser Zuhause, will es genauso wenig aufgeben wie ich. Sie hat Philip oft in die Schranken gewiesen, wenn mir die Argumente ausgegangen sind."

Walpurga wischte sich ein paar Tränen aus den Augen. Warum hatte ich bloß das Gefühl, dass es falsche Tränen waren? Konnte ich dieser armen Haut denn nicht verzeihen, dass sie meiner Mutter damals den Mann ausgespannt hatte?

„Ihre rhetorische Begabung hat sie nicht von mir." Walpurga sah mich bedeutungsvoll an, aber ich wollte es ihr nicht leichter machen, als es für mich war.

„Mir ist erst klar geworden, wer Franzis Vater ist, als sie in die Volksschule kam. Im Alter von fünf, sechs Jahren begannen sich Victors Züge in ihrem Gesicht widerzuspiegeln. Die gleichen dunklen braunen Augen, der Mund seinem so ähnlich, das gleiche charmante Lächeln, das gleiche dichte Haar, nur die Farbe hat sie von mir geerbt …“, seufzte sie. „Leider kann ich mir jetzt keinen guten Anwalt für meine Tochter leisten. Deswegen habe ich Victor angerufen. Verzeih mir bitte, dass ich euch in diese schreckliche Geschichte mit hineingezogen habe. Ich war total verzweifelt, wusste keinen anderen Ausweg. Franzi wird einstweilen vom Anwalt unserer Familie vertreten. Er ist ein Wirtschaftsanwalt, eine Art Vermögensberater, und ein etwas windiger Typ obendrein. Selbst er hält es für besser, wenn Franzi einen ordentlichen Strafverteidiger bekommt. Und so habe ich eben gehofft, dass Victor uns helfen könnte …“

„Mein Vater ist nicht wohlhabend“, sagte ich. „Im Grunde lässt er sich von seiner jetzigen Freundin aushalten.“

„Mit Hilfe eines guten Strafverteidigers könnte deine Schwester mit fünf Jahren Gefängnis wegen Totschlags davonkommen.“ Die emotionalen Zwischentöne beherrschte Walpurga besser als ich.

Mein demonstratives Gähnen übersah sie geflissentlich. Ich hatte keine Lust, mich von ihr weiter mit familiären Problemen traktieren zu lassen. Normalerweise wurde ich gut dafür bezahlt, wenn ich mir Familiendramen anhörte.

„Sei mir nicht böse, aber ich kann die Augen nicht mehr offen halten, ich muss ins Bett“, sagte ich und küsste sie, falsch, wie ich manchmal sein kann, links und rechts auf die Wange.

Obwohl ich bei Walpurgas Erzählung fast eingenickt wäre – es war ein langer Tag für mich gewesen –, hatte ich Probleme einzuschlafen. Das Laken war feucht, die Tuchent klamm. Aus allen Ecken hörte ich Kratzen und Scharren. Auch das Rascheln der Baumkronen vor dem Fenster machte mich nervös. Außerdem hatte ich schon wieder Hunger.

Ich hätte mir ein Hotelzimmer nehmen sollen. Ich war zu alt für private Unterkünfte inklusive Familienanschluss.

Ein Blick auf den Reisewecker: Halb zwölf vorbei. Ich richtete mich im Bett auf, tastete nach dem Schalter der Nachttischlampe, schaltete sie ein und stand auf. Zog mich noch einmal an und ging hinaus auf die Terrasse, um eine Zigarette zu rauchen.

Im Schloss herrschte absolutes Rauchverbot. Obwohl: nachdem, was ich am Abend zu hören bekommen hatte, wäre es vielleicht gar keine so schlechte Idee gewesen, die alte Hütte abzufackeln. Walpurga hatte bestimmt eine gute Brandschutzversicherung.

Nach den ersten Zügen ließ das flaue Gefühl in meinem Magen nach. Ich hörte auch auf zu zittern. Entweder war es hier draußen wärmer als in meinem Zimmer, oder mein schicker, neuer Wollmantel war sein Geld wert.

Vier Schläge ertönten von der Kirchturmuhr. Ich zündete mir eine zweite Zigarette an. Gleich darauf hörte ich die zwölf Mitternachtsschläge.

Ein leises Geräusch. Kam es von unten, vom Laubwald herauf? Raschelten die Büsche unterhalb der Terrasse im Wind? Nein. Das Rascheln der Blätter klang anders. Schritte? Ein Tier? Eine Katze? Ein streunender Hund, ein Fuchs? Nein. Tiere machten keine so regelmäßigen Geräusche. Ich versuchte mich zu konzentrieren. Kam da jemand über die Wiese heraufgeschlichen? Meine Handflächen wurden feucht, meine Kehle hingegen staubtrocken. Ich wagte nicht, mich zu bewegen, presste meinen Rücken gegen die Hausmauer und hielt den Atem an.

Es war nicht sehr dunkel. Wenn er näher kam, würde er mich, trotz meiner schwarzen Kleidung, sehen.

In einem Fenster des Eckzimmers zeigte sich ein schwacher Schein. Die Vorhänge waren nicht ganz geschlossen. War Walpurga wieder aufgestanden? Sie hatte sich doch vorhin gleich schlafen gelegt, war angeblich ebenfalls total erschöpft gewesen. Sie schlief in ihrem Schlafzimmer im ersten Stock, hatte sie vorhin zumindest behauptet.

Vielleicht sollte ich laut schreien?

„Joe? Joe Bellini?“, hörte ich eine angenehme Männerstimme von der Treppe her rufen. „Frier dir nicht den Arsch ab wegen einem Tschik. Komm rüber zu mir. Bei mir ist Rauchen erlaubt. Ich mach uns noch einen Gute-Nacht-Drink.“

„Sie haben mich erschreckt“, sagte ich erleichtert und streckte dem jungen Mann, der über die Treppe heraufkam, die Hand hin.

„Ich bin Mario. Hoffe, ich muss nicht Tante zu dir sagen. Du bist viel zu hübsch für eine Tante“, scherzte er.

Neugierig musterte ich den fast glatzköpfigen Burschen.

„Du bist Franzis Sohn?“ Ich bemühte mich, meine Überraschung zu verbergen. Der junge Mann sah aus wie dreißig, und Franzi war nur ein halbes Jahr älter als ich, also gerade mal fünfundvierzig.

„Lass uns außen rumgehen, sonst wecken wir womöglich die Alte auf – sie hat Ohren wie ein Luchs“, sagte er, sichtlich amüsiert über meine Verwirrung.

Ich folgte ihm und verzichtete darauf zu erfahren, wer sich um diese späte Stunde in Walpurgas Arbeitszimmer aufhielt.

Die kleine Orangerie lag unweit des linken, einsturzgefährdeten Trakts. Schon bei meiner Ankunft war mir aufgefallen, dass sie sich in einem relativ guten Zustand befand. Mario erzählte mir stolz, dass er sie mit Hilfe vom Fischer-Heinz renoviert hatte.

„Die neuen Fenster haben zwar ein Vermögen gekostet, sind dafür aber dicht.“

Mein neuer Neffe – oder sollte ich lieber Halbneffe sagen? – gefiel mir gut. Seine Natürlichkeit und seine offene Art sprachen mich an.

Als er in der umgebauten Orangerie Licht machte, sah ich ihn mir genauer an. Er war eine Spur größer als ich und gut gebaut, er schien ein Fitness-Studio zu besuchen. Seine ebenmäßigen Züge erinnerten mich allerdings nicht an Franzi, sondern an jemand anderen. Ich wusste nur nicht gleich an wen. Vielleicht an meinen schönen Vater?

Ich nahm auf der cremefarbenen Ledercouch Platz und zündete mir noch eine Zigarette an.

Mario stellte einen Korbsessel und einen kleinen Tisch im Pseudo-Kolonialstil neben die Couch, holte eine Flasche Whisky und sah mich fragend an.

„Nichts gegen einen kleinen Schlummertrunk, aber Tee wäre mir, ehrlich gesagt, lieber."

Er legte ein paar Scheite in dem schwedischen Holzofen nach und stellte Teewasser auf. Dann setzte er sich zu mir.

„Ich bin nur selten hier", sagte er mit einem Blick auf meinen Mantel, den ich anbehalten hatte. „Es wird gleich warm werden. Der Ofen ist ein richtiger Feuerspucker. Ich hatte mein Jugendzimmer gründlich satt, und Mama und Großmutter haben tatsächlich die Kohle für den Umbau der Orangerie rausgerückt. Trotzdem schlafe ich meistens unten am See. Ich habe über meiner Bar eine Garçonnière mit Zentralheizung. Hier oben haben sie mich nach wie vor unter Kontrolle." Er blinzelte mir verschwörerisch zu.

„Entschuldige, Mario, ich wusste bis vor ein paar Minuten noch gar nichts von dir. Welche Bar und wo?"

„Waas? Sie haben mich dir verschwiegen? Das sieht ihnen ähnlich." Die Theatralik in seiner Stimme war nicht zu überhören. Nach diesem kleinen Ausbruch war ich endgültig davon überzeugt, dass er Victors Enkel war.

„Mein Vater hat deine Existenz erwähnt, aber ich habe eher ein Kleinkind oder einen pubertierenden Jüngling erwartet, auf keinen Fall ein ausgewachsenes Mannsbild. Ich habe noch kaum Gelegenheit gehabt, mit allen ausführlich zu reden."

Ich wunderte mich genauso wie er, dass Walpurga mir nicht mehr von ihm erzählt hatte, verschwieg ihm aber lieber, dass sie mir stundenlang die Szenen einer furchtbaren Ehe geschildert hatte.

Während Mario den Tee zubereitete, sagte er: „Ich glaube, ich werde deinen Vater Opa nennen. Ich habe mir immer einen Opa gewünscht. Aber dieser Arsch hat sich diesen Namen verbeten."

„Du meinst Philip."

„Ja, wen denn sonst?"

„Du hast ihn nicht leiden können?"

„Als kleiner Bub schon. Angeblich bin ich ihm nachgelaufen wie ein junger Hund. Aber er hat mich gehasst. Und als ich dann Bescheid gewusst habe, hasste ich ihn auch."

„Als du was gewusst hast?"

„Dass er mein Vater war."

Obwohl es nun an mir war, theatralisch zu werden, schwieg ich, schaute ihm nur lange in die Augen. Ich konnte rechnen. Als ich sein Alter geschätzt und die Jahre zurückgezählt hatte, waren die schrecklichen Bilder blitzartig vor meinen Augen aufgetaucht. So sehr ich mich auch bemühte, mir jene abscheuliche Szene im Bootshaus genauer in Erinnerung zu rufen, ich sah immer nur Franzis verzweifelten Gesichtsausdruck, ihr langes rotblondes Haar und ganz verschwommen diesen männlichen Hintern, der sich schneller und schneller auf und ab bewegte.

Mich fröstelte.

Später hatte ich mich selbst einen erbarmungswürdigen Feigling geschimpft. Warum hatte ich mich damals nicht auf dieses Schwein gestürzt? Ihm nicht mit meinen langen Fingernägeln den Rücken zerkratzt? Ihn an den Haaren von Franzi weggezerrt? Ihm die Faust ins Gesicht geschlagen?

Franzi und ich hatten nie mehr miteinander über diesen Tag, der unsere Kindheit und unsere Freundschaft beendet hatte, gesprochen. Aber das hatte ich in jenem furchtbaren Augenblick nicht wissen können. Ich war gerade vierzehn Jahre alt gewesen. Ahnungslos und naiv.

Der Schwur, den ich Franzi damals gegeben hatte, war nicht viel wert gewesen. Als ich am nächsten Morgen mit verheultem Gesicht zum Frühstück erschienen war, hatte mir meine Mutter neugierige Fragen gestellt. Gisela hatte mir die Notlüge, dass ich mit Franzi gestritten hätte, nicht abgenommen. Sie hatte mich den ganzen Tag lang mit Fragen gequält, bis ich ihr schließlich heulend die ganze Geschichte erzählt hatte. Nach diesem Gespräch waren wir sofort abgereist. Wir fuhren nachher nie wieder zur Sommerfrische an den Attersee.

Sommer 1979

Zu Mittag bricht sich das Sonnenlicht an der spiegelglatten Wasseroberfläche und lässt das Wasser geheimnisvoll glitzern. Nicht das leiseste Lüftchen spielt mit den Blättern der Bäume. Die Erwachsenen verkriechen sich unter ihre Sonnenschirme und unter die schweren Äste der Eichen. Ihre Gespräche versanden. Hin und wieder hört man leises Schnarchen. Nur Gisela sitzt lesend vor dem Bootshaus.

Während die anderen vor sich hindösen, beschließen Franzi und Joe, ins öffentliche Strandbad zu schwimmen.

Willi und Gustav warten bereits im Schatten des großen Sprungturms auf sie. Lassen ihre langen, dünnen Beine über dem Wasser baumeln und feuern ihre Freundinnen lautstark an, die das letzte Stück um die Wette kraulen.

Franzi erklimmt als erste die Badeleiter neben dem Turm. Willi applaudiert heftig.

„Ich hasse kaltes Wasser, deshalb schwimme ich so schnell", sagt Franzi. Es klingt fast wie eine Entschuldigung.

„Blödsinn, du schwimmst einfach besser als ich", sagt Joe.

Als sie alle vier um die Wette tauchen, wird Joe wieder letzte. Sie nimmt es scheinbar gelassen hin.

„Mit euch Eingeborenen kann ich nicht konkurrieren“, scherzt sie.

Als sie Kerze, Schustersitz und Köpfler vom Drei-Meter-Brett üben, ist es mit Joes Gleichmut vorbei.

„Mir reicht’s für heute“, stöhnt sie und reibt sich ihr Hinterteil. Trotz ihres Sonnenbrandes legt sie sich demonstrativ in die Sonne. Sie sieht den anderen bei ihren Sprüngen zu. Gustav gesellt sich bald zu ihr. Lädt sie auf eine Partie Tischfußball ein.

Im Wuzeln ist Joe fast unschlagbar. Nacheinander besiegt sie alle drei Freunde.

Als sich der Wind, der inzwischen aufgekommen ist, am späten Nachmittag verabschiedet und die Segler zu ihren Liegeplätzen zurückkehren, sagt Joe: „Es ist fünf vorbei. Wir müssen zurück, Franzi, sonst gibt es wieder Krach mit deiner Mama.“

Die Mädchen drücken Willi und Gustav Küsschen auf die Wangen und springen ins Wasser. Unterwegs begegnen sie ihren Eltern, die gemächlich nebeneinanderher schwimmen.

„Dass die mit all dem Kaffee und Kuchen im Bauch nicht untergehen …“, lästert Franzi. Joe steckt lachend den Kopf unter Wasser. Taucht erst nach ein paar Sekunden spuckend und hustend auf.

„Habt ihr uns was vom Zwetschkenkuchen übrig gelassen?“, ruft Franzi.

„Keine Angst, es sind noch drei Stück da“, antwortet Gisela, „und in der kleinen Thermoskanne ist heiße Schokolade für euch.“

„Sollen wir noch mal um die Wette schwimmen? Die erste kriegt zwei Zwetschkenfleck, die zweite nur einen?“, fragt Franzi ihre Freundin.

„Ich mag sowieso nichts essen. Du kannst alle drei haben“, sagt Joe mürrisch. Sie schließt sich den Erwachsenen an. Schwimmt mit ihnen auf den See hinaus.

Als Franzi aus dem Wasser kommt, sitzt Albert, vollkommen angekleidet, auf einer Liege und trinkt Kaffee. Sie geht zu ihm, schlingt gierig zwei Zwetschkenfleck hinunter. Dann nimmt sie Albert, der sich gerade Kaffee einschenkt, die große Thermoskanne weg. Setzt sie an die Lippen und leert sie in einem Zug.

Albert lächelt, sagt aber kein Wort. Bietet ihr eine von seinen Zigaretten an.

„Du glaubst, die können von dort draußen nicht sehen, dass ich rauche?“, fragt Franzi.

„Die sind alle kurzsichtig“, sagt er.

„Ist mir ohnehin scheißegal“, murmelt Franzi und lässt sich von ihm Feuer geben. Genüsslich zieht sie an der Zigarette und bläst ihm den Rauch ins Gesicht. Schweigend sitzen die beiden Geschwister nebeneinander und schauen aufs Wasser.

Joe beobachtet sie eifersüchtig, während sie zurück ans Ufer schwimmt.

„Albert, willst du dich nicht auch erfrischen? Das Wasser ist herrlich“, ruft Walpurga, als sie sich dem Ufer nähert.

Er gibt ihr keine Antwort. Steht auf, nimmt ein Badetuch von einer anderen Liege und reicht es Gisela, als sie aus dem Wasser kommt. Sie bedankt sich mit einem charmanten Lächeln.

Joe schlüpft, ohne sich abzutrocknen, in ihren Bademantel und sagt zu Franzi: „Lass uns abhauen.“

Als Franzi nicht reagiert, verlässt sie allein den Badeplatz.

3. Kapitel

Das massive Eichentor fiel hinter mir ins Schloss. Obwohl es bereits zehn Uhr vormittags war, hing dichter Nebel über der kleinen Lichtung. Ich sah kaum zehn Meter weit. Der Rasen vor dem Eingang war lange nicht gemäht worden. Die braunen Grashalme standen mindestens vierzig Zentimeter hoch.

Ich genoss es, durchs feuchte Gras zu gehen. Obwohl ich am liebsten den Hang hinuntergelaufen wäre, hielt ich haus mit meinen Kräften. Der Boden war rutschig. Ich war völlig untrainiert und hatte keine Lust, mir einen Fuß zu verstauchen.

Mario und ich hatten am Vorabend bis drei Uhr früh miteinander geredet. Ein bisschen Joggen an frischer Luft würde mir sicher zu einem klaren Kopf verhelfen. In den letzten Jahren hatte ich mich oft nach dieser reinen Luft am frühen Morgen, den schroffen, felsigen Bergen im Osten, dem lieblichen grünen Hügelland im Westen und dem türkisgrünen Wasser dazwischen gesehnt.

Außerdem war es höchste Zeit, mich körperlich etwas in Form zu bringen. In Wien nahm ich mir kaum Zeit zum Laufen. Hier hatte ich nichts anderes zu tun, als herumzusitzen und mir die tragischen Lebensgeschichten dieser Leute anzuhören.

Kaum hatte ich den Laubwald erreicht, begann ich zu rennen. So ganz allein unter einer Nebelglocke im Wald war mir etwas mulmig zumute.

Ich lief bis zur Seestraße hinunter. Dieser lange, triste Abschnitt entlang der Atterseebundesstraße konnte einem das Joggen fast verleiden. Es gab keinen Gehsteig, keinen Radweg, nur den schmalen, leicht abfallenden Straßenrand zwischen der Böschung und der Fahrbahn. Zum Glück waren um diese Zeit wenige Autos unterwegs. Aber die fuhren zu schnell.

Nachdem mich einer dieser Verrückten fast mit seinem Kotflügel gestreift hätte, hielt ich kurz inne. Meine Kondition ließ tatsächlich zu wünschen übrig. Obwohl ich nicht allzu lange gelaufen war, spürte ich ein Stechen in der Lunge und mein Herz raste.

Dichte Nebelschleier zogen über den See, ließen sowohl die gegenüberliegende Gebirgskette als auch das düstere südliche Ende hinter einer undurchdringlichen Wand verschwinden.

War dort vorne nicht der große Parkplatz vom Strandbad? Ich schleppte mich ein paar Meter weiter, versuchte, regelmäßiger zu atmen. Meine Bronchien röchelten wie die eines Lungenkranken.

Auf dem Parkplatz standen nur wenige Autos. Wahrscheinlich waren sie seit einer Ewigkeit dort. Bei einem Wagen fehlten die Nummernschilder, ein anderer hatte einen platten Reifen. War ich auf einem Autofriedhof gelandet?

Als ich mich dem Weg zur Uferpromenade näherte, schimpfte ich mich eine Idiotin. Was für eine blöde Idee, bei dieser Kälte und diesem Nebel joggen zu gehen. Was hätte ich jetzt nicht für eine heiße Dusche und eine Tasse Kaffee gegeben. Weit und breit war kein Café in Sicht, geschweige denn eine Dusche. Obwohl, war das nicht der Eingang zum Strandbad?

Hier sieht es ja aus wie im Hochsicherheitstrakt eines Gefängnisses, dachte ich, als ich vor dem Eingang angelangt war. Bevor ich noch in Versuchung kam, den fast drei Meter hohen Zaun zu erklimmen, fiel mir ein, dass sie das Wasser längst abgedreht hatten.

Auch auf der Promenade war ich ganz allein unterwegs. Die schönen Villen schienen leerzustehen. Die Landhäuser im typischen Salzkammergutstil – unten Stein, oben Holz und eine kleine verglaste Loggia – wirkten verlassen. Die Fensterläden waren zu, die Türen verrammelt. Weit und breit war keine Menschenseele zu sehen. Ein kleines

Schlösschen, die Villa Paulick, in der Gustav Klimt und seine Braut Emilie Flöge viele Sommer verbracht hatten, kam in Sicht. Warum war ich nicht in dieser Pension mit Jugendstil-Inventar und Klimt-Originalen an den Wänden abgestiegen? Warum fror ich mir in diesem verfallenen Schloss den Arsch ab?

Ich wurde langsamer und langsamer. Als Laufen konnte man meine Art der Fortbewegung nicht mehr bezeichnen. Ein Café vor mir. Meine Rettung!

„Marios Bar", stand in Riesenbuchstaben über dem Eingangstor zur Terrasse. „Geschlossen", war auf einem Schild an der Tür zu lesen. Ach Mario, dachte ich, warum hast du heute Nacht nicht in deiner Garçonnière über der Bar geschlafen.

Ich schwitzte. Es war kalter Schweiß, der mir über den Rücken rann. Ich scheuchte ein paar schwarze Enten und einige Schwäne auf, bevor ich kehrtmachte und wieder zurücklief. Endlich hatte ich meinen Laufrhythmus gefunden, lief jetzt leichtfüßiger, geriet weniger außer Atem.

Der Morgennebel lag wie ein Gewirr von Spinnenfäden über dem Wasser. Die ersten Sonnenstrahlen bahnten sich jedoch bereits ihren Weg durch den zarten Schleier. Auf der glatten Wasseroberfläche spiegelten sich die schweren Eichenäste. Die Luft roch nach feuchter Erde und ein wenig nach Moder. Ich stellte mir vor, wie ich im Schatten der alten Bäume lag, dem Rascheln der Blätter über mir und dem Plätschern der Wellen unten am Ufer zuhörte.

Plötzlich tauchten das Bootshaus und der Steg vor mir auf.

Die Hälfte des Seegrundstückes, das zum Schloss gehörte, hatte die Baronin früher an den kinderreichen evangelischen Pfarrer verpachtet. Die Hecke zwischen den beiden Badeplätzen war damals kaum einen halben Meter hoch gewesen. Heute trennte ein hoher Lattenzaun, der von Brombeersträuchern und wildem Wein überwuchert wurde, das Grundstück.

Ein Bachstelzenpärchen vergnügte sich vor meinen Augen auf der Wiese. Draußen, am Ende des Steges, zeichnete sich die dunkle Silhouette eines großen Mannes ab.

Das Gatter stand sperrangelweit offen. Ich zögerte. Irgendein unbestimmtes Gefühl, keine reale Angst, nur ein gewisses Unbehagen hielt mich zurück. Obwohl ich mir einbildete, den Mann, der dort draußen stand und aufs Wasser schaute, zu kennen. Der gesenkte Kopf, die vorgebeugten Schultern – Albert hatte schon immer eine schlechte Haltung gehabt.

Er konnte mich nicht sehen. Wären wir noch Kinder gewesen, hätte ich mich, lautlos wie ein Indianer, angeschlichen.

Kurz bevor ich den Steg erreichte, blieb ich stehen. Wollte ich ihm jetzt überhaupt begegnen? Wenn ich weiterginge, würde mich das Knarren der morschen Bretter verraten. Was machte er bloß dort draußen? Man sah fast nichts. Das gegenüberliegende Ufer lag nach wie vor unter einer dicken Nebeldecke.

In diesem Moment drehte er sich um.

„Servus", sagte ich zaghaft.

Er traf keine Anstalten, zu mir zu kommen, also ging ich auf den Steg hinaus.

„Ich war joggen." Was für eine überflüssige Bemerkung, stand ich doch im Jogginganzug und in Laufschuhen vor ihm.

„Sport ist Mord", scherzte er, aber sein Blick war ernst und traurig wie immer.

„Und was machst du hier?"

„Ich gehe jeden Morgen am See spazieren. Heute bin ich etwas spät dran. Wegen des Nebels."

„Ich wollte mich hier ein bisschen umsehen. Ich habe diesen Ort in meiner Kindheit geliebt", versuchte ich meine Anwesenheit auf seinem Grund und Boden zu rechtfertigen.

„Und hast du deine Neugier befriedigen können?" Albert verzog keine Miene.

„Zum Teil. Ich würde mir gern euer Bootshaus ansehen, wenn ich darf", sagte ich, weil mich seine arrogante Art ärgerte. „Hast du den Schlüssel zufällig dabei?"

„Soviel ich weiß, sperren wir nie ab. Dort drinnen gibt's nichts Erbauliches zu sehen. Unser Ruderboot ist leck, und Marios Segelboot dient den Fischen als Laichstätte. Manchmal stellt Heinz sein Boot bei uns unter. Aber ich habe ihn seit Tagen nicht gesehen."

Ich machte trotzdem kehrt und ging auf das Bootshaus zu. Er folgte mir widerwillig. Die Tür klemmte, war aber nicht abgesperrt. Kein Vorhängeschloss, so wie früher. Als ich noch einmal fest anriss, hatte ich den verrosteten Bügel in der Hand. Die Tür war einen Spalt breit offen. Ich zog sie mit beiden Händen ganz auf. Dauerte es zwei Minuten oder zwei Sekunden, bis ich zu schreien begann?

Es verging jedenfalls eine kleine Ewigkeit, bis ich wieder bei Sinnen war. Ich musste wohl beim Anblick der blutroten Graffitis in Ohnmacht gefallen sein. Holzboden und Wände des Bootshauses waren mit rotbrauner Farbe beschmiert. Es sah aus wie getrocknetes Blut. Und zwischen den beiden lecken Booten trieb ein menschlicher Kopf im flachen Wasser. Ein Kopf fast ohne Gesicht. Er pendelte zwischen den beiden Bootsrümpfen hin und her. Sanfte Wellen spielten mit ihm wie mit einem Ping-Pong-Ball.

Ich holte tief Luft und zwang mich, den grauenhaften Totenschädel genauer anzusehen. Das Gesicht war durch tiefe Schnittwunden fast bis zur Unkenntlichkeit zerstört. Leere Augenhöhlen starrten mich vorwurfsvoll an. Der Mund ein verzerrtes schwarzes Loch. Das fehlende Gebiss verlieh ihm ein teuflisches Grinsen. An der Stelle, wo sich normalerweise die Nase befindet, klaffte ein Spalt, der sich von der Stirn bis zum Kinn zog. Langes Haar bedeckte für eine Sekunde das unmenschliche Gesicht, wurde von der nächsten Welle wieder weggespült. Es war Seegras. Der Schädel war fast kahl. Mir fiel auf, dass der Kopf ziemlich hoch und sehr gleichmäßig am Hals abgeschnitten worden war. Nur Motorsägen hinterlassen solch gleichmäßige Spuren, dachte ich, behielt aber diesen Gedanken für mich.

Ich wollte etwas sagen. Mein Mund war so trocken, dass ich kein Wort herausbrachte. Auch Albert schien es die Sprache verschlagen zu haben. Ich griff nach seiner Hand. Sie war kalt wie Eis. Ich ließ sie sofort wieder los. Wir vermieden es, einander anzusehen, starrten fassungslos auf das grauenhafte Bild, das sich uns bot.

„Der Heinz ...", stammelte Albert schließlich und verbarg das Gesicht in seinen Händen. Ich legte meinen Arm um seine bebenden Schultern.

„Bist du dir sicher, dass es Heinzis Kopf ist? Das Gesicht ist völlig zerstört."

„Es ist sein Kopf. Aber wo ist sein Körper?"

Ich ertrug seinen starren Blick nicht länger, schloss die Augen und atmete ein paar Mal tief durch, bevor ich sagte: „Er war dein bester Freund, oder?"

„Ja, was für ein Freund!"

Meinte er es zynisch? Ich hatte schon als Mädchen nicht verstanden, was diese beiden höchst unterschiedlichen Burschen miteinander verband. Die einzige Gemeinsamkeit, die man auf den ersten Blick hatte feststellen können, war ihre Wortkargheit gewesen. Wenn ich abends schwimmen gegangen war, hatte ich die beiden oft schweigend nebeneinander am Steg sitzen gesehen.

Trotz meiner Übelkeit blickte ich mich noch einmal im Bootshaus um. Die dunklen Flecken auf dem Bretterboden und die blutbeschmierten Wände wiesen darauf hin, dass der Mord hier begangen worden war. Allerdings lagen weder Kleidungsstücke noch andere Habseligkeiten des Opfers herum. Auch keine Tatwaffe.

„Wir müssen sofort die Polizei anrufen. Hast du ein Handy dabei?"

„Hast du das schon vergessen – ich besitze kein Handy."

Und meines liegt auf dem Nachtkästchen in meinem Zimmer, dachte ich.

„Hast du wenigstens eine Karte für die Telefonzelle?"

Albert antwortete nicht. Ich zerrte ihn mehr oder weniger aus dem Boothaus.

Der Wind hatte nicht nur den Nebel vertrieben, sondern auch die Sonne.

Regen hing in der Luft. Der dunkelgraue Himmel wirkte verdächtig ruhig, er versprach einen kräftigen Schauer.

Wir warteten im Schloss auf das Eintreffen der Kriminalpolizei. Ich rauchte eine Zigarette auf der Terrasse. Es war bereits meine fünfte an diesem Vormittag. War es nicht eigenartig, dass keiner außer Albert um den toten Heinz zu trauern schien? Auch Philip Mankur schien keiner der Schlossbewohner eine Träne nachzuweinen, nicht einmal seine Frau. Ich begegnete den beiden Toten ebenfalls ziemlich gleichgültig, ich hatte weder für Philip noch für Heinz viel übrig gehabt.

Ein Streifenwagen raste mit eingeschaltetem Blaulicht und durchdrehenden Reifen die Schotterstraße herauf. Mir entkam ein Grinsen. Die Dorfpolizei hielt sich wohl für Miami Vice.

Walpurga, die einen der Beamten gut zu kennen schien, bot den beiden Männern im Salon Kaffee an und begann, sie auszufragen. Wie sich bald herausstellte, war der junge Bezirksinspektor namens Wolfi ein ehemaliger Schüler von ihr. Er spielte die zweite Trompete bei der Blasmusikkapelle. Wolfi erteilte seiner ehemaligen Musiklehrerin bereitwillig Auskunft.

„Das Seegrundstück haben wir bereits abgeriegelt. Der Karner hält vor Ihrem Bootshaus Wache. Mein Kollege und ich haben die Aufgabe, mit Ihnen, verehrte Frau Baronin, und mit den anderen Bewohnern von Schloss Welschenbach auf die Kriminalpolizei zu warten."

In diesem respektvollen Ton ging es weiter.

Das Problem unserer Exekutive ist, dass diese Art von Beruf nicht nur Menschen anzieht, die gern Autorität ausüben, sondern dass diese Menschen gleichzeitig auch sehr autoritätshörig sind. Und eine ehemalige Lehrerin ist eben eine Autorität fürs Leben, dachte ich.

Unwillkürlich musste ich an Jan Serners muffelige Art und seine Verschwiegenheit nach dem Mord an der Astrologin Marlene Helmer denken. Wir hatten uns anlässlich dieses Mordfalles kennengelernt. Wenn ich daran dachte, dass ich damals seine Hauptverdächtige gewesen war, musste ich jetzt noch kichern. Rasch täuschte ich Raucherhusten vor.

Albert, der vollkommen lethargisch in seinem Ohrensessel neben dem Kamin lehnte, schreckte bei meinem Hustenanfall kurz auf.

Mario und Wolfi waren fast im gleichen Alter. Sie schienen sich gut zu kennen. Als Walpurga Kaffee kochen ging, hielt Mario das Gespräch in Gang. Ich fühlte mich nicht dazugehörig und trug genauso wenig zu ihrer Unterhaltung bei wie Albert.

Als es läutete, ging ich zur Tür und öffnete. Ein kräftiger, dunkelhaariger Mann mittleren Alters streckte mir seine Hand hin. Er war mir fremd, und doch erkannte ich ihn sofort. Er blickte mir ernst in die Augen. Plötzlich weiteten sich seine Pupillen. Und bevor er etwas sagen konnte, fiel ich ihm um den Hals.

„Hey Joe", krächzte er verlegen, erwiderte jedoch meine Umarmung.

Sein Kollege sah uns völlig verdattert an.

„Was machst *du* denn hier?", fragten Gustav und ich einander gleichzeitig.

Wie sich herausstellte, war mein Jugendfreund Gustav Mahringer heute Chefinspektor beim LKA und nicht nur der ermittelnde Beamte im Fall Mankur, sondern auch zuständig für den Mord an Heinz.

Während Gustav die anderen begrüßte, musterte ich ihn kritisch, fand aber an seinem Äußeren nichts auszusetzen. Sein ehemals glattes, rundes Gesicht hatte ein paar Kanten und Falten abbekommen, doch er hatte nach wie vor gütige Augen. Meine Mutter hatte einmal behauptet, dass Gustav ein gutmütiger Junge wäre, der aufpassen müsste, von anderen nicht ausgenützt zu werden. Ich hatte das damals ganz anders gesehen. Heute gab ich ihr recht.

Geduldig hörte er sich gerade Walpurgas Klagen über den neuen Todesfall auf ihrem Grund und Boden an. Er ging nicht im üblichen Polizeistil vor, stellte keine direkten Fragen, sondern benahm sich sehr diskret und äußerst höflich.

Von frühester Kindheit an hatten Gustav, Willi, Franzi und ich eine verschworene Clique gebildet. Wir hatten zusammen Schwimmen, Tauchen und Radfahren gelernt, Mutter-Vater-Kind und Cowboy und Indianer miteinander gespielt. Gustav und ich hatten immer die Bösen mimen müssen. Franzi war unser Boss gewesen und hatte die Rollen verteilt. Im zarten Alter von vierzehn war Gustav mein einziger Verehrer gewesen. Und er war der erste Mann gewesen, der mich richtig geküsst hatte. Es hatte erst beim zweiten Versuch geklappt, beim allerersten Mal hatte er noch eine Ohrfeige kassiert. Ich erinnerte mich ganz genau an dieses wichtige Ereignis:

Wir gingen schweigend zum See hinunter. Die Abendsonne breitete über die Bäume am Ufer einen golden schimmernden Schleier. Die blühenden Rosen in den Gärten am Wegesrand verströmten einen betörenden Duft. Gustav legte den Arm um meine Schultern.

Ich schob ihn nicht weg, sondern umfasste zögernd seine Taille. Nach den ersten unbeholfenen Versuchen schafften wir es mehr oder weniger, im Gleichschritt zu gehen. Ich hätte diesen Abendspaziergang gern stundenlang fortgesetzt.

Als die Sonne hinter den Hügeln zu verschwinden drohte, blieb er abrupt stehen, zog mich an sich und presste seine Lippen auf meinen Mund. Ich war so überrascht, dass ich ihn gewähren ließ. Öffnete sogar bereitwillig meine Lippen, als sich seine Zunge langsam vortastete. Ich könnte nicht mehr sagen, wie lange wir unter der hohen Birke standen und uns küssten. Damals schien die Zeit stillzustehen.

Es war mir nicht lange vergönnt, in süßen Erinnerungen zu schwelgen. Gustav und sein Kollege begannen im Arbeitszimmer mit den Vernehmungen.

Albert wurde als erster einvernommen. Mit gesenktem Haupt und schlurfendem Gang, wie ein Verurteilter, dem das Schafott bevorsteht, folgte er Gustav.

Ich kam gleich nach Albert dran. Da ich leider mehr Erfahrung mit Verbrechen hatte, als mir lieb war, und schon öfters verhört worden war, bildete ich mir ein zu wissen, worauf es ankam. Zumindest nahm ich mir vor, Gustavs Fragen kurz und bündig und möglichst wahrheitsgemäß zu beantworten, nichts auszuschmücken, keine Vermutungen oder gar Verdächtigungen zu äußern.

Meine Einvernahme ähnelte anfangs eher einer netten Kaffeehausplauderei. Als Gustav nach dem wahren Grund für meine Anwesenheit im Schloss fragte, fiel meine Antwort fast ehrlich aus. Ich gab zu, für Franzi einen ordentlichen Anwalt zu suchen.

Ich erwischte mich dabei, wie ich Gustav mit Jan verglich. Manchen Menschen merkt man es an, dass sie Freude an ihrer Arbeit haben. Gustav schien seinen schrecklichen Beruf zu lieben, wusste aber anscheinend auch das Leben zu genießen. Für ihn bestand sicher nicht die Gefahr, depressiv zu werden, so wie bei Jan und mir. Wir neigten beide dazu, alles zu hinterfragen, zu analysieren, und verdarben uns selber mit unseren ewigen Grübeleien jeden Spaß, jede Freude an den schönen Nichtigkeiten des Lebens.

Als mir bewusst wurde, dass Gustav Franzi verhaftet hatte, fand ich ihn plötzlich gar nicht mehr so nett. Ab nun antwortete ich eher einsilbig.

Meine Zuneigung zu Kriminalbeamten geriet noch stärker ins Schwanken, als Gustav indirekt einen Verdacht gegen Mario äußerte. „Aus Franzi ist nichts rauszubringen. Sie spricht sowieso kaum mit mir. Als ich sie nach dem Verhältnis zwischen ihrem Sohn und ihrem Stiefvater gefragt habe, ist sie fuchsteufelswild geworden."

„Du kennst sie ja", sagte ich knapp.

Sommer 1979

Das Abendrot verleiht dem Wasser einen warmen orangefarbenen Glanz.

„Um diese Zeit geh ich am liebsten rudern", sagt Joe zu ihrer Freundin. „Aber dein Bruder und der blöde Heinz müssen ja immer justament bei Sonnenuntergang rausfahren. Wenn sie uns wenigstens mal mitnehmen würden."

„Kein Problem", sagt Franzi kichernd. „Wir werden ihr Schiff einfach entern."

Sie bindet Willis Kunststoff-Kanu, das auf der Wiese liegt und mit einem Seil an einem Baum festgemacht ist, los. „Wir müssen warten, bis es ganz dunkel wird."

Sobald die Sonne untergegangen ist, paddeln die beiden Mädchen in die Richtung, in der sie das Boot vorhin verschwinden gesehen haben. Albert und Heinz kehren ihnen die Rücken zu, als sie auf fast zehn Meter an sie herankommen. Aus einem Kofferradio erschallt laute Rockmusik.

„Deep Purple", murmelt Joe.

„Sei still", zischt Franzi.

Albert und Heinz rauchen und trinken aus einer großen bauchigen Flasche.

„Die saufen Chianti und dröhnen sich zu“, flüstert Franzi. „Das sind keine normalen Zigaretten. Wetten, dass sie Joints rauchen?“

„Wir können sie ja fragen“, schlägt Joe leise vor.

Franzi beginnt laut zu lachen. Albert und Heinz springen gleichzeitig auf. Das schwere alte Ruderboot schaukelt bedenklich.

„Wenn ihr uns einen Zug machen lasst, halten wir den Mund“, ruft Franzi ihnen zu.

Sie macht das Kanu mit einem Seil am Ruderboot fest und greift nach dem Joint, den ihr Bruder in der Hand hält.

Sie machen beide ein paar Züge. Joe hat sofort ein flaues Gefühl im Magen. Trotzdem zieht sie ein zweites und drittes Mal an. Inhaliert jedoch nicht mehr.

„Du Verschwenderin“, sagt Franzi kichernd und nimmt Joe, die nun ebenfalls lachen muss, den Joint weg.

Die Burschen fallen in das Gelächter der Mädchen mit ein.

„Welschenbach ist eigentlich ein komischer Name“, sagt Heinz plötzlich.

„Wieso komisch? Das ist ein guter, alter römischer Name. Wir Welschenbachs sind Romanen. Wir stammen von der römischen Restbevölkerung ab, die nach den großen Feldzügen am Attersee zurückgeblieben ist“, erklärt Albert ernsthaft.

„Na, dann Prost! Auf die alten Römer. Sie wussten wenigstens, wie man anständige Orgien feiert“, beendet Heinz den kurzen Geschichtsunterricht. Er nimmt einen kräftigen Schluck aus der Flasche und reicht sie weiter an Albert.

Franzi lacht wieder albern, schaut aber ihren Bruder nachdenklich an.

Joe drängt zum Aufbruch. Zunächst paddeln sie friedlich zurück. Kaum kommt das Ufer in Sicht, beginnt Franzi durchzudrehen. Sie gibt vor, total high zu sein, und bringt das Kanu zum Kentern. Kichernd waten sie in ihren nassen Sachen an Land.

Joe bindet das Kanu ordentlich am Baum fest. Franzi schlägt vor, die Kleider im Bootshaus trocknen zu lassen und einstweilen nackt schwimmen zu gehen. „Im Wasser ist es wärmer als hier draußen."

Sie zieht sich rasch aus. Joe zögert, folgt ihr aber. Bringt ihre nasse Hose und ihr T-Shirt ebenfalls ins Bootshaus. Ihre Unterhose behält sie an.

Sie schwimmen weit hinaus. Kehren erst um, als Albert und Heinz zurückkommen. Joe bleibt im Wasser. Sie geniert sich offensichtlich, will sich vor den Burschen nicht halbnackt zeigen.

Franzi hilft, das Ruderboot zu vertäuen. „So, und jetzt hätte ich gern was zum Rauchen", sagt sie grinsend.

Der Anblick von Franzis runden, festen Brüsten scheint Albert nervös zu machen. Hastig dreht er einen neuen Joint. Verpfuscht ihn. Startet einen zweiten Versuch. Heinz kann seine Augen ebenfalls nicht von Franzis prallem Busen lösen, während er mit zitternden Händen ein Lagerfeuer entfacht.

„Another Brick in the Wall" von Pink Floyd dröhnt aus dem Lautsprecher des kleinen Radios. Franzi sitzt splitternackt zwischen den beiden jungen Männern. Albert hat den Arm um ihre Schultern gelegt. Heinzis Hand ruht auf ihrer Hüfte. Ein friedliches Bild. Dennoch, irgendetwas missfällt Joe an diesem Stillleben.

„Ihr seid ganz schön stoned", sagt sie vorwurfsvoll. Keine Reaktion.

Als Heinz vorschlägt, zur Feier des Abends einen Trip einzuwerfen, macht sie sich lautstark bemerkbar. Legt sich auf den Rücken und strampelt fest mit den Beinen.

Albert holt ein Badetuch aus dem Bootshaus, bringt es zum Ende des Steges und sagt: „Komm endlich raus. Gisela würde es mir nie verzeihen, wenn ich Schuld an deiner Erkältung hätte."

Joe hüllt sich gerade in das Handtuch, als es zu tröpfeln beginnt. Der romantische Abend findet ein sehr abruptes Ende. Im strömenden Regen eilen die Vier hinauf ins Schloss.

Die alte Haushälterin Kathi ist als Einzige noch auf. Sie rubbelt die beiden Mädchen mit Handtüchern ab und schickt sie gleich ins Bett. Für Albert und Heinz, die ebenfalls klitschnass sind, hat sie nicht einmal einen Blick übrig.

4. Kapitel

Als die Linzer Kripo endlich das Schloss verließ, war es bereits sechzehn Uhr vorbei. Mario verabschiedete sich ebenfalls. Im Oktober sperrte er seine Bar erst um achtzehn Uhr auf.

„Du kannst jetzt nicht einfach zum Alltag übergehen", empörte sich Walpurga. „Ich finde das pietätlos. Heinz war ein Freund unserer Familie. Wenigstens heute könntest du die Bar geschlossen halten. Wie siehst du das, Joe?", wandte sie sich an mich, als Mario wortlos zur Tür ging.

„Die Arbeit lenkt ihn ab", sagte ich diplomatisch.

Da wir alle seit dem Frühstück nichts mehr gegessen hatten, schlug ich vor, das Abendessen vorzuverlegen. Walpurga wirkte erleichtert und machte sich gleich in der Küche zu schaffen.

Ich blieb mit Albert im Salon zurück. Er starrte auf den Kamin, in dem kein Feuer brannte. Ich beobachtete ihn unauffällig, wie ich hoffte.

Er war extrem dünn. Auch ältere Männer können an Magersucht leiden, dachte ich. Er sah richtiggehend krank aus. Sein Gesicht hatte eine ungesunde Blässe und seine Augen waren stark gerötet. Obwohl er einen warmen Rollkragenpullover trug, hatte er einen dicken Wollschal um den Hals geschlungen.

Wir schwiegen beide beharrlich, bis Walpurga eine Schüssel mit aufgewärmten Krautrouladen auf den Tisch stellte.

„Oh, phantastisch, eine meiner Lieblingsspeisen", sagte ich enthusiastisch, obwohl ich keinen Appetit hatte.

Ich kaute endlos lange an jedem Bissen. Albert rührte die Roulade auf seinem Teller erst gar nicht an, trank nur stark gesüßten Tee.

Walpurga bemühte sich redlich, ein unverfängliches Gesprächsthema zu finden. Als sie mich fragte, was ich von Gustav halte, begab sich Albert in sein Zimmer.

Nachdem er uns allein gelassen hatte, fragte sie mich: „Erinnerst du dich an den Heinzi?“

„Er war ein zartes, schüchternes Bürschchen, das einem nie in die Augen schauen konnte“, sagte ich.

„Ja, er war ein bisschen seltsam. Irgendwer hat einmal behauptet, Heinz würde aussehen wie ein typischer Kinderschänder.“

„Kannst du mir verraten, wie ein Pädophiler auszusehen hat?“, warf ich gereizt ein. „Vielleicht war er nur ein alter Hippie? Zumindest hat er sein Haar schulterlang getragen. Ich erinnere mich, dass er genauso gern wie Albert Joints geraucht und LSD geschluckt hat“, sagte ich boshaft.

Walpurga war bei meinen letzten Worten zusammengezuckt.

„Albert und er haben sich gut verstanden, vor allem als Kinder. Er war sein einziger Freund“, sagte sie mit zittriger Stimme.

„Franzi und ich haben den Heinzi einmal erwischt, wie er uns beim Nacktbaden beobachtet hat. Er hat sich hinter der alten Eiche versteckt und uns dabei zugesehen, wie wir uns ausgezogen haben und vom Steg aus ins Wasser gehüpft sind. Er war ein Heimlichtuer. Franzi hat ihn verachtet. Ich bin ihm lieber aus dem Weg gegangen. Meistens ist er, wenn keiner mit ihm rechnete, plötzlich hinter uns gestanden und hat uns erschreckt. Wir haben ihn Schmidtchen Schleicher genannt. Aus heutiger Sicht würde ich sagen, er war ein armer Kerl, ein Komplexler mit voyeuristischen Neigungen.“

„Auf jeden Fall war er kein so guter Fischer wie sein Vater. Der alte Fischer-Hans hat mir immer dicke Hechte, fette Aale und wunderbare Saiblinge gebracht. Der Heinzi hat nach dem Tod seines Vaters sofort die Preise erhöht. Der Kilopreis für grüne Forellen stieg von zwölf auf fünfzehn Euro, und für ein Kilo Saiblinge hat er gar achtzehn verlangt. Er war ein Faulpelz, hat meistens bis mittags geschlafen. Kein einziges Mal ist er früh morgens aufgestanden, um Aale zu fangen. Als gäbe es keine Aale mehr im See, seit der Alte gestorben ist. Die Leute haben sich gewundert, wie er von den paar Fischen, die er verkauft hat, überhaupt leben konnte. Sein Vater hat ihm außer dem Boot, dem uralten VW-Käfer und der feuchten Hütte unten an der Ager nichts hinterlassen. Seit der Roither-Bauer den Fischhandel im großen Stil aufgezogen hat, hat der Heinzi nur mehr ein paar Privatkunden wie mich beliefert."

„Und warum hast du seine Faulheit unterstützt?"

„Weil er mir leid getan hat. Dieser Fischereikrieg hier am See tobt seit den 70er Jahren. Die Fischgründe sind irgendwann mal nach den Gemeinden aufgeteilt worden. Der nördliche Teil des Sees ist damals Heinzis Vater zugeteilt worden. Das Revier des Roither-Bauern begann erst kurz vor Nußdorf. Aber darum hat sich dieser präpotente Roither nie gekümmert. Er fischt, wo und wann immer er will. Ich würde von ihm niemals einen Fisch kaufen. Nicht nur, weil er uns den Wald abgeluchst hat. Man sagt auch, dass er die toten Fische in einem selbstgebauten Bassin im See schwimmen lässt und sie dann als frische Fische verkauft."

„Warum zeigt ihn keiner an?"

„Warum wohl? Wir leben auf dem Land, liebe Joe. Der hat überall seine Finger drin, sitzt im Gemeinderat, singt im Kirchenchor, ist bei der Freiwilligen Feuerwehr ... Der tanzt auf allen Hochzeiten. Als ich den Heinzi zum letzten Mal gesehen habe, hat er gesagt, dass er dem Ganzen nicht mehr lange zuschauen wird. Wenn der Heinzi mal den Mund aufbrachte, hat er meistens große Sprüche geklopft. Ich hab ihn nicht ernst genommen. Ich kenne ihn, seit er so klein war." Sie deutete die Größe eines Vierjährigen an. „Er ist mit Albert in die Volksschule gegangen. Sie saßen sogar in einer Bank. Und nach der Schule war er meistens bei uns. Der Fischer-Hans war Alleinerzieher. Seine Frau ist mit einem anderen davongelaufen, als der Bub kaum aus den Windeln war. Man kann es ihr nicht einmal verdenken. Warst du mal bei ihnen unten in der Hütte?"

Ich schüttelte den Kopf. Keine zehn Pferde hätten mich damals dorthin gebracht. Mir war der alte griesgrämige Fischer nicht ganz geheuer gewesen. Als kleines Mädchen hatte ich mich richtiggehend vor ihm gefürchtet.

„Da hast du echt was versäumt. Tiefstes 19. Jahrhundert. Ein Wunder, dass sie überhaupt Strom hatten."

„So armselig?"

„Richtig arm war der Alte nicht. Es hat ihn halt nichts anderes interessiert als das Fischen. Der Junge hat es schwer gehabt. Sein Vater hat sich kaum um ihn gekümmert. Entweder hat er ihn ignoriert oder er hat ihn misshandelt. Der Heinzi hat trotzdem nie was über seinen Vater kommen lassen. Er war ein total verwahrlostes Kind. Deshalb habe ich mich ja seiner angenommen. Im Laufe der Jahre wurde er immer mehr zum Einsiedler. Der einzige Mensch, mit dem der Heinzi als Erwachsener regelmäßig Kontakt hatte, war Albert."

Ich hörte ihr nicht mehr zu, sondern fragte mich die ganze Zeit schon, ob diese beiden Todesfälle zusammenhingen. Zwei gewaltsame Todesfälle in knapp zwei Wochen in einem so netten, kleinen Ort wie Seewalchen? Das war wohl mehr als ein Toter zuviel. Doch ich wollte diesen Gedanken mit Walpurga nicht näher erörtern und bat sie daher: „Erzähl mir mehr von Franzi. Ich habe oft an sie gedacht. Du weißt, wie das mit Jugendfreundschaften so ist ..."

„Das Leben war für dich damals kein Honiglecken. Als Gisela starb ..."

Ich hatte auch keine Lust, mit ihr über den frühen Tod meiner Mutter zu reden. „Bitte, Walpurga, lass uns bei Franzi bleiben. Ich muss mich erst an den Gedanken gewöhnen, eine Schwester – Halbschwester", verbesserte ich mich sofort, „– zu haben. Ich kannte sie ja nur als Kind."

„Sie hat es nicht leicht gehabt. Aber sie hat sich ihr Leben selbst verpfuscht oder war zumindest mit schuld ..."

„Du meinst ihre frühe Schwangerschaft?"

„Nicht nur. Sie ist leider sehr leichtsinnig und verantwortungslos. Sie war ein schwieriges Kind und in der Pubertät hat sie uns die Hölle heiß gemacht. Zugegeben, ihr Stiefvater hat einiges dazu beigetragen, dass sie sich ..." Walpurga zögerte. Bevor ich nachhaken konnte, sprach sie weiter: „Einerseits hat er sie verwöhnt und ihrem Bruder gegenüber bevorzugt, andererseits ist er sehr brutal mit ihr umgesprungen."

Erstaunt zog ich die Brauen hoch. Ich konnte mich beim besten Willen nicht daran erinnern, dass Philip Mankur seiner Stieftochter allzu viel Beachtung geschenkt hatte.

Walpurga schien mein Erstaunen nicht zu entgehen.

„Ich habe zusehen müssen, wie meine Tochter mehr und mehr abgesackt ist. Kaum hatte sie das Haus verlassen, hat sie sich wie eine Schlampe aufgeführt. Alkohol, Sex mit unmöglichen Männern, ja sogar Drogen waren mit im Spiel. Von mir hat sie sich bald nichts mehr sagen lassen. Kurz vor der Matura hat sie die Hotelfachschule in Bad Ischl geschmissen. Mit Ach und Krach hat sie die Matura in einer Abendschule in Linz nachgeholt. Danach ist sie für ein Jahr in die Schweiz gegangen, hat als Hilfskellnerin gearbeitet, zuerst in Zermatt und später am Züricher See, behauptet sie. Ich habe eher den Verdacht, dass sie sich als Bardame in diversen zwielichtigen Etablissements durchgeschlagen hat. Irgendwann hat sie in Linz ein Studium begonnen. Frag mich nicht, was sie studiert hat. Sie hat nichts abgeschlossen, ist uns bis Mitte dreißig meist auf der Tasche gelegen. Zwischendurch ist sie immer wieder mal für ein paar Monate ins Ausland. Wir haben oft wochenlang nichts von ihr gehört."

„Und Mario?"

„Den habe ich aufgezogen. Bis zu seinem vierten Lebensjahr hat er mich für seine Mama gehalten."

„Sie hat nie geheiratet?“

„Nein. Wer will schon eine Frau, die durch so viele Betten gegangen ist? In jungen Jahren hätte sie durchaus Chancen gehabt. Sie war ja nicht gerade unattraktiv. Der Willi, du erinnerst dich bestimmt an ihn, hat sie richtiggehend angebetet. Ich glaube, er würde sie auch heute noch nehmen. Obwohl sie für ihre fünfundvierzig Jahre ziemlich verlebt aussieht. Ungeschminkt könnte man sie glatt für über fünfzig halten. Du wirst staunen, wenn du sie siehst.“

Wie nett. Was kann sich eine Frau Besseres wünschen, als dass ihre eigene Mutter in diesem Ton über sie spricht, dachte ich.

„Als die Pacht für die Bar unten am See ausgeschrieben wurde, habe ich endlich ein Machtwort gesprochen. Ich habe Franzi vor die Wahl gestellt: Entweder sie übernimmt die Bar oder ich streiche ihr meine finanzielle Unterstützung.“

„Das nennt man Erpressung“, murmelte ich.

„Mir blieb nichts anderes übrig. Uns stand das Wasser bis zum Hals. Außerdem hat mich Philip schwer unter Druck gesetzt. Zwei Sommer lang ist alles so halbwegs gut gegangen. Ich habe fast zu hoffen gewagt, dass meine Tochter endlich erwachsen geworden ist. Dann sind plötzlich jede Menge nichtsnutzige Freunde erschienen, die sich von ihr kostenlos mit Alkohol versorgen ließen. Wahrscheinlich nicht nur mit Alkohol. Ihre Liebhaber wurden immer jünger und die Gäste immer weniger. Als die Polizei eines Tages bei einer Razzia zwei Drogendealer verhaftet hat und das Lokal vorübergehend geschlossen wurde, habe ich wieder eingreifen müssen. Ich habe ihr die Geschäftsleitung weggenommen und sie Mario übergeben. Zum Glück ist er ein vernünftiger Junge. Es ist ihm gelungen, das Lokal in einem Sommer wieder auf den Damm zu bringen. Es ist ja wirklich ein idealer Platz. Allerdings muss er bald was investieren, sonst bekommt er Probleme mit der Gewerbebehörde.

Die Lebensmittelpolizei sitzt ihm eh schon im Nacken. Und genau darum ist es bei dem großen Krach zwischen Franzi und Philip an jenem verhängnisvollen Abend gegangen. Philip war nicht gewillt, einen Cent in diese Bruchbude, wie er die Bar nannte, hineinzustecken. Geduld war nie eine von Franzis Stärken. Anstatt sich mit mir hinter seinem Rücken eine Strategie auszudenken, ist sie sofort mit der Tür ins Haus gefallen, hat ihn beschuldigt, mich und die Familie betrügen zu wollen ... Ich habe nicht alles verstanden, ich war in der Küche, habe das Abendessen vorbereitet. Wir haben einen Gast erwartet. Heinrich, ich meine Doktor Braunsperger, hatte sich etwas verspätet. Als er schließlich angeläutet hat, haben wir ihre Schreie gehört. Ich wollte sofort einschreiten. Doktor Braunsperger hat mich zurückgehalten ...", seufzte sie. „Er hätte mich gehen lassen sollen. Vielleicht hätte ich das Schlimmste verhindern können. Ich kann Heinrich diesen Vorwurf nicht ersparen."

Sie verbarg ihr Gesicht in den Händen.

Mitleidig starrte ich auf die vielen Altersflecken. Da mir keine tröstenden Worte einfallen wollten, verabschiedete ich mich rasch von ihr.

Hatte Franzi tatsächlich ihren Stiefvater umgebracht, um ihrem Sohn seine Zukunft als Barbesitzer zu sichern?

Diese Geschichte hatte mich mehr aufgewühlt, als mir lieb war. Walpurgas harte Worte über ihre Tochter machten mir zu schaffen. Wie würde meine Mutter über mich sprechen? Wäre sie genauso kritisch? Oder wäre sie sogar stolz auf mich?

Ich stellte mir diese Frage nicht zum ersten Mal. Wie immer blieb sie unbeantwortet.

Ich versuchte, im Bett ein paar Zeilen zu lesen, aber nicht einmal Minette Walters schaffte es, mich auf andere Gedanken zu bringen. Eine Zigarette würde mich vielleicht beruhigen. Aber ich hatte keine Lust, mich wieder anzuziehen.

Ein Blick auf meine Armbanduhr. Kurz nach zweiundzwanzig Uhr. Vielleicht sollte ich Jan zurückrufen? Er hatte in den letzten beiden Tagen mehrmals versucht, mich zu erreichen. Zwei mysteriöse Todesfälle und ich vor Ort. Er würde mir nie verzeihen, wenn ich ihn nicht auf dem Laufenden hielt.

Ich griff nach meinem Handy. Er meldete sich bereits nach dem ersten Klingelton.

Nach dem üblichen Austausch von Höflichkeitsfloskeln platzte ich gleich mit der Wahrheit heraus und erzählte ihm die Kurzfassung der Ereignisse. Auch die dauerte lang genug. Er unterbrach mich kein einziges Mal. Jan ist und bleibt eben ein guter Zuhörer.

Als ich kurz verschnaufte, sagte er: „Ich rufe dich zurück. Kann jetzt nicht reden."

Er klang reserviert. Bestimmt passte es ihm nicht, dass ich mich von meinem Vater hatte breitschlagen lassen, mich einzumischen.

Erst jetzt vernahm ich die leise Klaviermusik und die gedämpften Stimmen im Hintergrund. Mein Liebster genoss anscheinend das Nachtleben in Stockholm.

„Okay, bis morgen."

„Ich komme, sobald ich kann, vielleicht schon am Mittwoch."

Wir warteten beide darauf, dass der andere noch etwas Nettes, Liebevolles sagen würde. Wir warteten beide vergeblich.

Ich sehnte mich danach, dass mich jemand in die Arme nehmen würde, mir sagen, dass alles nur ein schlimmer Traum wäre. Ich sehnte mich nach meiner Mutter. Würde ich sie denn bis ans Ende meines Lebens vermissen?

Es war so still, dass ich das Ticken meiner Armbanduhr hören konnte. Ich machte noch einmal Licht und wählte die Nummer meines Vaters. Victor hob nicht ab. Vielleicht war er mit Margarita ausgegangen? Als er sich auch am Handy nicht meldete, schaltete ich meines ab. Auch ich wollte am Samstagabend für niemanden mehr erreichbar sein.

„Du bist das Ebenbild deiner Mutter", hatte Walpurga bei unserem Wiedersehen gesagt. Und Albert hatte mich gar mit Gisela verwechselt.

Meine Mutter starb, als ich alt genug war, um sie für immer im Gedächtnis zu behalten. Wenn ich mich sehr einsam fühlte und in sentimentaler Stimmung war, holte ich mein Lieblingsbild von ihr, das ich in meinem Portemonnaie immer bei mir trug, heraus. So auch jetzt.

Das Bild war in jenem letzten Sommer am Attersee aufgenommen worden. Zweieinhalb Jahre vor ihrem Tod. Sie war damals etwa so alt gewesen wie ich heute. Ihre Krankheit war ihr nicht anzumerken. Sie wusste bestimmt noch nicht, dass sich in ihrer Brust ein Knoten breitmachte, der sie umbringen würde. Oder ahnte sie es bereits? Plötzlich bildete ich mir ein, dass in ihrem Blick eine leise Traurigkeit lag.

Bisher hatte ich gefunden, dass sie auf diesem Foto nicht nur unglaublich schön, sondern auch sehr glücklich aussah. Alle Kinder wünschen sich eine glückliche, strahlende Mutter, dachte ich. In meiner Erinnerung hatte sie aber tatsächlich selten so entspannt und fröhlich ausgesehen wie auf diesem Bild. Gisela war ein ernsthafter, grüblerischer Mensch gewesen. Mein Vater hatte sich manchmal über die Falten auf ihrer Stirn lustig gemacht. Sie hatte oft die Brauen hochgezogen und ihre Stirn hatte dann ganz runzelig ausgesehen. Doch auf diesem Bild war ihre Stirn glatt. Ein verschmitztes Lächeln umspielte ihre Lippen und ihre Augen blickten mich freundlich und leicht überrascht an. Ich hatte sie beim Lesen geknipst, sie hatte von ihrem Buch aufgeblickt, als ich abdrückte. Sie saß am Steg. Ihre langen, schlanken Beine und ihre Arme waren tief gebräunt. Im Hintergrund das smaragdfarbene Wasser des Attersees. Sie trug ein türkises T-Shirt über ihrem Badeanzug, das ihre Augen noch blauer leuchten ließ. Ihr langes, blondes Haar hatte sie hinter die Ohren geschoben, aber ein paar hellblonde Strähnen fielen ihr über das Gesicht.

Sie hatte sich nie gern fotografieren lassen. Ich teilte diese Abneigung mit ihr, ich stand lieber hinter als vor der Kamera. Doch dieser Schnappschuss in unserem letzten Sommer am Attersee war wirklich gelungen und hatte auch vor ihren Augen Gnade gefunden. Vielleicht war er mir deshalb so lieb.

Ich wischte mir eine Träne aus den Augen, bevor ich endgültig das Licht ausknipste. Das Foto legte ich aufs Nachtkästchen. Ich hoffte, von ihr zu träumen. Bisher hatte ich nur schöne Träume von meiner Mutter gehabt. Keinen einzigen Albtraum.

Sommer 1979

Am Sonntagmorgen läutet der Wecker in Franzis Zimmer um sieben Uhr dreißig. Franzi springt aus dem Bett. Rüttelt Joe, die die Nacht auf der Couch im Zimmer ihrer Freundin verbracht hat, wach. „Aufstehen, meine Süße! Mit ein bisschen Glück haben wir das Bad eine Stunde lang für uns allein. Aber wir müssen uns beeilen."

Sicherheitshalber schreibt Franzi in Großbuchstaben „BESETZT" auf einen Zettel und klebt ihn an die Badtür.

Während Joe ein Schönheitsbad nimmt, veranstaltet Franzi eine kleine Modenschau für sie. Auf dem Boden türmen sich diverse Kleidungsstücke. Joes Röcke und Hosen sind Franzi viel zu eng. Selbst Joes weitestes T-Shirt spannt um ihre Brüste.

„Scheiße, ich bin viel zu fett", stöhnt Franzi. „Morgen beginne ich mit der Hollywood-Diät."

„Und ich bin zu dünn", sagt Joe kleinlaut, als sie aus der Wanne klettert.

Franzi mustert ihre Freundin kritisch von unten bis oben.

„Busen hast du wirklich nicht viel. Aber um deine schmalen Hüften beneide ich dich", sagt sie gönnerhaft. „Philip hat mal behauptet, ich hätte das gebärfreudige Becken meiner Mama geerbt."

„Und ihre stämmigen Beine", murmelt Joe so leise, dass Franzi es nicht hört.

„Was hast du gesagt?"

„..., dass du einen knackigen Hintern hast", stammelt Joe. Schamhaft versteckt sie ihren mageren Körper hinter einem großen, flauschigen Badetuch.

„Deine Beine sind fast so hübsch wie die deiner Mutter", stellt Franzi neidisch fest. Sie lässt frisches Wasser in die Wanne ein, gibt ein paar Tropfen vom Rosenwasser ihrer Mutter dazu. Joe schlüpft in ihre schwarzen Jeans.

„Du wirst doch heute nicht deine langweiligen Jeans anziehen", protestiert Franzi.

„Ich hasse Röcke."

„Ich weiß. Aber versuch's mal mit dem Kleid, das dir deine Mutter geschenkt hat."

„Ich bin kein Hippie."

Das Kleid, das Franzi ihrer Freundin reicht, ist bodenlang und geblümt.

„Probier's wenigstens an."

Joe schlüpft folgsam in das Kleid. Dreht sich vor dem Spiegel und stöhnt: „Ich komme mir vor wie ein überladener Kleiderbügel."

Franzi steigt aus der Wanne, stellt sich splitternackt hinter Joe und flüstert ihr ins Ohr: „Im Gegenteil, du siehst richtig hübsch aus, Baby."

Joe errötet sanft und behält das Kleid an.

Franzi quetscht sich in einen von Joes Miniröcken, wechselt aber mindestens viermal das Oberteil, bis sie mit ihrem Aussehen halbwegs zufrieden ist.

Sie frisieren sich gegenseitig. Verbrauchen eine halbe Dose Haarspray und eine halbe Tube Gel. Make-up aufzutragen dauert mindestens so lange wie die Ankleidungszeremonie. Victor wartet bereits seit fünf Minuten vor der Tür.

„Macht endlich, dass ihr rauskommt, ihr Hübschen."

Franzi und Joe antworten mit einem Kichern.

„Einen Moment, Victor." Franzi nennt Joes Vater neuerdings bei seinem Vornamen, was Joe etwas befremdet.

„Geh oben aufs Klo, Papa", ruft sie unwirsch.

Als ein paar Minuten später Gisela heftig an die Tür klopft, unterbrechen die Mädchen ihre Schminkorgie.

„Bin ich hier in der Rocky Horror Picture Show gelandet?", fragt Gisela belustigt.

Joe hat ihrer Freundin eine gewisse Ähnlichkeit mit Dr. Frankenfurter verpasst. Sie selbst ähnelt einer völlig aufgelösten Ophelia.

„So lässt dich deine Mutter niemals in die Kirche gehen. Lasst mich in Ruhe pinkeln, dann helfe ich euch, wenn ihr wollt."

„Du hast echt Schwein mit deiner Mama", sagt Franzi leise, während sie vor der Tür warten.

Gisela verpasst den jungen Damen ein dezenteres Make-up und korrigiert ihre Frisuren mit Hilfe von Bürste und Haarspray. Zuletzt schmückt sie beide noch mit Ketten und Armreifen aus ihrem Schatzkästchen.

„Jetzt seht ihr richtig toll aus, finde ich", sagt sie.

Franzi strahlt sie dankbar an. Joe verzieht abfällig den Mund.

„Das Kleid steht dir phantastisch, mein Schatz", sagt Gisela und gibt Joe einen liebevollen Klaps auf den Po.

Victor, der ihnen nun im Bad Gesellschaft leistet, ist bei ihrem Anblick hingerissen. „Oh du meine Schöne", sagt er und legt voll väterlichen Stolzes den Arm um Joe.

Sie schüttelt seinen Arm ab, murmelt: „Lass mich in Frieden" und stürzt aus dem Bad. Am Gang läuft sie geradewegs Albert in die Arme.

Er hält sie ein Stück von sich weg und murmelt: „Du siehst ja richtig hübsch aus."

Der Kirchgang scheint den ganzen Aufwand wert gewesen zu sein. Nicht nur bei ihrem Einzug in die Seewalchner Pfarrkirche ernten die beiden Mädchen jede Menge bewundernde und neidische Blicke. Auch während der Messe verrenken sich einige Burschen die Köpfe nach ihnen.

Mit artig gefalteten Händen sitzt Joe neben Franzi. Steht auf, wenn die anderen aufstehen. Kniet nieder, wenn die anderen niederknien. Lauscht dem Singsang des alten Priesters, amüsiert sich jedes Mal köstlich, wenn einer aus dem Chor den richtigen Ton nicht erwischt und liest nebenbei in dem kleinen Kirchenprospekt.

Franzi stößt ihr den Ellbogen in die Seite und flüstert ihr ins Ohr: „Schau dir Philip an. Gleich wird er zu schnarchen beginnen."

Joe, vertieft in die schaurige Geschichte über den Heiligen Jakobus den Älteren, hört ihr nicht zu.

„Hast du gewusst, dass er enthauptet worden ist?", fragt sie leise.

„Spinnst du? Von wem redest du?"

„Vom Heiligen Jakob. Auf dem Schafott hat er von seinem Henker eine Flasche Wasser verlangt, um Josias, der mit ihm enthauptet wurde, noch schnell taufen zu können. Echt cool, der Typ. Ich steh auf Märtyrer."

„Hört endlich auf zu tuscheln", zischt Walpurga die Mädchen an.

Nach dem Gottesdienst albern Joe und Franzi mit der Dorfjugend am Kirchplatz herum. Selbst in der vertrauten Gruppe fühlt Joe sich bald unwohl. „Ich habe das Gefühl, dass uns alle anstarren", flüstert sie Franzi ins Ohr.

Als Gustav und Willi mit ihren Mopeds daherkommen, wirkt sie erleichtert. Sie schenkt beiden ein bezauberndes Lächeln.

Willi schlägt vor, eine kleine Spritztour zu machen. Franzi besteht darauf, selber zu fahren. Doch sogar als sie sich aufs Bitten verlegt, bleibt Willi hart. „Es sind zu viele Leute hier. Du bist nicht einmal fünfzehn. Das weiß jeder."

Solche Überlegungen interessieren Franzi nicht, und das teilt sie ihm auch lautstark mit: „Alter Spießer ..., Muttersöhnchen ...", hallt es über den Platz. Bevor sie sich wütend auf den Rücksitz seines alten KTM-Mopeds schwingt, zischt sie ihm „Feigling" ins Ohr.

Als das kurze, knallenge Röckchen hinaufrutscht und ihre gebräunten Schenkel fast bis zur Scham freilegt, verfolgen die anderen Burschen ihren Aufbruch mit neidischen Blicken.

Sogleich findet Joe, dass das bodenlange, luftige, weite Kleid an ihr blöd herunterhängt. Frustriert drückt sie ihr Strohhütchen ins Gesicht und setzt sich hinter Gustav auf sein schickes, auffrisiertes Puch-Moped.

Während der rasanten Fahrt trällert sie unentwegt einen uralten Schlager, den Victor heute Morgen im Bad gesungen hat: „Am Sonntag will mein Süßer mit mir Segeln geh'n ..."

„Die Eisbecher beim Ottet sind exzeptionell und die Cremeschnitten exorbitant", verspricht Gustav.

„Was hast du gesagt?", schreit Joe.

In der Schörflinger Konditorei ergattern sie einen winzigen Tisch neben der Tür. Joe ist nun bester Laune. Sie leistet sich sogar einen zweiten Bananensplit. Schafft nicht mehr als ein paar Bissen und überlässt den Rest ihren Freunden.

„Wenn Mama wüsste, dass wir uns vorm Mittagessen den Bauch mit Eis vollschlagen", sagt Franzi vergnügt.

5. Kapitel

„Walpurga ist zur Kirche gegangen. Sie ist auf ihre alten Tage richtig fromm geworden. Du kannst sie also jetzt nicht sprechen. Was willst du denn von ihr?", fuhr ich meinen Vater an. „Sie hat bereits tröstenden Beistand. – Nein, nein, nicht vom Pfarrer, von einem Arzt."

„Dieser alte Spießer Braunsperger lebt noch?"

„Er dürfte unwesentlich älter sein als du, Papa."

„Wie sieht er aus? Fett und glatzköpfig?"

„Im Gegenteil. Für sein Alter hat er sich recht gut gehalten", behauptete ich, obwohl ich den Doktor bisher nicht zu Gesicht bekommen hatte. „Und wie es mir geht, interessiert dich wohl gar nicht? Ich werde mich demnächst wegen Rheumatismus behandeln lassen müssen. In dieser Raubritterburg ist es dermaßen feucht, selbst das Bettzeug ist klamm. Alles riecht nach Staub und Moder. Die Nächte sind saukalt. Und diese ewige Nebelsuppe ..."

Victor schien nicht gewillt, sich mein Gejammer noch länger anzuhören. „Margarita ruft mich bereits zum dritten Mal. Mein Kaffee wird kalt, Schätzchen. Wir telefonieren später." Er legte einfach auf.

Ich brauchte nur an Margaritas Frühstücksorgien zu denken, schon lief mir das Wasser im Mund zusammen. Berge von Schinken und Käse, Liptauer, köstliche, selbst gemachte Marmeladen, Eier, Butterkipferl, frisch gebackenes Brot, wunderbare Handsemmeln ... Mein Frühstück hatte heute aus einer Tasse Nescafé bestanden. Ich hatte mich in aller Herrgottsfrüh in die Küche geschlichen und Wasser heiß gemacht. An einem Sonntagmorgen hatte ich keine Lust auf sorgenvolle Gesichter. Außerdem nahm ich an, dass Walpurga ohnehin nicht frühstücken würde, da sie nüchtern zur Kommunion antreten musste. Während ich den Kaffee trank, schaltete ich meinen Laptop ein und surfte im Internet.

Nach dem nicht gerade sehr aufbauenden Telefonat mit meinem Vater beschloss ich, mir ein Bad zu gönnen. Ich ließ heißes Wasser in die riesige Wanne mit den hübschen Messingfüßchen ein, gab ein bisschen Salz aus dem Toten Meer dazu und zog mich aus.

Verdammter Mist! Das Wasser rann nur mehr kalt aus dem Hahn. Hatte ich den Kohleofen zu wenig aufgeheizt? Die Badewanne war erst zu einem Viertel voll. Ich drehte den Hahn ab, legte mich in die Wanne und versuchte mir vorzustellen, dass mir das warme Wasser bis zum Hals reichte.

Wenn ich vor dem Ende der Messe im Goldenen Ochsen sein wollte, musste ich mich beeilen. Das Wirtshaus befand sich in der Nähe der Kirche, und ich wollte auf keinen Fall Walpurga über den Weg laufen. Ich schlüpfte in meine schwarzen Jeans, zog einen Fleece-Sweater über und eilte im Laufschritt ins Dorf.

Im Goldenen Ochsen war nicht viel los. Der offizielle Frühschoppen begann erst nach der Messe. Nur ein paar Gottlose hatten nicht auf den letzten Segen warten wollen, hauptsächlich alte Männer mit stark geröteten Gesichtern. Nur ein jüngerer Mann, ich schätzte ihn auf Anfang dreißig, saß in ihrer Mitte.

Das derbe Gelächter und die lauten Stimmen verstummten, als ich mich an einen kleinen Tisch unweit des Stammtisches setzte.

„Willst net rüberkommen, Pupperl?“, sagte einer der Alten, der mindestens vier Halbe intus hatte.

Sein Tischnachbar stieß ihm den Ellbogen in die Rippen und flüsterte ihm etwas ins Ohr. Als ich nicht reagierte, versanken sie in dumpfes Schweigen, starrten mich aber nach wie vor an.

Die Leute hier reden nur, wenn sie was getrunken haben. In nüchternem Zustand sind sie schweigsam, brummen oder grunzen nur, dachte ich.

Der Wirt, der sich nun meinem Tisch näherte, hatte ein professionell freundliches Lächeln aufgesetzt. „Gnä' Frau wünschen?"

Ich bestellte eine Eierspeis und einen Kaffee und holte mir die beiden Sonntagszeitungen von der Theke. Versteckt hinter der kleinformatigen Zeitung, in der ich ohnehin keinen lesenswerten Artikel fand, spitzte ich die Ohren und hörte der illustren Runde, die sich jetzt lautstark bemerkbar machte, aufmerksam zu.

Hauptthema des Frühschoppens schien der Tod vom Fischer-Heinz zu sein. Alle schimpften über ihn. Wilde Drogengeschichten machten die Runde. Bestimmt hatte keiner dieser Herrschaften jemals auch nur an einem Joint geschnuppert, geschweige denn Kokain oder Heroin gesehen. Höchstens im Fernsehen, dachte ich.

Dann kam die Rede auf den Roither-Bauern. Keiner verstand, warum er nicht zum Stammtisch gekommen war. Sie ergingen sich in allerlei Vermutungen. Vielleicht hatte er sich gestern Nacht versoffen? Oder er war geschäftlich unterwegs? Oder er hatte ein neues Gspusi? Letztere Vermutung wurde von ordinärem Gelächter begleitet.

Ich erinnerte mich vage an den Roither-Bauern. Ein unansehnlicher Kerl mit schütterem Haar, Bierbauch und präpotentem Gehabe. Heute musste er um die siebzig sein. Laut Walpurga war er nicht nur mit Philip Mankur zerstritten, sondern auch der Erzfeind vom Fischer-Hans gewesen. Es hatte sogar einige Prozesse und jede Menge Zeitungsartikel über den „Krieg der Fischer" am Attersee gegeben. Das hatte ich am Morgen im Internet recherchiert.

Als ein schwarzhaariger Mann mit tiefbraunem Teint die Gaststube betrat, herrschte am Stammtisch plötzlich wieder Schweigen. Der Mann stellte sich an die Theke und wartete geduldig, bis sich der Wirt endlich erhob und ihn anfuhr: „Was willst *du* denn hier?"

„Sie haben gesagt, ich soll Sonntag kommen."

„In der Früh hab ich gesagt. Aber wennst net Deutsch verstehst, kannst sowieso gleich wieder gehn."

„Sie haben gesagt, Sie suchen jemanden zum Abwaschen."

„Schleichen sollst dich, hab ich gesagt. Siehst nicht, dass ich eine volle Gaststube hab? Ich kann dich nicht brauchen."

Der Wirt packte den jungen Mann an der Schulter und schob ihn zur Tür hinaus.

„Arbeitsscheues Gesindel!", schimpfte er ihm hinterher.

„Gut gemacht, Fritz", lobte ihn einer der Gäste.

„Wenn ich diese schwarzen Teufel nur seh, krieg ich schon einen Gachen. Lauter Drogenhändler ...", mischte sich ein anderer lautstark ein.

„Und die Weiber erst! Schauen alle aus, als könnten's nicht bis drei zählen, aber im Ficki-Ficki machen sind's Weltmeister, werfen einen Gschrappen nach dem anderen ..." Seine weitere Rede ging in brüllendem Gelächter unter.

Die braune Brut kommt aus ihren Löchern gekrochen, dachte ich.

Der jüngere Mann, der bisher den Mund gehalten hatte, meldete sich nun ebenfalls zu Wort. Er drückte sich etwas gewählter aus als die alten Männer. „Wisst ihr überhaupt, wie viel uns diese Wirtschaftsflüchtlinge kosten? Die kassieren ein paar hundert Euro im Monat, und wer zahlt das? Wir Steuerzahler natürlich."

„Ja, Schmarotzer sind's. Aber deine Partei ist halt einfach zu schwach. Ihr wolltet damals ja um jeden Preis regieren, dafür habt's sogar euren Chef in die Wüste geschickt.

„Du meinst wohl in den Süden", warf der Wirt augenzwinkernd ein.

„Der war ein klasser Haberer, Prost", seufzte ein Alter, der sein Bierglas kaum mehr halten konnte. Der Schaum schwappte über und bekleckerte seine Sonntagshose. Er schien es nicht zu bemerken.

„Womöglich haben diese sogenannten Asylanten auch euren Quasi-Baron auf dem Gewissen", warf der jüngere Mann ein.

„Raubmord meinst?"

„Die machen nichts anderes als rauben, morden und brandschatzen."

„Da hast recht. Bei den Welschenbachs gibt's bestimmt was zu holen, auch wenn die Alte nur jammert."

Obwohl ich den Eindruck hatte, dass sie meine Anwesenheit vergessen hatten, bemerkte ich, wie mir der jüngere Mann verstohlene Blicke zuwarf. Den Alten schien es egal zu sein, dass ich ihre Verleumdungen hören konnte. Eine Frau zählte eben nicht. Oder im Gegenteil, vielleicht versuchten sie gar, sich in ihren Hasstiraden gegen Flüchtlinge, den Fischer-Heinz und gegen die Großkopferten vom Schloss oben zu übertreffen, um mir zu imponieren?

Ich konnte diese alte Nazi-Partie nicht länger ertragen. Mich langweilten ihre dummen Sprüche mindestens ebenso wie ihre versoffenen Visagen. Ich wollte gerade „Zahlen!" rufen, als einer über die Baronin herzuziehen begann.

„Meine Frau glaubt, dass ihn seine Alte auf dem Gewissen hat. Die Burgi hat den Baron schon lang satt gehabt. Das weiß eh jeder."

Mir war nicht ganz klar, von wem die Rede war. Meinten diese Dumpfbacken nun Philip Mankur oder Walpurgas ersten Ehemann, den Baron von Welschenbach?

„Die hat's früher schon mit den reichen Sommergästen getrieben ..."

„Unseren feinen Herrn Doktor nicht vergessen", unterbrach ihn einer seiner Kumpane. Schallendes Gelächter.

Der mit dem knallroten Säuferschädel drehte sich kurz zu mir um und krakeelte weiter: „Sie hat den Baron ins Grab gebracht, wenn nicht eigenhändig, dann haben ihm eben ihre vielen Gspusis den Garaus gemacht."

„Ja, die Burgi hat's faustdick hinter den Ohren. Nach außen hin immer die feine Dame spielen, so wie ihre Mutter. Erinnert ihr euch an die Rosi?"

„Die Rose vom Attersee", trällerte der älteste der Männer, der aussah wie ein Hundertjähriger.

„Ja, die Rosi war wirklich eine fesche Katz", schwärmte ein anderer Greis. „Die Burgi war als Junge auch a Sünd wert. Wie die als Dirndl herumstolziert ist auf ihren hohen Absätzen. Unsereins hat's nimmer kennt, obwohl wir ja miteinander in die Schul gangen sind. Die hat sich immer für was Besseres gehalten, nur weil ihr Vater Lehrer war."

„Oder weil's so geile Titten gehabt hat", lallte der Achtzigjährige.

„Und erst dann, wie's der Baron angestochen hat ..."

Brüllendes Gelächter, begleitet von Flüchen und derben Schimpfwörtern.

Mir reichte es endgültig. Hier würde ich wohl kaum interessante Informationen über die beiden Todesfälle aufschnappen. Ich zahlte und verließ grußlos das Lokal.

Auf dem Rückweg ließ ich mir Zeit. Ich brauchte dringend frische Luft, wählte deshalb den Weg durch den Wald und folgte dem Pfad, den Franzi und ich als Kinder oft gegangen waren. Hin und wieder blieb ich stehen, um zu horchen. Die lauten Stimmen und das rohe Gelächter der Betrunkenen verfolgten mich bis tief in den Wald hinein, übertönten das Knacken der Zweige und das Rascheln der kleinen Tiere im Unterholz.

Normalerweise hätte ich stinkwütend sein müssen, doch dieses chauvinistische und faschistoide Gerede hatte mich traurig gestimmt. Mir wurde wieder einmal bewusst, dass ich in einer Art Elfenbeinturm lebte. In meinem privaten Umfeld gab es keine alten Nazis, nicht einmal konservative Menschen. Ich fühlte mich an meinem Lieblingssee vollkommen fehl am Platz, ich war hier genauso fremd wie dieser dunkelhaarige Mann, den der Wirt vor seinen Stammgästen natürlich hatte demütigen müssen.

Meine melancholische Stimmung wurde durch das kühle, feuchte Herbstwetter verstärkt. Die Blätter der Bäume hatten sich gelb und rostrot verfärbt. Sobald sich ein paar Sonnenstrahlen durch den dünnen Wolkenschleier wagten, überzog ein zarter goldener Glanz die sterbenden Blätter.

Ich hatte kein Auge für diese morbide Pracht. Als sich der Wald nach ein paar hundert Metern lichtete, war ich den Tränen nahe. Ich fühlte mich fremd und sehr allein.

Auf der kleinen Lichtung war der Weg zu Ende. Ein Maschendrahtzaun umgrenzte ein Rotwildgehege. Ich nahm einen gehörigen Umweg in Kauf, um wieder auf den Pfad zu kommen.

Andere Leute schienen ihr Leben auch nicht besser im Griff zu haben als ich. Doch anstatt, dass mich dieser Gedanke beruhigte, hatte ich erst recht das Gefühl, davonlaufen zu wollen. Was ging mich diese ganze Tragödie hier an? Nur weil mein Vater seine Triebe nicht unter Kontrolle gehabt hatte und ich dadurch zufällig mit Franzi und Mario verwandt war, musste ich noch lange nicht bei diesem Drama mitspielen. Nach dieser Überlegung ging es mir besser.

Sonnenlicht drang schüchtern durch die Baumreihen. Der Wald wirkte wie verzaubert auf mich. Meine Schritte auf dem von Nadeln und Moos bedeckten Boden waren lautlos. Es gelang mir sogar, in diesem Mischwald mit Fichten, Eschen, Buchen und Birken Rehe aufzuscheuchen.

Im verwahrlosten Park an der Rückseite des Schlosses türmten sich riesige Haufen braunen Laubes, die unsichtbare Hände zusammengerecht hatten. Am liebsten wäre ich einfach weitergegangen, vorbei am Schloss, weiter hinauf in den Märchenwald. Ich fühlte mich nicht in der Lage, jetzt einem der Schlossbewohner gegenüberzutreten. Ich hatte das Gefühl, dass sich eine Mauer des Schweigens vor mir aufbaute. Und je mehr sie mit mir reden, desto mehr verschweigen sie mir, dachte ich. Alles Lügen, was ich bisher zu hören gekriegt hatte. Mario schien ein ehrlicher Kerl zu sein. Aber wer weiß, vielleicht verbarg sogar er etwas vor mir. Die Einheimischen waren immer eine verschworene Gemeinschaft gewesen. Ich hatte mir als Kind allzu gerne eingebildet dazuzugehören. Im Grunde war ich damals genauso eine Außenseiterin gewesen wie heute.

Walpurga hatte das sonntägliche Mittagessen für vierzehn Uhr angesetzt. Mir zu Ehren hatte sie Wiener Schnitzel mit Kartoffelsalat gemacht. Ich stellte insgeheim fest, dass ihr Schweinsschnitzel und ihr Kartoffelsalat nicht im Entferntesten an Margaritas echtes Wiener Schnitzel vom Kalb mit Erdäpfelmayonnaisesalat heranreichten. Natürlich würde ich dieses Urteil meinem Vater, der sich für einen Gourmet hielt, sofort mitteilen.

„Ihr habt viel Wild hier, ich habe heute jede Menge Rehe gesehen", schnitt ich ein völlig unverfängliches Thema an. Die gereizte Stimmung beim Essen war mir nicht entgangen. Mein Magen reagierte auf Unstimmigkeiten immer nervös. Ich brachte kaum einen Bissen hinunter.

„In der Dämmerung wagen sie sich manchmal ganz nah ans Schloss heran. Vor allem im Winter, wenn das Futter knapp wird", sagte Mario. „Als Kind habe ich ein Kitz gehabt und die ganzen Wintermonate lang mit meinem Taschengeld durchgefüttert."

Mein Neffe wurde mir immer sympathischer.

„Ich habe auch noch nirgends so viele Eichhörnchen gesehen wie hier, nicht einmal am Wiener Zentralfriedhof, und das ist ihr Lieblingsrevier, soviel ich weiß."

Diesen Satz hätte ich besser nicht gesagt. „Diese blöden Viecher sind eine echte Plage", schimpfte Walpurga und bekam hektische rote Flecken im Gesicht. „Ich hätte gute Lust, die alte Schrotflinte vom Dachboden zu holen. Die Biester machen nur Mist, reißen alle Tannenzapfen ab und klauen unsere Nüsse."

„Sie sind so putzig", warf ich protestierend ein.

„Hast du eine Ahnung! Sie halten keinen Winterschlaf, verwüsten das ganze Jahr über unseren Park, fressen alles, was nicht niet- und nagelfest ist. Sie sind schlimmer als die Ratten. Sie sammeln zwar das ganze Jahr über Vorräte, sind aber zu dämlich, um sich zu erinnern, wo sie das Zeug versteckt haben, graben alles noch mal auf, nagen alles an."

„Reg dich ab, Oma, denk an deinen Blutdruck", sagte Mario lachend.

Auch ich musste insgeheim lachen. Als ich mir jedoch eine vor Wut schnaubende Walpurga vorstellte, wie sie mit der Schrotflinte im Anschlag auf die niedlichen Tierchen losging, verging mir das Lachen.

„Wir haben momentan andere Probleme, denke ich", fuhr Mario fort. „Die Polizei hat heute Großkampftag. Seit den frühen Morgenstunden durchkämmen sie jeden Quadratmeter unten am See. Eine sehr kostspielige Suchaktion, wenn ihr mich fragt", sagte er. „Und wozu das Ganze? Seinen Kopf habt ihr ja bereits gefunden."

„Dich hat aber keiner gefragt", versuchte Walpurga, ihn zum Schweigen zu bringen, und schaute Albert, der weder sein Schnitzel noch den Kartoffelsalat angerührt hatte, besorgt an. Er schien unsere Blicke nicht zu bemerken und nippte versonnen an seinem Weinglas.

„Die müssen den Beamten sicher Überstunden bezahlen", sagte Mario. „Mich haben sie heute früh um acht aus dem Bett geholt. Sie haben die ganze Bar auf den Kopf gestellt. Danach haben sie die Gärten abgesucht, selbst in die Villa Paulick sind sie eingedrungen."

„Hatten sie einen Durchsuchungsbefehl?" Ich wunderte mich, welchen Journalrichter Gustav am Samstagnachmittag dazu gebracht haben könnte, Durchsuchungsbefehle für mehr als ein Dutzend Häuser und Grundstücke auszustellen.

„Ich habe sie nicht danach gefragt. Wir haben nichts zu verbergen. Und irgendwo muss der Körper vom Heinz ja sein. Ich vermute, dass der Mörder ihn im See versenkt hat. Allerdings verstehe ich nicht, warum er seinen Kopf in unserem Bootshaus ..."

„Ich bitte dich, Mario", herrschte die Baronin ihn an. Ihre Stimme war nahe am Kippen. „Nicht beim Essen!"

Uns war der Appetit bereits vergangen. Als Walpurga den Apfelstrudel aus der Küche holte, sagte Albert mehr zu sich selbst als zu uns: „Ob er sich wohl gefragt hat, warum er hier und jetzt sterben muss?"

„Die Toten sind tot, nur die Lebenden fragen nach dem Warum, Albert", sagte ich leise.

„Wann mag er gewusst haben, dass er sterben wird? Hat er seinen Mörder angefleht? Hat er um sein Leben gebettelt?"

„Quäl dich nicht mit solchen Fragen, Albert, bitte."

„Er wollte noch nicht sterben. Heinz war ein Lebenskünstler." Albert wurde richtiggehend lebhaft. War ihm das Glas Rotwein, das er getrunken hatte, zu Kopf gestiegen? „In letzter Zeit hat er sogar gute Geschäfte gemacht. Es ging um Geld, viel Geld. Geld war ihm sehr wichtig. Ich sei ein Versager, ein Outlaw, hat er gesagt. Er war trotzdem mein Freund. Ich habe ihn geliebt, wie man eben nur einen Freund lieben kann. Aber das versteht keiner. Deine Mutter hätte mich vielleicht verstanden", stammelte Albert weiter.

Hier hätten wir also ein Mordmotiv. Der frustrierte verlassene Freund ... Bevor ich diesen Gedanken weiterspinnen konnte, fuhr er fort: „Die Freundschaft mit ihm war eine ungleichwertige. Er hat gegeben und ich habe immer nur von ihm genommen. Er hat mir für das Wahre und Schöne die Augen geöffnet."

Ich verstand nicht, wovon er redete. Ich sah Walpurga fragend an. Mario und sie schwiegen betreten, rutschten unruhig auf ihren Stühlen hin und her.

„Ein einziges Mal wollte er etwas von mir. Aber ich habe es ihm nicht geben können", sagte Albert verzweifelt. „Ich bin schuld an seinem Tod. Ich allein oder wir, die Welschenbachs, unser verdammter Stolz, unsere Engstirnigkeit, unsere mangelnde Großzügigkeit ..."

Der vorwurfsvolle Blick, den er bei diesen Worten seiner Mutter zuwarf, entging weder Mario noch mir.

„Mach dich nicht selber fertig, Albert. Wenn du was zu rauchen brauchst, besorge ich dir das beste Zeug, das momentan zu kriegen ist, das verspreche ich dir. Aber hör auf mit diesen Selbstvorwürfen. Leg dich lieber ein bisschen hin", unterbrach Mario ihn und stand auf.

Überrascht sah ich zu, wie Albert folgsam seinen Kaffee austrank und mit Mario den Salon verließ.

„Ich hole mir ein paar Sachen aus meiner Wohnung und nehme dich dann mit, Joe. Oder willst du nicht mehr zum See?", fragte er mich.

„Doch, doch, ich helfe nur rasch beim Abräumen."

„Nein, das schaffe ich schon allein." Walpurgas Gesicht war nach wie vor stark gerötet.

„Vielleicht solltest du auch ein Mittagsschläfchen machen", sagte ich.

„Du darfst Alberts Gerede nicht ernst nehmen. Seit ihr den Kopf vom Heinz gefunden habt, ist er total verstört."

„Mach dir keine Sorgen. Geh jetzt ins Bett. Ich wasche ab."

Als wir zum See hinunterfuhren, brachte Mario das Gespräch sofort auf Albert. „Er ist ein armer Kerl, meist ein bisschen verwirrt. Aber das hast du ohnehin längst kapiert, schließlich bist du vom Fach."

„Ich kenne deinen Onkel ein paar Jährchen länger als du. Er war schon als junger Mann etwas eigenartig. Was hast du vorhin gemeint, als du sagtest, du könntest ihm was zum Rauchen besorgen? Raucht er immer noch so gerne Joints?"

„Du weißt Bescheid?"

„Natürlich."

„Ich rühre das Zeug nicht an. Mamas Drogenexzesse haben mir gereicht. Ich werde bis an mein Lebensende clean bleiben. Mir ist der Unterschied zwischen einer harmlosen Haschischzigarette und all diesem chemischen Scheiß voll bewusst, und glaub mir, Albert begnügt sich mit Gras. Er nimmt keine härteren Sachen, selbst wenn ihm Heinz schon das eine oder andere Mal etwas angeboten hat."

„War Heinz ein Dealer?"

„Wäre er gern gewesen", sagte er zögernd. „Er hat mich einmal gefragt, ob er in meiner Bar Drogen verkaufen dürfe. Er hat mir sogar eine Provision angeboten. Die Summe war vollkommen unrealistisch. Der Markt ist bei uns viel zu klein. Außerdem wollte ich sowieso nichts davon wissen. Er hat halt Albert und ein paar arbeitslose Jugendliche mit Haschisch und Marihuana versorgt, mehr war da nicht. Heinz war ein Aufschneider und Phantast. Der war viel zu blöd, um im großen Stil mit Drogen zu handeln."

„Dazu bedarf es keiner besonderen Intelligenz", warf ich schärfer als beabsichtigt ein. „Albert hat erwähnt, dass Heinz gerade gute Geschäfte gemacht hatte. Glaubst du nicht, dass er in eine größere Drogengeschichte verwickelt gewesen sein könnte? Vielleicht hat ihn eines von diesen Arschlöchern umgebracht? Wer weiß, ob er in seiner Bauernschläue nicht geglaubt hat, seine Lieferanten reinlegen zu können."

„Joe, wir sind hier nicht in New York oder L.A., wir reden vom Heinzi, einem harmlosen, ständig eingerauchten Fischer vom Attersee. Egal, welch große Stücke mein kluger, aber leider spinnender Onkel auf ihn hält, er war ein armes Würschtl."

„Das war er, da hast du recht. Weißt du zufällig, wo er das Zeug aufbewahrt hat?“

„Ich nehme an in seiner Hütte.“

„Ist Albert oft bei ihm gewesen?“

„Nein. Ich glaube nicht. Sie haben sich meist in der Früh im Bootshaus getroffen. Als ich jünger war, bin ich ihnen manchmal nachgeschlichen.“ Kaum hatte er diesen Satz ausgesprochen, wurde ihm bewusst, dass er damit seinen Onkel belastete. „Damit will ich nicht sagen, dass …“, stammelte er.

„Ist schon okay.“

Ich wechselte das Thema und machte mich über den tanzenden Elvis Presley auf seinem Armaturenbrett lustig. „Woher hast du denn den?“

„Von einer Verehrerin“, sagte er erleichtert. „Kurz nachdem sie mir diese Geschmacklosigkeit geschenkt hat, habe ich sie verlassen. Den Elvis habe ich behalten, er ist eine Art Mahnung, mich nie mehr in eine doofe Tussi zu verlieben.“

Als wir auf dem kleinen Parkplatz am Beginn der Uferpromenade ausstiegen, bot er mir seinen Wagen an. „Hier, bitte schön.“ Er reichte mir seine Schlüssel. „Ich brauche den Wagen so gut wie nie. Wenn ich was getrunken habe, fahre ich sowieso nicht, und da ich praktisch täglich trinke … Du kannst ruhig morgen damit zu Mama nach Linz fahren. Ich war letzten Donnerstag bei ihr.“

Ich half ihm, seine Winterkleidung in die kleine Wohnung über der Bar zu bringen. Eine sehr gemütliche, etwa vierzig Quadratmeter große Garçonnière. Ich konnte gut verstehen, dass er die kalten Monate lieber hier verbrachte. In der Orangerie würde es, trotz seines tollen schwedischen Ofens, bald zu feucht sein. Außerdem hatte ich den Verdacht, dass er der melancholischen Stimmung im Schloss entkommen wollte.

„Was machen wir heute?", fragt Franzi.

Joe antwortet mit einem gelangweilten Gähnen.

Die beiden Mädchen liegen auf den Sofas im Salon und hören dem Regen zu, der an die Fenster auf der Westseite prasselt.

„Warum geht ihr nicht schwimmen? Das Wasser ist warm", schlägt Gisela vor.

„Und warum gehst du nicht selber schwimmen?", antwortet Joe patzig.

„Wir könnten nachmittags ins Kino gehen", sagt Franzi.

„Schon wieder? Bei euch gibt es nur uralten Mist", meckert Joe.

„Warum nehmt ihr euch kein Buch?", fragt Walpurga. „Du könntest auch Englisch üben, Franzi. Das würde dir sicher nicht schaden. Vielleicht gibt Joe dir sogar Nachhilfe."

Murrend zieht sich Franzi die Decke über den Kopf. Als ihre Mutter den Salon verlässt, deckt sie sich wieder ab und streckt die Zunge heraus.

„Wir werden alle zusammen etwas spielen", bestimmt Gisela. Sie duldet kein Nein. Jeder muss mitspielen, selbst Philip, der sofort auf die Toilette flüchtet und eine längere Sitzung einlegt. Nur Walpurga ist entschuldigt. Sie kümmert sich gemeinsam mit Kathi um das Mittagessen.

Sie spielen Risiko, Monopoly und DKT. Und sie schlagen sich die Bäuche mit Kathis gebackenen Mäusen voll. Die alte Haushälterin hat sich der beiden Mädchen erbarmt und den ganzen Vormittag lang die leckeren Bällchen aus Germteig in heißem Fett herausgebacken, weiß sie doch nur allzu gut, dass Süßes tröstet.

Nachmittags kommt die Sonne heraus. Eine schüchterne Sonne. Trotzdem laufen Franzi und Joe hinunter zum See. Kein Mensch weit und breit. Die Badeplätze sind verwaist.

„Ich liebe den Geruch von nassem Heu. Am liebsten würde ich mich in diese feuchten Heuhaufen reinhauen", sagt Joe.

Franzi scheint für solch abartige Bedürfnisse nicht viel übrig zu haben. Während Joe ins Wasser springt, läuft sie zur nächsten Telefonzelle. Ruft Willi und Gustav an und verabredet sich mit den Burschen im Kinocafé.

„Du hältst es wohl keinen Tag allein mit mir aus", murmelt Joe gekränkt, erklärt sich aber bereit, abends mit ins Kino zu gehen.

„Ich habe ihnen gesagt, dass wir erst zur letzten Vorstellung kommen können. Vorher müssen wir ja blöderweise zum Abendessen erscheinen."

„Ich weiß, das ist bei euch eine Art ungeschriebenes Gesetz. Zuhause essen wir, wenn wir Hunger haben. Ich esse manchmal ganz allein in meinem Zimmer oder ich vergesse überhaupt aufs Essen."

„Du hast es gut. – Aber jetzt verstehst du wenigstens, warum ich von Jahr zu Jahr fetter werde."

Punkt neunzehn Uhr betreten sie mit frisch gewaschenen Haaren, sauberen Fingernägeln und ordentlich gekleidet das Esszimmer. Franzi schlingt das kalte Nachtmahl hinunter, als hätte sie drei Tage lang nichts zu essen bekommen. Sie treibt Joe, die ewig an jedem Bissen herumkaut, zur Eile an.

Dann heißt es wieder in Windeseile umziehen. „In diesem spießigen Aufzug können wir uns auf keinen Fall im Kino zeigen", sagt Franzi.

Joe hat noch nicht entschieden, was sie heute Abend anziehen wird. Sie bittet ihre Freundin, ihr die Entscheidung abzunehmen: „Jeans oder Wickelrock?", fragt sie.

Auf Franzis Rat hin schlüpft sie in ihre hautengen weißen Jeans. Nur was das Oberteil betrifft, setzt sie sich durch. „Schwarz passt immer", behauptet sie, als ihre Freundin indigniert die Brauen hochzieht und protestiert: „Rosa oder türkis würde dir besser stehen. Schwarz ist ideal für alte, fette Weiber." Joe behält das schwarze T-Shirt trotzdem an.

Sie nehmen den kürzesten Weg nach Seewalchen. Quer übers Maisfeld. Die Maiskolben sind reif und fallen buchstäblich in ihre Hände. Es ist zwar nur Futtermais, Franzi nimmt trotzdem ein paar Kolben mit.

„Popcorn kostet zehn Schilling, und die habe ich nicht", rechtfertigt sie den kleinen Diebstahl.

Der dicke Hund des Bauern verjagt sie schließlich aus dem Feld.

„Tasso, sitz! Sei brav, Tasso!" Franzi schreit sich die Lunge aus dem Leib. Der Hund will einfach nicht auf sie hören. Mit gefletschten Zähnen und heraushängender Zunge hetzt er ihnen nach. Zum Glück hinkt er und hat kaum mehr Zähne im Maul.

Verschwitzt und außer Atem kommen sie ein paar Minuten zu spät. Werbung und Filmvorschau sind längst zu Ende. Der Hauptfilm hat gerade begonnen. Willi beklagt sich über ihre Unpünktlichkeit.

Joe hat „Grease" mit John Travolta und Olivia Newton John bereits in Wien gesehen. „Travolta ist nicht unbedingt mein Typ. Ich hätte mir lieber einen Film mit Robert de Niro oder Al Pacino Mal angesehen", flüstert sie Gustav ins Ohr.

Franzi hält Händchen mit Willi. Joe sitzt am Rand, neben Gustav. Sie stößt seine rechte Hand, die sich um ihre schließt, weg. Ihre Laune ist nicht die beste. Sie beobachtet Franzi, die mit Willi zu knutschen anfängt. Mit Händchenhalten und Schmusen hat sie selbst nicht viel am Hut. Egal, wie flehend Gustav sie ansieht, sie erbarmt sich seiner kein einziges Mal. Starrt weiterhin auf Franzi und Willi anstatt auf die Leinwand.

„Bist du etwa eifersüchtig?", fragt Gustav leise.

„Auf wen?"

Plötzlich interessiert sich Gustav vehement für Olivia Newton John. Er schaut Joe bis zum Ende des Films nicht mehr an.

Nach dem Kino fahren sie mit den Mopeds die paar Meter hinüber zur Strandpromenade. Teilen sich zwei Zigaretten und üben dann die neuen Tanzschritte, die sie gerade im Film gesehen haben. Gustav gelingt Travoltas Hüftschwung recht gut. Joe gibt sich versöhnlich und tanzt mit ihm. Als er sie fest an sich drückt, ihren Busen zu streicheln beginnt und sie die harte Ausbuchtung in seiner Hose auf ihrem Bauch spürt, stößt sie ihn weg. Geht allein hinauf ins Schloss.

Gustav fährt im Schritttempo neben ihr her. Bittet sie mehrmals um Verzeihung. Versucht sie zu überreden, hinter ihm Platz zu nehmen.

Joe bleibt stur, obwohl sie insgeheim froh scheint, den langen dunklen Weg nicht allein zurücklegen zu müssen. Sobald er ein paar Meter hinter ihr bleibt, dreht sie sich ängstlich nach ihm um.

Franzi ist mit Willi auf der Promenade zurückgeblieben.

6. Kapitel

Ein ruhiger, windstiller Oktobernachmittag. Die schweren Regenwolken hatten sich aufgelöst.

Ich spazierte über die Agerbrücke hinüber nach Kammer-Schörfling, schlenderte die menschenleere Seepromenade entlang. Die Luft war klar und frisch. Die ersten Anzeichen des nahenden Winters waren spürbar.

Als ich mich ans Ufer stellte und mir eine Zigarette anzündete, schwammen dutzende Schwäne und Enten auf mich zu. Da ich kein altes Brot dabei hatte, fütterte ich sie mit Grashalmen.

„Können Sie nicht lesen? Hier steht ‚füttern verboten'", fauchte mich eine ältere Dame in Trachtenkleidung an. „Wir haben eine Entenplage. Die scheißen alles voll, verschmutzen das Wasser. Unser See hat Trinkwasserqualität!"

Ich wollte mich kleinlaut entschuldigen, da fiel gerade rechtzeitig mein Blick auf ein paar Jugendliche, die in der kleinen Marina im Schlosspark herumalberten. Unwillkürlich musste ich an Franzi denken und stellte mir vor, wie sie auf diese Maßregelung reagiert hätte.

„Kümmern Sie sich um Ihre eigenen Angelegenheiten", sagte ich zu der alten Dame und ging weiter. Ich war verwundert über die Genugtuung, die ich bei diesen Worten empfunden hatte. Regredierte ich? Fühlte ich mich am Attersee tatsächlich andauernd in meine Kindheit zurückversetzt? Bestimmt hatte die alte Dame recht gehabt.

Ich beobachtete die jungen Leute. Auch ich war einmal in ihrem Alter gewesen und damals nicht besonders glücklich.

Mit meinen Eltern war ich sowieso ständig im Clinch gelegen. Ich hatte mir eingeredet, dass ich die Einsamkeit liebte. Ich war gezwungenermaßen viel allein gewesen. Mit dreizehn hatte ich die Schule gewechselt und in der neuen Klasse nur schwer Anschluss gefunden. Meine neuen Schulkollegen waren mir zu kindisch, zu dumm erschienen. Ich hatte mich selbst für unerhört klug gehalten. Doch dieses Überlegenheitsgefühl hatte nicht lange angehalten. Meistens hatte ich meine Mitschüler um den Spaß, den sie miteinander hatten, beneidet und mich selbst zu uninteressant gefühlt, um in eine der Cliquen aufgenommen zu werden. Meinen Weltschmerz hatte ich meinem Tagebuch anvertraut. All mein egozentrisches Denken und die vielen narzisstischen Kränkungen, die mir damals widerfahren waren, hatte ich mir selbst in meinen Aufzeichnungen mitgeteilt. Ich war ein linkisches, versponnenes und introvertiertes Mädchen gewesen. Ich hatte mich redlich bemüht, gegen die Wertvorstellungen meiner Lehrer und Eltern zu protestieren, aber nie die richtigen Worte gefunden und es bald vorgezogen zu schweigen. Mein Protest hatte im Rückzug, in der Verweigerung bestanden. Ich war auf der Suche nach dem Sinn des Lebens, nach neuen Werten, neuen Idealen gewesen.

Vierzehn, was für ein rebellisches Alter! Ich begann, mit Selbstmordgedanken zu spielen, malte mir tränenreich mein eigenes Begräbnis aus, stellte mir den Nervenzusammenbruch meines Vaters und die Wut meiner Mutter bildlich vor. Aus heutiger Sicht war ich anorektisch, hoffte, durch meine Magersucht länger Kind bleiben, länger an Mamas Schürzenzipfel hängen zu dürfen. Ich liebte sie zu sehr und musste mich verständlicherweise gegen diese Liebe wehren. So weigerte ich mich zu essen, was meine Mutter kochte, ernährte mich vegetarisch oder besser gesagt von Süßigkeiten und nahm ständig ab. Bis sogar meine Menstruation ausblieb und meine Mutter mich zu einem Gynäkologen schleppte. Die Hormonpillen, die er mir verschrieb, schluckte ich zum Glück nicht, aber ich bemühte mich, ein wenig zuzunehmen. Und irgendwann kehrte die Menstruation von allein zurück. Kurzfristig hatte ich mich also erfolgreich gegen meine Weiblichkeit gewehrt.

Als ich wieder menstruierte, wünschte ich mir nichts mehr, als einen männlichen Körper zu besitzen. Auch meine späteren homoerotischen Tendenzen, meine Liebe zu Franzi, waren nur hilflose Versuche, mich der notwendigen Rivalität mit meiner Mutter nicht aussetzen zu müssen. Ich konnte und wollte mich nicht von ihr abgrenzen. Meine Pubertätskrise hielt sich jedoch in Grenzen verglichen damit, was einige meiner Mitschülerinnen durchmachten. Selbstverstümmelung, Bulimie, ungewollte Schwangerschaften, Schwangerschaftsabbrüche, Drogenmissbrauch, Alkoholismus ... Selbst Franzi hatte mir in jenem letzten Sommer am See stolz ihre zerschnittenen Unterarme gezeigt. Zum Glück konnte ich kein Blut sehen, sonst wäre ich womöglich auch auf die Idee gekommen, an meinen Gliedmaßen herumzuschnipseln, denn ich machte Franzi alles nach. Sie war mein großes Vorbild. Ich wollte so sein wie sie. Auch deshalb hatte ich die Sommer am Attersee immer so schön gefunden. Endlich hatte auch ich eine beste Freundin. Und da Franzi der absolute Star unter den Seewalchner Kindern war, sonnte ich mich in ihrem Ruhm. Wie sehr hatte ich es genossen, wenigstens ein paar Wochen im Jahr zu einer richtigen Clique zu gehören. Meine Mutter nannte uns die vier Musketiere. Die Rolle des D'Artagnan war eindeutig Franzi vorbehalten. Willi, Gustav und ich waren ihre treuen Gefährten, aus heutiger Sicht würde ich eher sagen: ihre Vasallen.

In der großen Marina von Kammer lagen wenige Boote. Es war bereits zu kalt zum Segeln.

Ich verließ das Seeufer, spazierte vorbei an den Reitställen von Schloss Kammer und folgte der Straße, die steil bergauf nach Schörfling führt. Bald geriet ich außer Atem. Als ich kurz verschnaufte und den Blick auf den See genoss, der majestätisch unter mir ruhte, begann mein Magen zu knurren.

In Schörfling war nichts los. Nur die Konditorei Ottet hatte offen. Sollte ich mir eine exorbitante Cremeschnitte gönnen oder lieber einen warmen Apfelstrudel? Ich entschied mich für die Cremeschnitte und fand sie genauso köstlich wie früher.

Danach zog ich weiter durch die menschenleeren Straßen und Gassen des Dorfes.

Kaum hat sich der Sommer verabschiedet, beginnt das Leben auf dem Land langweilig zu werden, dachte ich. Die Dorfbewohner verkrochen sich in ihre schönen Häuser. Straßen und Grünanlagen waren verlassen. Die Grundstücke alle ordentlich eingezäunt. Die Gärten, vorbereitet auf den langen Winter, sahen seltsam leblos aus. Gestutzte Hecken, in exakten geraden Linien angelegte Rabatte ...

Auf dem Rückweg schaute ich in Marios Café vorbei. Das Lokal war leer. Kurz nach achtzehn Uhr war ich der einzige Gast. Mario setzte sich zu mir. Koch und Kellnerin verzogen sich in die Küche.

Der Koch dürfte ein paar Jahre älter sein als Mario, dachte ich. Wie ich später erfuhr, war er italienischer Abstammung und ein begnadeter Surflehrer, der sich in der kalten Jahreszeit kochend über Wasser hielt.

„Mama hat mir vorletzten Sommer die Bar und gleichzeitig ein finanzielles Chaos übergeben. Ihr Steuerberater war ein Aasgeier. Er hat sie ausgenommen wie eine Weihnachtsgans. Ich mache die ganze Buchhaltung selbst. Ein Freund von mir, der Wirtschaft studiert hat, erledigt den Rest", sagte Mario. „Übrigens steht Mama nach wie vor den ganzen Sommer lang mit halbentblößtem Busen an der Theke. Sie ist echt peinlich, vor allem, wenn sie besoffen ist und die männlichen Gäste anmacht. Ich schaffe es nicht, sie von der Bar fernzuhalten. Sie bildet sich ein, das Geschäft zu beleben. Unser Publikum besteht hauptsächlich aus Zwanzigjährigen ..."

„Junge Männer stehen oft auf ältere Frauen“, ergriff ich zögernd Partei für meine Freundin.

„Aber nicht auf Mama. Sie sieht total verlebt aus. Kein Wunder, sie hat doch einiges mitgemacht.“

Nett, wie der Herr Sohn über seine Mutter redet, dachte ich. Bevor mir noch etwas zu ihrer Verteidigung einfiel, sagte er: „Offiziell weiß ich ja nicht, wer mein Vater ist. Ich bin mir aber, wie ich dir schon erzählt habe, ziemlich sicher, dass Philip für meine Existenz verantwortlich ist.“

Ich schaute meinen Neffen skeptisch an.

„Er hatte eine Vorliebe für Minderjährige.“

Plötzlich sah ich wieder diesen rot gefleckten Hintern vor mir, der sich schneller und schneller auf und ab bewegte. Mir wurde ganz schwindlig. Ich bat Mario um eine Zigarette.

„Hast du Indizien, die deinen Verdacht bestärken?“, fragte ich ihn.

„Er hat Mama nie was abschlagen können, hat all ihre Eskapaden einfach hingenommen. Sobald sie mich nicht mehr stillen musste, ist sie abgehauen. Zürich, London, Paris. Er hat alles bezahlt.“

„Ich glaube eher, deine Großmutter hat bezahlt. Philip hatte, soviel ich weiß, kein eigenes Geld.“

„Er hat die Hosen angehabt. Großmutter hat nach seiner Pfeife getanzt. Sie hat immer versucht, ihm alles recht zu machen. Kein Mensch hat verstanden, warum sie ihn nicht rausgeschmissen hat. Er hat sie von Anfang an nicht nur schlecht behandelt, sondern auch mit jeder dahergelaufenen Tussi betrogen. Sie hat alles hingenommen. Vielleicht wegen Albert?“

„Wieso wegen Albert?“

„Großmutter hat Albert aushalten müssen. Er hat nie arbeiten können. Seit ich auf der Welt bin, ist er krank.“

„Sie hat doch Philip genauso ausgehalten wie Albert und deine Mutter?“

„Albert ist der Baron von Welschenbach. Verstehst du das nicht? Ihm steht alles zu. Eigentlich gehört ihm das Schloss."

„Und du bist der Nächste", murmelte ich. „Baron Welschenbach hat doch Franzi als seine legitime Tochter anerkannt."

„Ja, auch ich heiße Welschenbach. Zu Unrecht, wie wir nun alle wissen."

„Hältst du deine Herkunft wirklich für so wichtig?"

„Ich muss dir wohl nicht erklären, dass es eine Frage der Identität ist. Glaubst du, es geht mir gut bei der Vorstellung, der Sohn meines Großvaters zu sein? Selbst wenn er nur mein Stiefgroßvater war?"

Er nahm einen großen Schluck von seinem Bier und starrte dann in das halbvolle Glas. Ich schämte mich für meine Überheblichkeit. Als einzig geliebte Tochter meiner Eltern hatte ich über solche Fragen nie nachdenken müssen. Am liebsten hätte ich ihn in die Arme genommen. Gleichzeitig tauchten auch andere, weniger freundliche Gedanken in mir auf. In seiner Stimme hatte sehr viel Hass gelegen, als er über Philip gesprochen hatte.

Während er weiter in sein Glas stierte, musterte ich ihn. Seine jungenhaften Züge hatten sich verkrampft. Wütend und verletzt, sah er um zehn Jahre älter aus. Keine Spur mehr von dem feschen Sonnyboy, der mich am ersten Abend in seine Orangerie eingeladen hatte.

Sein vermeintlicher Vater lehnte ihn ab. Seine Mutter konnte ihn unmöglich lieben, da sie ihn einer Vergewaltigung verdankte. Ich fragte mich, warum Franzi damals nicht abgetrieben hatte. Der ideale Mörder, prädestiniert für Vatermord? Er war es nicht, davon war ich überzeugt.

Ich würde diese Frage heute nicht klären können. Da ich meinen Neffen wieder lächeln sehen wollte, sagte ich ganz beiläufig: „Die gute Luft bei euch macht mich hungrig. Ich könnte andauernd essen. Vielleicht werde ich es endlich schaffen, ein paar Kilo zuzunehmen."

„Du bist schwer in Ordnung, Joe“, sagte er und klopfte mir auf die Schulter. „Ich hatte noch nie eine Tante. Du musst jetzt damit leben, dass ich dich Tante oder sogar Tantchen nennen werde.“

„Wehe dir!“ Lachend drohte ich ihm mit dem Zeigefinger und bestellte einen gemischten Toast mit viel Ketchup.

Mario ging sofort in die Küche. Er schien erleichtert zu sein, dass ich dieses unangenehme Thema beendet hatte.

Ich kaute langsam, genoss jeden Bissen meines gut belegten Toasts und trank dazu ein Achtel Weiß. Mario hatte es sich nicht nehmen lassen, extra eine Flasche Chardonnay für mich zu öffnen, obwohl ich mit dem Schankwein genauso zufrieden gewesen wäre. Auch den Wein trank ich langsam. Wenn ich nichts anderes zu tun habe, esse und trinke ich sehr bewusst und genüsslich.

Die Bar hatte sich inzwischen ein bisschen gefüllt. Um die Theke drängten sich hübsche junge Menschen. Mario kümmerte sich um seine Gäste. Ich trank Wein und hörte den jungen Leuten ein wenig zerstreut zu. Fast genoss ich die Langeweile, die sich breit machte.

Punkt zwanzig Uhr betrat Chefinspektor Gustav Mahringer das Lokal. Er steuerte geradewegs auf meinen Tisch zu, begrüßte mich mit Küsschen links und Küsschen rechts. „Hab ich's mir doch gedacht, dass ich dich hier treffen werde.“

Er war genauso direkt wie als Junge, setzte sich, ohne mich um meine Einwilligung zu fragen, und bestellte ein Bier.

„Habt ihr die Leiche vom Heinz gefunden?“, fragte ich ihn. „Ich habe gehört, dass ihr die ganze Gegend nach ihm abgesucht habt.“

„Und ich hab gehört, dass du gern den Private-Eye mimst. Angeblich hast du mehrere Mordfälle auf deinem Konto. Stimmt das?“

Ich verweigerte die Antwort auf diese blöde Frage.

„Bitte misch dich nicht ein, Joe. Ich freue mich zwar sehr, dich zu sehen, aber ich weiß, dass du nur aus Wien angereist bist, um deine Freundin aus dem Gefängnis zu holen. Ich rate dir, dich rauszuhalten. Wir spielen hier nicht Räuber und Gendarm. Du bist keine Kriminalkommissarin, nicht einmal eine Privatdetektivin."

Ich konnte es nicht leiden, wenn Männer mich kritisierten, reagierte beleidigt und das wirkte. Wie immer. Er tätschelte meine Hand und sagte: „Sie ist deine Halbschwester und war deine beste Freundin, ich weiß. Ihr seid ein verschworenes Team gewesen. Wie Zwillinge seid ihr immer aufgetreten. Ich verstehe, dass du ihr helfen willst. Aber der Fall ist eindeutig. Entweder sie hat ihn totgeschlagen oder es war ihr Sohn." Er blickte zu Mario, der sich gerade hinter der Bar zu schaffen machte.

Blödmann, dachte ich und sagte in freundlichem Ton: „Vielleicht war es keiner von beiden? Außerdem hat Mario ein Alibi. Er war an dem Abend hier."

„Das ist reine Vermutung! Glaubst du, es fällt hier jemandem auf, wenn er mal für ein Stündchen verschwindet?"

Widerwillig musste ich ihm recht geben.

„Außerdem sieht es so aus, als hätte jemand ungefähr zur Tatzeit seinen Wagen oben beim Schloss gesehen."

„Mario geht sehr großzügig mit seinem Wagen um, er hat ihn auch mir angeboten. Außerdem fährt er abends wegen der vielen Alkoholkontrollen nicht mehr."

„Lassen wir es gut sein. Besorg von mir aus Franzi einen ordentlichen Anwalt, aber sonst machst du deinen Job und ich meinen. Okay?"

„Ich kenne Franzi besser als du, sie ist nicht fähig, jemanden umzubringen. Sie ist viel zu labil und viel zu wenig aggressiv", sagte ich energisch.

„Spricht jetzt die Psychoanalytikerin?"

Er hat mir gegenüber Minderwertigkeitskomplexe, dachte ich und konnte mir ein kleines triumphierendes Lächeln nicht verkneifen.

„Ja, auch ich beschäftige mich mit den menschlichen Schwächen und Schattenseiten“, sagte ich ganz nonchalant. „Der analytische Prozess gibt uns die Chance zu verstehen, was sich in den dunkelsten Teilen unseres Ichs abspielt.“

„Ich habe nie ganz begriffen, was ihr Analytiker eigentlich so macht.“

„Wir hören den ganzen Tag lang einfach nur zu“, sagte ich patzig.

„Meine Frage war ernst gemeint“, warf er versöhnlich ein.

Doch ich war nun verstimmt: „Soll ich dir jetzt einen Vortrag über meine Arbeit halten? Woher weißt du überhaupt, dass ich bereits mit Mordfällen zu tun hatte?“

„Unsere Computer spucken alles aus, wenn du ihnen das richtige Stichwort eingibst. Außerdem habe ich mit einem Major Serner, der gerade in Stockholm weilt, telefoniert.“

„Okay.“ Nun wusste ich Bescheid. Ich lächelte ihn verführerisch an und sagte: „Bist du heute Abend nur in Marios Bar gekommen, um mir eine Standpauke zu halten?“

Seine rechte Hand legte sich sofort auf meine. Gut gemacht, Joe, lobte ich mich in Gedanken selbst.

Den Rest des Abends verbrachten wir mit dem Austausch gemeinsamer Jugenderinnerungen. Mir fiel auf, dass unsere Wahrnehmung der damaligen Ereignisse eine sehr unterschiedliche war. Gustav schien zu jenen Menschen zu gehören, die die Illusion einer glücklichen Kindheit um jeden Preis aufrecht erhalten wollen.

„Unsere Kindheit war nicht perfekt, auch deine nicht, Gustav. Ich erinnere mich recht gut daran, wie sehr du unter deinem strengen Vater gelitten hast. Du hast doch schon Hausarrest bekommen, wenn du zum Mittagessen zehn Minuten zu spät erschienen bist. Und andauernd dieser Zirkus wegen deines Haarschnitts. Deine Lieblingskassetten hast du immer bei Willi hören müssen, weil sie bei dir zu Hause keine Rockmusik geduldet haben. Ach komm, hör auf, deine Kindheit zu verherrlichen“, sagte ich.

„Deshalb muss man aber noch lange keine Therapie machen ...“

„Du vielleicht nicht. Aber Franzi hätte sehr wohl therapeutische Hilfe benötigt. Wenn man als Kind zu wenig Liebe und Geborgenheit bekommt, fühlt man sich das ganze Leben lang benachteiligt und irgendwie betrogen. Ich weiß nicht, was in Franzi vorgeht, wie sie heute als Erwachsene denkt und fühlt. Aber ich bilde mir ein, zumindest eine gewisse Ahnung davon zu haben. Hast du in den letzten Jahren Kontakt zu ihr gehabt?“

Er schüttelte den Kopf. „Nach diesem letzten gemeinsamen Sommer mit dir ist auch unsere Freundschaft in die Brüche gegangen. Sie ist viel herumgekommen, soviel ich gehört habe. Als ich sie nach ein paar Jahren mal auf dem Wochenmarkt in Vöcklabruck getroffen habe, hätte ich sie fast nicht mehr erkannt.“

„Ich habe was von Drogenproblemen munkeln gehört.“

„Ich auch. Es war nichts Ernstes. Franzi war ein ausgeflipptes Huhn. Jedenfalls hat sie einen schlechten Ruf gehabt. So was hat man hier auf dem Land sehr rasch. In letzter Zeit ist es ihr angeblich besser gegangen. Aber ich dürfte eigentlich nicht mit dir über Franzi reden.“

„Und was macht Willi?“

„Wir treffen uns manchmal zufällig auf der Straße, grüßen uns natürlich, haben uns aber kaum mehr was zu sagen. Unser Leben ist zu unterschiedlich verlaufen. Er ist ein alter Junggeselle, ein bisschen eigenbrötlerisch, schreibt angeblich Mundartgedichte. Ich habe hingegen früh geheiratet. Ein Riesenfehler. Allerdings verdanke ich ihr, meiner Ex, meine ich, zwei wunderbare Söhne.“

Ich ließ ihn reden. Selbst ein Chefinspektor braucht jemanden, bei dem er sich ausweinen kann. Als er sich beklagte, dass er seine geliebten Söhne seit der Scheidung kaum mehr zu Gesicht bekommen würde, hoffte ich, dass meine Miene Mitgefühl und Verständnis vermittelte. Die

Kinder lebten mit ihrer Mutter in einem Haus in Vöcklabruck, das er gebaut hatte, während er in einer Mietwohnung in Linz ein typisches Junggesellenleben führte. Eine klassische Scheidungsgeschichte. Gustavs Redeschwall irritierte mich. Ich bildete mir ein, dass er als Junge ein sehr aufmerksamer Zuhörer gewesen war. Nichts als verklärte Jugenderinnerungen? Womöglich war er schon im zarten Alter von sechzehn ein Besserwisser und Vielredner gewesen?

Mario warf mir fragende Blicke zu. Er schien nicht zu begreifen, warum ich mich mit diesem Bullen so gut verstand.

Zu fortgeschrittener Stunde schlug Gustav vor, mich hinauf ins Schloss zu bringen. Sein Wagen stand am Parkplatz des Strandbades. Ein funkelnagelneues Audi TT-Cabrio.

„Als Kriminalbeamter scheint man nicht gerade schlecht zu verdienen“, bemerkte ich spöttisch. „Oder ist das ein Dienstauto?“

„Hast du unseren Dienstwagen gestern nicht gesehen? Die österreichische Polizei fährt die schlechtesten Autos der Welt. Uralte Rostschüsseln. Den Audi habe ich geleast.“

„Für schöne Autos hattest du immer viel übrig.“

„Nicht nur für schöne Autos.“ Er küsste mich leidenschaftlich, bevor wir einstiegen.

Ich fühlte mich wie vierzehn. Er war der erste Mann, der mich je geküsst hatte. Als seine Hände meinen Rücken entlang wanderten und auf meinem Hintern Halt machten, löste ich mich aus seiner Umarmung. Ich wollte nicht mit ihm schlafen. Ich schlief nicht mit Männern, die mich kritisierten. Und diesen Fehler hatte er an diesem Abend nun einmal begangen. Jan Serner war der einzige, dem ich erlaubte, mich zu kritisieren. Aber auch auf seine Kritik reagierte ich meistens sehr unwirsch.

Gustavs Leidenschaft war leicht abgekühlt, als er mich hinauf zum Schloss brachte. Die Räder seines Audis drehten auf dem steilen Stück durch. Er fluchte über die „Scheiß-Schotterstraße".

„Vielleicht solltest du dir ein gescheiteres Auto kaufen", sagte ich boshaft. Da ich nicht vorhatte, den Herrn Chefinspektor ernsthaft zu verärgern, legte ich nach diesen Worten rasch meine Hand auf seinen Oberschenkel. Sogleich griff er danach, drückte sie fest und schaute mir in die Augen, anstatt auf die Straße.

„Aufpassen", schrie ich im selben Moment, in dem wir mit dem rechten Vorderrad im Graben landeten.

Fluchend sprang er aus dem Wagen.

Mein Lachanfall erschien mir selbst etwas unpassend. Schuldbewusst half ich ihm, die kleine Kiste wieder auf die Straße zu heben. Zum Glück war der Audi unversehrt. Gustav vergewisserte sich mit Hilfe einer Taschenlampe, dass er keine Schrammen abbekommen hatte.

Ich bestand darauf, die letzten Meter bis zum Schloss zu Fuß zu gehen, und empfahl ihm, den Wagen zurückrollen zu lassen. Einem Mann durfte man beim Autofahren nicht dreinreden. Das hätte ich wissen müssen. Gustav setzte mich direkt vor dem Eingang des Schlosses ab.

Mir war nicht mehr zu helfen. Auch heute konnte ich, obwohl ich todmüde war, nicht einschlafen. Das Knarren und Ächzen der morschen Balken und das Knistern und Prasseln des Feuers ließen nicht zu, dass ich mich entspannte. Ich löschte das Feuer im Kamin mit einem Kübel Wasser. Eine störende Geräuschkulisse weniger. Doch die Stille machte mir erst recht zu schaffen. Als Großstadtkind an einen gewissen Lärmpegel gewöhnt, reagierte ich auf Stille prinzipiell mit Unbehagen. Eingesperrt hinter den dicken Mauern des alten Schlosses, vernahm man nicht einmal das Quaken der Frösche am Abend oder das Vogelgezwitscher am frühen Morgen.

Irgendwann dürfte ich eingenickt sein. Plötzlich schreckte ich auf. Ich hatte das Gefühl, dass gerade jemand in meinem Zimmer herumgeschlichen war. Rasch machte ich Licht an und schaute zur Tür. Die Klinke bewegte sich leicht nach oben.

Hatte ich vorhin abgesperrt? Nein, es gab ja keinen Schlüssel. Walpurga hatte ihn angeblich verlegt, hatte aber versprochen, ihn zu suchen.

Ich begann zu zittern, nicht nur wegen der Kälte. Trotzdem verließ ich das Bett, schnappte mir den schweren Kerzenhalter, der sozusagen als Notlicht auf meinem Nachtkästchen stand, und holte mein Handy aus der Handtasche. Serners Nummer hatte ich an erster Stelle gespeichert. Ich drückte nicht auf die Anruftaste, sondern schlich mit dem Handy in der Linken und dem Kerzenhalter in der Rechten zur Tür.

Ich bildete mir ein, leise Stimmen auf dem Gang zu hören. Vorsichtig öffnete ich die Tür. Das Licht meiner Nachttischlampe warf einen schwachen Schein hinaus auf den Gang. Der Rest lag im Finstern.

Ich hörte jemanden atmen.

„Wer ist da?“, fragte ich laut und mit fester Stimme.

Der Schalter für das Ganglicht befand sich ein paar Meter schräg gegenüber. Das Licht ging von alleine an.

„Mein Gott, Joe, hast du mich erschreckt.“

Walpurga stand in einem bodenlangen, zart geblümten Morgenrock vor mir und sah mich mindestens so entsetzt an wie ich sie. Ihr Blick blieb an dem Kerzenhalter hängen, den ich bedrohlich in meiner erhobenen Hand hielt.

„Was machst du hier?“, fragte ich sie unwirsch.

„Ich habe mir eingebildet, die Haustür zu hören, und wollte nachsehen, ob du gut heimgekommen bist.“

Da ich vor eineinhalb Stunden zurückgekommen war, log sie entweder, oder jemand anderer war später als ich nach Hause gekommen. Oder fürchtete sie sich ebenfalls? Ich war zu müde, um diese Frage jetzt zu klären.

„Alles in Ordnung“, murmelte ich. „Schlaf gut. Bis morgen.“

Auf Schloss Welschenbach haben alle Angst, dachte ich. Bevor ich endgültig zu Bett ging, stellte ich den Stuhl unter die Türklinke.

Obwohl ich mir ziemlich sicher war, dass nicht Walpurga in meinem Zimmer herumgeschlichen war, wollte ich die andere Möglichkeit noch viel weniger in Betracht ziehen. Albert war mir unheimlich, ich begann, mich ernsthaft vor ihm zu fürchten.

Unwillkürlich musste ich an Gustavs Worte denken. Beim Abschied hatte er mich noch einmal eindringlich gebeten, mich ja nicht einzumischen. Vor allem der zweite Mord wäre eine sehr heikle Geschichte. Man würde hier im Salzkammergut ganz schnell eine verpasst kriegen, wenn man sich aus den privaten Angelegenheiten der Dorfbewohner nicht raushielt.

Ich nahm seine Warnung nicht ernst. Der Arme war nach wie vor ein bisschen verliebt in mich und wollte mir im Grunde noch genauso imponieren wie damals, als er mitten in der Nacht vom Zehn-Meter-Brett gesprungen war.

Sommer 1979

Die Tage sind zu lang, die Nächte zu kurz, um verschlafen zu werden. Sobald es dunkel wird, gehen die Lichter am See an.

In einer lauen Sommernacht schleichen sich Franzi und Joe heimlich aus dem Haus. Die Erwachsenen sitzen auf der Terrasse. Sprechen heftig dem Wein zu und unterhalten sich lautstark.

Die Mädchen machen einen Umweg durch das benachbarte Wäldchen, um nicht ins Blickfeld der feuchtfröhlichen Runde zu geraten.

Die Nacht ist sternenklar, der Vollmond scheint, doch im Wald ist es stockfinster. Joe hat eine kleine Taschenlampe dabei.

„Warum schaltest du sie nicht ein?“, fragt Franzi.

„Ich will erst sicher sein, dass sie den Lichtschein von der Terrasse aus nicht mehr sehen können.“

Kichernd stolpern sie die ersten hundert Meter durch den Wald. Franzi hat sich bei Joe eingehängt. Flüstert ihr alberne Geschichten ins Ohr.

„Hör auf“, bittet Joe sie. „Mir tut schon der Bauch weh. Willst du, dass sie uns erwischen?“

Doch Franzi ist ausgelassen und übermütig. Sie kann nicht aufhören zu lachen. Joe lässt sich von ihrer guten Laune anstecken. Erzählt nun selber blöde Witze und versucht krampfhaft, ihr Lachen zu unterdrücken.

Die Burschen warten vor den verschlossenen Toren des Strandbades.

„Wo bleibt ihr so lange“, fährt Willi die beiden Mädchen an. „Wir haben dreiundzwanzig Uhr ausgemacht. Es ist fast halb zwölf.“

„Alte Meckerziege“, sagt Franzi und drückt ihm ein Busserl auf die Wange.

Gustav hat sich bereits am Eingangstor breitbeinig in Position gestellt. Zuerst bietet er Joe an, ihr die Räuberleiter zu machen. Sie lässt sich nicht lange bitten. Steigt mit dem rechten Fuß auf seine Hände, hält sich an seinen Schultern fest und schwingt sich mit dem linken Bein auf das eiserne Tor. Im Grätschsitz hängt sie oben. Blickt ängstlich hinunter auf den betonierten Eingangsbereich.

„Spring endlich“, ruft Franzi, die sich gerade von Willi hochhieven lässt.

Joe schließt die Augen. Bis zum Boden sind es knapp drei Meter. Erst als Franzi ihre Beine über das Gitter schwingt, lässt sie sich hinuntergleiten.

Der Mond spiegelt sich silbern im ruhigen Wasser. Beleuchtet fast genau den Sprungturm.

Rasch entledigen sie sich ihrer Kleider und klettern hinauf zum Fünf-Meter-Brett.

„Ihr springt von hier und wir dann hinterher vom Zehner", sagt Gustav zu den Mädchen.

Als Joe zum Brett vorgeht und auf das schwarzblaue Wasser unter sich starrt, wird ihr schwindlig. „Du zuerst", sagt sie mit brechender Stimme zu Franzi.

„Angsthase", sagt Franzi, nimmt Anlauf und macht eine mehr oder weniger gelungene Kerze.

„Du musst nicht springen, wenn du dich fürchtest", flüstert Gustav in Joes Ohr.

Sie zittert am ganzen Körper, will sich aber vor den Burschen und vor allem vor Franzi keine Blöße geben. Sie geht vor zum Ende des Brettes. Hält sich mit zwei Fingern die Nase zu und springt. Die Beine halb angezogen, die Arme eng am Körper. Es ist eher ein Schustersitz als eine Kerze.

Als sie aus dem Wasser kommt, umarmt Gustav sie und drückte ihr einen Kuss auf den Mund.

Sie gibt ihm eine Ohrfeige. Eine reine Reflexbewegung. „Entschuldige", stammelt sie.

Beleidigt wendet sich Gustav ab. Klettert hinauf zum Zehner und repariert sein angeschlagenes Selbstbewusstsein mit einem perfekten Sprung.

Willi versucht, sich zu drücken. Doch das lässt Franzi nicht zu. Sie gratuliert jetzt Gustav zu seinem tollen Sprung mit einem Kuss.

Als Willi daraufhin mit Todesverachtung zum Zehner hinaufsteigt, bekommt Joe es mit der Angst zu tun. Sie bezweifelt, ob Willi überhaupt schon jemals höher als bis zum Fünf-Meter-Brett geklettert ist.

Franzi feuert ihn mit Zurufen an. Gustav gibt seinem Freund ebenfalls gute Ratschläge. Hilflos sieht Joe zu, wie der eher schwächliche Junge einen ebenso misslungenen Sprung vom Zehner macht wie sie vorhin vom Fünf-Meter-Brett.

Gustav gleitet sofort ins Wasser und kommt seinem Freund zu Hilfe. Er schleppt ihn mehr oder weniger an Land. Wiederbelebungsversuche sind zwar nicht nötig, Franzi stürzt sich aber dennoch auf den schwer schnaufenden Willi, der jede Menge Prellungen abbekommen hat, und versucht es mit Mund-zu-Mund-Beatmung.

Kleinlaut verlassen sie dann das Strandbad auf demselben Weg, wie sie es betreten haben. Dieses Mal muss Gustav allen dreien über das Tor helfen.

7. Kapitel

Am nächsten Morgen borgte mir Mario seinen silbermetalliséfarbenen BMW 320, der mich an Verenas Wagen erinnerte, der damals auf der Brücke über dem Wiental total ausgebrannt war. Ich fuhr sehr vorsichtig nach Linz. Seit einem Jahr saß ich zum ersten Mal wieder am Steuer eines Autos. Auf der Westautobahn war zum Glück nicht viel Verkehr. Anfangs schlich ich auf der rechten Spur hinter LKWs her. Nach etwa zwanzig Kilometern begann ich das Gefühl, über hundert PS unter meinem Hintern zu haben, zu genießen, stieg aufs Gaspedal und verließ die zweite Spur kaum mehr. Zum ersten Mal seit Verenas Tod dachte ich daran, mir wieder einen schnellen Wagen zuzulegen.

Als ich bei einem Fußgängerübergang in der Nähe des Linzer Bahnhofs anhielt, deutete ein älterer Herr lachend auf den mit den Hüften wackelnden Elvis am Armaturenbrett. Auch ich fand den King komisch und überlegte mir ernsthaft, Jan so ein geschmackloses Püppchen zu kaufen. Eine Hüften schwingende Marilyn Monroe zum Beispiel? Er würde mich umbringen, dachte ich vergnügt.

Meine gute Laune hielt jedoch nicht lange an. Kaum näherte ich mich der Justizanstalt, krampfte sich mein Magen zusammen. Das moderne, rosa gestrichene Haus machte von außen einen durchaus freundlichen Eindruck. Die Sicherheitskontrollen kamen mir hingegen sehr streng vor. Ausweiskontrolle, elektronische Sicherheitsschleuse, kurze Leibesvisitation. Auch meine Handtasche musste ich abgeben. Mein angefangenes Zigarettenpäckchen und ein Feuerzeug durfte ich nach längerer Diskussion behalten.

Der Besucherraum war ein Zimmer ohne Charakter, sauber und steril wie in einem Krankenhaus. Ich hatte mir Gefängnisse düster, trist und verdreckt vorgestellt.

Als Franzi in Begleitung einer Wachebeamtin den Raum betrat, in dem sich ein Tisch und zwei Stühle befanden, wurde mir ganz heiß. Wir hatten zusammen Maiskolben geklaut, wir waren bei Blitz und Donner auf den See hinausgeschwommen, wir hatten den ersten Joint miteinander geteilt und wir hatten uns gemeinsam zum ersten Mal betrunken. Mit Tränen in den Augen drückte ich meine Jugendfreundin fest an mich, streichelte ihr Haar und gab ihr einen Kuss auf die Wange.

Mit einem verlegenen Lächeln löste sie sich aus meiner Umarmung. Ich musterte sie kritisch. Franzi war kleiner als ich. Tolle Figur. Jedenfalls hatte sie viel mehr Busen und Po als ich. Ihr dichtes, rotblondes, lockiges Haar hatte sie mit Spangen gebändigt. Ihr ebenmäßiges Gesicht war faltiger als meines, aber sehr schön, große braune Augen, volle Lippen, eine hübsche Stupsnase und viele Sommersprossen. Sie sah keineswegs älter als vierzig aus. Der verwaschene blaue Trainingsanzug war ihr viel zu groß.

„Ich sehe toll aus, nicht wahr“, sagte sie spöttisch. „Habe endlich abgenommen. Wunderbare Diätküche hier drinnen. Hast du Zigaretten mitgebracht?“

Ich nickte, immer noch mit einem Kloß im Hals.

Zum Glück hatte mich Mario darauf hingewiesen, dass seine Mama was zum Rauchen benötigen würde. Ich hatte extra am Bahnhof in Linz angehalten, um eine Stange Marlboro für sie zu besorgen. Zwar waren mir die Zigaretten, zusammen mit meiner Handtasche, abgenommen worden, doch der Beamte hatte mir versichert, dass Franzi die Stange bekommen würde.

Ich bot ihr eine von meinen leichten Gauloises an. Sie rauchte gierig, machte einen Zug nach dem anderen, ohne zwischendurch Luft zu holen.

„Du hast dich ganz schön gemausert“, sagte sie grinsend. „Man sieht dir an, dass es dir richtig gut geht.“

„Ich kann nicht klagen. Aber wie geht's dir?", fragte ich verlegen.

„Nicht schlecht, im Ernst, hab's mir schlimmer vorgestellt. Ich habe eine nette kleine Zelle mit Bett, Tischchen, Stuhl und Spind. Was braucht man mehr? Kein Vergleich zu dem Chaos bei uns zu Hause. Sobald ich wieder draußen bin, werde ich gründlich ausmisten." Ihr Ton war scherzhaft. Ihre Blicke verrieten mir ihre Verzweiflung.

Ich hatte mir vorgenommen, Heinzis Tod nicht zu erwähnen. Das würde die ganze Geschichte nur verkomplizieren. Franzi würde früh genug davon erfahren.

„Wir haben nicht viel Zeit. Am besten, du erzählst mir, was an jenem Abend passiert ist", sagte ich.

Sie starrte mich entsetzt an.

„Du musst auch nicht mit mir reden. Ich frage mich dann halt, warum ich gekommen bin. Hier ist es nicht gerade gemütlich."

„Ich kann nicht ...", stammelte sie.

„Okay. Walpurga möchte, dass ich dir einen vernünftigen Anwalt besorge. Willst du das auch?"

Sie schüttelte den Kopf und murmelte: „Mir kann keiner mehr helfen."

„Quatsch. Es war ein Unfall. Nicht einmal die Bullen glauben, dass du ihn vorsätzlich umgebracht hast."

Franzi sah mich lange und forschend an. Als sie endlich zu sprechen begann, schaute sie konsequent zu Boden. „Ich war oben in meinem alten Zimmer. Philip und ich hatten kurz vorher einen Riesenkrach. Ich wollte keinen Tag mehr länger mit ihm unter einem Dach verbringen und habe meine Sachen zusammengepackt."

„Wo wolltest du hin?"

„Ich wäre zu Mario gezogen."

„In die Orangerie?"

„Nein, in seine Garçonnière über der Bar. Habe öfters dort übernachtet. Aber was spielt das jetzt für eine Rolle?"

„Entschuldige, erzähl weiter."

„Ich habe durch den Luftschacht in meinem Zimmer Stimmen aus dem Salon gehört."

„Wessen Stimmen?"

„Keine Ahnung. Ich habe fast nichts verstanden. Als die Stimmen lauter wurden und ich einen fürchterlichen Schrei gehört habe, bin ich hinuntergelaufen. Und da lag Philip vor dem Kamin. Irgendjemand hatte ihm die Zacken des Schürhakens in den Unterleib gerammt, ihn richtiggehend aufgespießt. Als ich mich über ihn gebeugt habe, hat er mich schmerzerfüllt angesehen. Ich glaube, das war der Moment seines Todes. Seine Augen sind plötzlich gebrochen. Seine Arme sind seitlich herabgerutscht. Seine linke Hand ist auf den glühenden Holzstücken gelandet. Sie hat nicht einmal gezuckt. Ich sehe diese Bilder immer wieder vor mir, ich krieg sie nicht aus meinem Kopf." Sie schluchzte leise. „Ich wusste nicht, wie Menschen aussehen, wenn sie sterben. Mir ekelte vor all dem Blut auf seiner Hose, dem verzerrten Ausdruck in seinem Gesicht. Ich hatte vorher noch nie einen Toten gesehen."

„Du Arme" sagte ich mitfühlend.

„Später habe ich erfahren, dass er sich bei dem Sturz das Genick gebrochen hat. Er dürfte mit dem Hinterkopf auf den marmornen Kaminsims geknallt sein. Jede Hilfe wäre zu spät gekommen. Ihm war nicht mehr zu helfen. Ich habe ihn nicht angefasst, solange er gelebt hat. Ich habe seine Hand erst aus dem Feuer genommen, als er sich nicht mehr gerührt hat. Dann habe ich versucht, den Schürhaken aus seinen Eingeweiden zu ziehen. Ich weiß nicht, warum ich das getan habe. Ich habe wie in Trance gehandelt. In diesem Moment sind Mama und Doktor Braunsperger ins Zimmer gekommen."

Bei unserer Begrüßung und am Anfang unseres Gesprächs hatte sie relativ gefasst und vernünftig gewirkt, kaum hatte sie jedoch ihre Mutter erwähnt, fing sie zu weinen an, verbarg ihr Gesicht in den Händen und stammelte leise, unverständliche Satzfetzen.

„Bitte reiß dich zusammen, Franzi. Wir haben nicht viel Zeit." Ich reichte ihr ein Papiertaschentuch. Sie schnäuzte sich lautstark.

„Gehört dieser Doktor Braunsperger inzwischen zu eurer Familie?"

„Er ist Mamas treuester Verehrer", stammelte sie.

„Und was ist dann passiert?"

„Für die beiden muss es so ausgesehen haben, als würde ich Philip den Schürhaken gerade in die Eier gerammt haben. Sie haben sich auf mich gestürzt, mich von ihm weggerissen." Ihre letzten Worte gingen in heftigem Schluchzen unter.

Der wahre Grund, warum jemand außer Fassung gerät, sind meist Schuldgefühle, dachte ich, legte wieder meine Hand auf ihre und flüsterte: „Erzähl weiter, bitte!"

„Angeblich bin ich hysterisch geworden, habe wie am Spieß geschrien. Mama hat mir eine Ohrfeige gegeben. Nur um mich runterzuholen natürlich. Ja, und dann hat Doktor Braunsperger Philip untersucht. Mama und ich haben den Raum verlassen. Irgendwann hat sie die Polizei angerufen."

„Und Albert hat von alledem nichts mitgekriegt?"

„Nein, er hat geschlafen. Er schläft mit Ohropax."

„Es war doch erst früher Abend."

„Er schläft, wann immer ihm nach Schlaf ist. In der Nacht ist er meistens wach und geistert im Haus herum."

„Das habe ich auch schon bemerkt", murmelte ich.

Sie nickte ungeduldig und kreischte mich dann völlig unvermittelt an: „Soll ich dir mal was über meinen Stiefvater erzählen? Diese Geschichten wirst du von meiner Frau Mutter nicht zu hören bekommen. Philip hat Jahre lang nicht mit ihr geschlafen, sie ist ihm bald zu alt und zu fett gewesen. Er hat junge Mädchen bevorzugt. Es gab Gerüchte, dass er die Mädels, die bei ihm Gesangsstunden genommen haben, belästigt hat. Walpurga konnte es meistens so hinbiegen, dass die Mädchen als in den Herrn Kammersänger verliebte Lügnerinnen dastanden. Vor kurzem ist es jedoch beinahe zu einem echten Skandal gekommen. Angeblich hat er eine seiner minderjährigen Klavierspielerinnen dazu gezwungen, ihm einen zu blasen. Und was hat meine Mutter gemacht? Hat sie ihn rausgeschmissen? Nein, sie hat versucht, diese Sauerei zu vertuschen, hat der Familie Geld gegeben, das sie sich vom Braunsperger ausgeborgt hat ..."

„Das darf nicht wahr sein."

„Doch, das ist die Wahrheit. Es ist ihr trotzdem nur teilweise gelungen, diese Geschichte unter den Teppich zu kehren. Inzwischen weiß fast der ganze Ort Bescheid. Aber es kam eben nie zu einer Anzeige."

„Scheiße!"

„Du sagst es! Philip hatte außerdem eine sadistische Ader. Als ich klein war, verlangte er mir die absurdesten Mutproben ab. Zum Beispiel musste ich auf der Balustrade unserer Terrasse balancieren. Und er lachte sich schief, wenn ich stolperte oder mir vor lauter Angst in die Hose machte. Wenn es dunkel wurde, spielte er gern Verstecken mit mir, drüben im baufälligen Trakt des Schlosses. Ich war damals fünf Jahre alt und fürchtete mich zu Tode. Manchmal, wenn ich angeblich schlimm gewesen war, sperrte er mich abends in der Scheune ein und ließ mich eine Stunde in der Finsternis schmoren. Als ich acht war, zeigte er mir das Verlies, in dem sich mein vermeintlicher Vater umgebracht hatte. Willst du noch mehr hören?"

Ich reagierte nicht.

„Wenn er getrunken hatte, schlug er zu. Er schlug nicht nur mich und Albert, sondern schreckte auch nicht davor zurück, seine Frau zu verprügeln. Nicht nur einmal musste Mama wegen eines blauen Auges eine Klavierstunde absagen. Vor Albert hatte er allerdings bald Schiss. Obwohl mein Bruder ja nicht gerade ein Kraftbündel ist, hat ihn Philip nach seinem sechzehnten Geburtstag nicht mehr angerührt. Ich habe noch mit achtzehn Ohrfeigen von ihm bekommen. Erst als ich irgendwann einmal zurückschlug, hörte er auf, mich zu verdreschen. Dafür ließ er seine Wut umso öfter an Mama aus. Wir konnten es nicht verhindern. Sie sprach natürlich nie mit uns darüber. Wir sahen aber ihre verheulten Augen, ihre gesprungenen Lippen und die blauen Flecken auf ihren Armen. Ach, Joe, du hast ja keine Ahnung, mit was für einem Arschloch wir fast vierzig Jahre zusammengelebt haben. Wenn ihr im Sommer da wart, hat er sich immer zusammengerissen."

„Und Mario? Hat er ihn auch misshandelt?"

„Den habe ich vor ihm beschützt, so gut ich konnte. Ich weiß natürlich nicht, was er ihm angetan hat, wenn ich nicht da war."

Und du warst fast nie da, dachte ich.

„Mama hatte mir versprochen, meinen kleinen Liebling von ihm fernzuhalten. Ich kann nur hoffen, dass sie Wort gehalten hat. Mario spricht nicht gern über seine Kindheit. Aber ich vertraue Albert, so komisch das klingen mag. Er hat Philip einmal in meiner Gegenwart gedroht, ihn umzubringen, falls er den Kleinen auch nur anfasst. Und Philip hatte tatsächlich Angst vor Albert."

Über lange Zeit internalisierte Wut kann zu wahnhaften Vorstellungen, ja zu einer Art paranoider Störung führen. Es wäre nicht das erste Mal, dass ein aggressionsgehemmter Mensch zur Gewalt getrieben wurde. Gewalt ohne Vorsatz, ein Schlag von blinder Wut getrieben ... Es war kein hinterlistig geplanter Mord, dachte ich.

„Solange ich den Baron für meinen wahren Vater hielt, habe ich ihn auf ein Podest gestellt. Als kleines Mädchen habe ich ihn richtiggehend verehrt. Meine Mutter habe ich damals gehasst. Ich habe sie für seinen Tod verantwortlich gemacht. Und wer weiß, vielleicht trägt sie ja zumindest Mitschuld an seinem Selbstmord. Sie hat mich immer runtergemacht. Albert, ihren Prinzensohn, hat sie nach Strich und Faden verwöhnt. Ich war eindeutig das Aschenbrödel in unserer Familie. Aber ich war total abhängig von ihr. Bin es bis heute. Ihre Meinung von mir, ihre Ansichten ganz allgemein, alles was sie sagt, denkt oder fühlt, ist für mich wichtig. Das kannst du sicher nicht verstehen.“ Sie begann wieder zu weinen.

„Natürlich verstehe ich das“, sagte ich beruhigend. „Alle unsere Ängste, Wünsche, Träume, Hoffnungen und Abneigungen verdanken wir unseren lieben Müttern. Wir müssen ihnen nicht unbedingt ähnlich werden, auch nicht im Alter, aber wir können ihnen nicht entkommen. Niemals! Selbst der aggressivste Protest gegen sie ist nichts anderes als ein hilfloser Ausbruchsversuch ...“

Ich hatte den Eindruck, dass Franzi meinen dramatischen Worten keinerlei Bedeutung zumaß. Aber wenigstens hörte sie zu weinen auf. Sie zündete sich eine Zigarette an und sagte: „Du hast leicht reden. Du bist eine typische Vatertochter, ehrgeizig, leistungsorientiert, dynamisch, erfolgreich in jeder Hinsicht. Auch bei Männern?“

„Wie man's nimmt“, sagte ich. „Aber es geht nicht um mich. Erzähl mir lieber von diesem Doktor Braunsperger. Ich erinnere mich nicht an ihn.“

„Ach, Joe, hör auf, alle möglichen Leute zu verdächtigen. Doktor Braunsperger ist unser Hausarzt und ein armer Tropf. Er war Mamas Jugendliebe, liebt sie bis heute. Als sie mit dem Baron verheiratet war, hatte sie eine kurze Affäre mit ihm. Mehr war nie zwischen den beiden. Ich mag ihn zwar nicht, finde ihn aber irgendwie rührend. Ein alter Haudegen, ein typischer Salzkammergutler, Sportler, Bergsteiger, Naturbursche. Deftig, nett, ein bisschen faschistoid ... Früher hing er im Sommer ständig auf unserem Badeplatz herum. Kannst du dich wirklich nicht an ihn erinnern? Wenn sich Walpurga am späten Nachmittag aus ihren billigen Sommerkleidern schälte und ihm ihren Prachtbusen entgegenstreckte, bekam er jedes Mal große Glupschaugen.

Zu dieser Zeit war er brav verheiratet. Bestimmt hätte er auch damals nichts dagegen gehabt, sie zu vögeln. Doch sie war Philip hörig. Sexuell spielte sich, nach ihrer Hochzeit mit Philip, absolut nichts mehr mit anderen Männern ab, auch nicht mit deinem ...", sie schluckte, „... mit unserem Vater."

Betreten schaute ich zu Boden. Verdammte Scheiße. Warum kriegte ich das nicht hin? Warum konnte ich mich nicht damit abfinden, eine Halbschwester zu haben? Zum Glück fuhr Franzi fort, über Braunsperger zu reden.

„Ich habe ihn immer für einen gutmütigen Trottel gehalten, den Mama eben ausnehmen konnte wie eine Weihnachtsgans. Wahrscheinlich hat sie ungefähr zur gleichen Zeit Sex mit ihm gehabt, wie mit deinem, pardon, unserem Vater. Ihre wilden Jahre! Sie hat in ihrem Leben vier Männer gehabt, drei davon im gleichen Jahr. Und sie hat den Braunsperger sicher in dem Glauben gelassen, dass er mein Vater sein könnte. Sie war und ist auf seine Unterstützung angewiesen. Im Dorf munkelt man, dass er sich sogar ihretwegen scheiden lassen wollte. Aber sie hat seine Heiratsanträge abgelehnt. Heute ist er ein ehrwürdiger Witwer. Ich würde ihm wünschen, dass er sie endlich rumkriegt. Aber ich bin überzeugt, dass er es nicht schaffen wird. Eher angelt sie sich unseren Papa."

Ich zuckte zusammen. Zwang mich dazu, an diesen Arzt zu denken. Für ihn musste eine Welt zusammengebrochen sein, als er erfahren hatte, dass Victor Franzis Vater ist.

„Vor allem liebt unser netter Doktor meinen Mario. Er war bei seiner Geburt dabei. Mario war ein sehr schwieriges Kind. Nur der Doktor konnte mit ihm gut umgehen. Mama und ich sind oft wegen ihm verzweifelt. Er war hyperkinetisch, behaupteten zumindest die Psychologen, zu denen wir ihn schleppten."

Hyperkinetisch? So ein Quatsch, dachte ich, aber unterdrückte auch diese Bemerkung.

„Walpurga war Mario gegenüber immer reserviert. Sie war keine liebe Omi, sondern sehr streng. Ich mache mir heute Vorwürfe, dass ich ihr so lange die Erziehung von Mario überlassen habe. Aber ich war so verdammt jung und eindeutig überfordert mit diesem lebhaften Kind."

Die Justizbeamtin trat von einem Fuß auf den anderen und deutete ungeduldig auf ihre Uhr.

Ich schenkte ihr ein betörendes Lächeln, streichelte noch einmal Franzis Hand und fragte: „Und wo war Mario an jenem Abend?"

„Lass Mario aus dem Spiel!", schrie sie mich an. „Er war natürlich in der Bar, unten am See."

„Ich weiß nur, was ihr mir erzählt habt. Das meiste davon ist frei erfunden", murmelte ich. Andererseits war ich froh, dass sie ihren Sohn zu beschützen versuchte. Liebte sie ihn doch mehr, als ich bisher angenommen hatte?

„Leider hat er für die Tatzeit kein hieb- und stichfestes Alibi, das hat mir Gustav gestern Abend geflüstert", sagte ich leise.

„Steht dieser Trottel noch immer auf dich?" Sie grinste hämisch. „Ich hätte ihn haben können, aber ich habe ihn dir überlassen. Ich war mein Leben lang viel zu großzügig, was Männer betrifft."

Ich stellte mir vor, wie die beiden sich umarmten und küssten und konnte ihr plötzlich nicht mehr in die Augen sehen. Auch sie schaute konsequent auf den Steinboden. Als die Justizbeamtin unsere Unterhaltung mit einem energischen „Jetzt ist Schluss" beendete, war ich fast erleichtert.

Unser Abschied fiel relativ kühl aus. Franzi umarmte mich nur flüchtig. Kein beruhigendes, optimistisches, Hoffnung versprechendes Wort, kein besänftigender Blick von mir. Ich versprach ihr, mich im Laufe der Woche noch einmal anschauen zu lassen, und verließ ziemlich überstürzt die Justizanstalt.

Franzis Geschichten hatten nicht gerade dazu beigetragen, das Durcheinander in meinem Kopf zu ordnen. Verwirrt stieg ich in Marios Wagen.

In Linz herrschte dichter Berufsverkehr. Außerdem regnete es in Strömen. In den Verkehrsnachrichten warnten sie vor Aquaplaning. Als die letzte Ampel der Ausfahrtsstraße auf Grün wechselte, gab ich Gas. Der Motor heulte auf. Der Wagen geriet ins Schleudern. Ich nahm rasch Gas weg, schlitterte trotzdem gefährlich nahe an einem Brückengeländer vorbei. Die Scheibenwischer quietschten, wurden der Wassermassen kaum Herr.

Auf der Westautobahn wurde es noch schlimmer. Nebel. Dichter Nebel. Ich schlich auf der ersten Spur dahin, orientierte mich, so gut ich konnte, am Mittelstreifen und zuckte jedes Mal zusammen, wenn mich irgendein Idiot mit hundertdreißig Sachen überholte.

Ich ließ mir noch einmal alles durch den Kopf gehen. Die Geschichten, die ich bisher zu hören bekommen hatte, stanken zum Himmel. Hielten mich hier alle nach wie vor für die kleine naive Joe?

Die Scheinwerfer eines großen Wagens hinter mir blendeten mich seit einer ganzen Weile im Rückspiegel. Mein erster Impuls war, schneller zu fahren, mich in die milchig weiße Nebelsuppe zu flüchten. Wovor hatte ich mehr Angst? Vor dem Nebel oder vor einem Verfolger? Während ich über diese Frage nachdachte, wurden meine Hände, die das Lenkrad umklammerten, feucht. Ich wurde noch langsamer. Doch der Fahrer traf keine Anstalten, mich zu überholen. Beinahe intuitiv schaltete ich den Blinker ein und riss das Lenkrad nach rechts, verließ die Autobahn bei der Abfahrt Regau.

Auch hier empfing mich Nebel. Dicker, undurchdringlicher Nebel. Der Geländewagen hinter mir nahm ebenfalls die Ausfahrt. Ich beschloss, ihn nicht weiter zu beachten, und stürzte mich in die diversen Einkaufszentren von

Vöcklabruck. In einem großen Baumarkt erstand ich einen günstigen elektrischen Heizstrahler. Ich hatte es satt, dauernd zu frieren. Eine Erkältung würde mir gerade noch fehlen. Als nächstes plünderte ich die Regale in einem großen Supermarkt. Ich wollte Walpurga keinen Tag länger auf der Tasche liegen, ich kam mir schon die ganze Zeit wie eine Schnorrerin vor. Ich kaufte lauter überteuerte Delikatessen, die sich Walpurga und Albert nicht leisten konnten. Zuletzt erstand ich in einem kleinen Blumenladen einen schönen orange-gelben Strauß für meine Gastgeberin.

Etwas besser gelaunt fuhr ich auf über Lenzing nach Seewalchen. Der Nebel hatte sich inzwischen verzogen. Es regnete wieder. Als ich zur Agerbrücke kam, sah ich unzählige Boote auf dem See. Auch am Ufer des Flusses trieben sich auffallend viele Menschen herum.

Ich fuhr weiter zur Marina in Kammer. Seit dem Vortag war das einer meiner Lieblingsplätze am See. Eine Zigarettenlänge lang genoss ich den schönen Blick. Dann rief ich meinen Vater an. Im Schloss konnte ich nirgends ungestört telefonieren, fühlte mich überall belauscht und beobachtet.

Ich berichtete Victor kurz von meinem Gespräch mit Franzi. Ich erwähnte, dass sie sehr gereizt auf meine Frage nach Marios Alibi reagiert hatte. „Mario ist für die Polizei genauso verdächtig wie Franzi. Er hat kein richtiges Alibi für die Tatzeit. Vielleicht hat sie sich für ihren Sohn geopfert?“

Prompt reagierte Victor ebenso hysterisch wie Franzi. Er bestand darauf, sofort anzureisen. „Mein Enkel, mein eigen Fleisch und Blut, ist kein Mörder! Du bist unfähig, Joe! Eifersüchtig wie eh und je.“ Obwohl ich beteuerte, Mario nicht für einen Mörder zu halten, brüllte er weiter: „Hol gefälligst deinen Neffen aus diesem Schlamassel raus!“

„Er steckt noch gar nicht wirklich drin“, brüllte ich zurück. In knappem Ton teilte ich ihm mit, dass Major Serner wahrscheinlich am Mittwoch an den Attersee kommen würde. „Und wenn du dich bis dahin beruhigt hast, kannst du ihn ja fragen, ob er dich mitnimmt." Dann legte ich einfach auf.

Jan würde mich entlasten. Seine ruhige, besonnene Art hatte eine besänftigende Wirkung auf meinen hysterischen Vater. Das hatte ich in Griechenland festgestellt. Damals hatte Jan mir nicht nur geholfen, zwei mysteriöse Todesfälle aufzuklären, sondern auch meinen Vater in Schach zu halten.

Seit ich den Parkplatz beim Supermarkt in Vöcklabruck verlassen hatte, war mir derselbe schwarze Geländewagen, der schon auf der Autobahn hinter mir hergefahren war, gefolgt. Er hätte mich auf der Bundesstraße locker überholen können. Es war nicht viel Verkehr, und ich war eher langsam unterwegs gewesen. Nun parkte dieser Geländewagen als einziger ebenfalls vor der Marina. Niemand war ausgestiegen. Da der Wagen mit Privacy-Glas ausgestattet war, konnte ich nicht sehen, wie viele Leute darin saßen. Von dem Fahrer sah ich nur eine undeutliche Silhouette.

Ich ging in die Apotheke und besorgte mir Vitamintabletten, Ascorbinsäure und eine Packung Aspirin. Seit meiner ersten Nacht im Schloss verspürte ich ein unangenehmes Kratzen im Hals. Auch meine Nase war leicht verstopft.

Als ich die Apotheke verließ, stand der Geländewagen noch immer da. Ich behielt ihn im Rückspiegel im Auge, als ich losfuhr. Er folgte mir tatsächlich. Deshalb bog ich, sobald ich das große Polizeiaufgebot erblickte, auf den Parkplatz neben der Agerbrücke ab. Der Geländewagen verlangsamte sein Tempo, fuhr aber weiter.

Auf dem Parkplatz standen einige Einsatzwagen. Das Flussufer war mit rot-weiß-roten Bändern abgesperrt. Taucher, Uniformierte und Männer in dunklen Anzügen standen in kleinen Grüppchen beisammen und diskutierten. Ein Dutzend neugieriger Passanten hatte sich ebenfalls am Agerufer eingefunden.

Mir war sofort klar, was dieser Rummel zu bedeuten hatte. Natürlich zeigten die Medien großes Interesse an diesem spektakulären Mordfall. Eine Wasserleiche wurde nicht alle Tage gefunden. Es waren sogar mehrere TV-Teams angereist.

Ich entdeckte Wolfi, den jungen Beamten, der mit Gustav bei uns oben im Schloss gewesen war. Er stand etwas verloren am Ende des Parkplatzes. Als er mich erkannte, kam er näher.

„Sie dürfen da nicht rein.“ Er deutete auf die Absperrbänder.

„Habt ihr eine Leiche gefunden?“

Er nickte. „Eine entsetzliche Geschichte. Das ist nichts für eine Dame.“

„Sie vergessen, dass ich seinen Kopf entdeckt habe. Das war auch kein besonders erbaulicher Anblick. Ich kann mich auch an den Chefinspektor wenden. Er wird mir sicher Auskunft geben“, log ich unverschämt. „Allerdings befürchte ich, er wird nicht gerade erfreut sein, wenn ich ihn bei der Arbeit störe. Wo ist er überhaupt?“

Wolfi deutete flussabwärts und begann zögernd von den grausigen Funden zu berichten: „Wir nehmen an, dass es sich bei den Leichenteilen, die wir inzwischen rausgefischt haben, um die Körperteile vom Fischer-Heinz handelt. Der Mörder dürfte beim Zerstückeln der Leiche sehr systematisch vorgegangen zu sein. Er hat nicht nur den Kopf fein säuberlich vom Rumpf getrennt, sondern auch den Körper in Taillenhöhe durchgesägt. Arme und Beine hat er an den Gelenken noch einmal durchgeschnitten. Danach hat er jeden Körperteil in einen schwarzen Müllsack gesteckt, mit einem Stein beschwert und versenkt.“

„Warum hat er den Kopf nicht auch verschwinden lassen? Die ganze Mühe war doch umsonst.“

„Nehme an, er ist gestört worden.“

Ich ermunterte den aufgeregten Wolfi weiterzuerzählen. Wenn Menschen sehr erregt sind, pflegen sie viel zu reden. Auch viel Unsinn. Ich war jedoch dankbar für jede Information, selbst wenn sie nicht viel brachte.

„Da die Steine von sehr unterschiedlicher Größe waren, hat es manche Säcke abgetrieben. Erst die kleine Wehr unten bei der Ager hat sie abgefangen. Obwohl alle Säcke oben zugeknotet waren, haben die Säcke mit dem Ober- und Unterleib nicht so lange dicht gehalten wie die, in denen sich die Gliedmaßen befunden haben."

„Und wer hat die Leichenteile entdeckt?"

„Eine von diesen verrückten Schwimmerinnen, die das ganze Jahr über nicht auf ihr morgendliches Bad im See verzichten wollen. Die arme Frau hat einen schlimmen Schock erlitten. Sie ist nicht mehr die Jüngste und war nahe an einem Herzinfarkt. Die Haut des Toten hatte sich an einigen Stellen des Oberkörpers bereits abgelöst. Der ganze Brustkorb sah gefleckt aus. Echt widerlich. Ich habe es mit eigenen Augen gesehen ..."

Eine Hand legte sich von hinten auf meine rechte Schulter. Erschrocken zuckte ich zusammen.

„Geh wieder an die Arbeit, Wolferl."

Gustav sagte es nicht unfreundlich, doch ein Blick in seine Augen verriet mir, dass er nicht gerade amüsiert war.

„Du kannst es einfach nicht lassen?", sagte er zu mir, als sich der junge Beamte verlegen von mir verabschiedet hatte.

„Ich bin rein zufällig hier vorbeigekommen. Ich war in Linz bei Franzi", beteuerte ich.

„Lass meine Leute in Ruhe, Joe! Wenn du Fragen hast, wende dich an mich. Ist das ein für alle Mal klar?"

Ich nickte, gab mich kleinlaut. Am liebsten hätte ich ihn geohrfeigt. Im Grunde war ich ein sehr friedfertiger Mensch, doch Gustav schaffte es nach wie vor, meine schwer unterdrückte aggressive Ader zum Vorschein zu bringen.

Als das Schweigen zwischen uns fast unerträglich wurde, fragte Gustav in freundlicherem Ton: „Was willst du wissen?"

„Glaubt ihr, dass er im Bootshaus der Welschenbachs umgebracht worden ist?"

„Das wissen wir nicht hundertprozentig. Die Vermutung liegt jedenfalls nahe."

„Ist er mit einer Motorsäge attackiert worden?"

„Zerstückelt, meinst du wohl. Die Streifen und Kratzer an den Schnittstellen bilden ein sich regelmäßig wiederholendes Muster, am Rumpf sind sie fast glatt poliert. Und so was schafft man nur mit einer Motorsäge."

„Eine Motorsäge ist leicht zu bedienen. Auch eine Frau könnte den Leichnam zersägt haben", sagte ich nachdenklich.

„Noch weitere gute Ratschläge?"

„Ein andermal. Wir sehen uns." Ich drückte ihm einen Kuss auf die Wange, ließ ihn stehen und ging zurück zu Marios Wagen.

Sommer 1979

Nach dem Abendessen fahren Franzi und Joe mit dem Bus nach Lenzing ins Kino. „Schade, dass Willi und Gustav keine Zeit haben, uns zu begleiten", sagt Joe schadenfroh.

„Wenn diese Trottel es vorziehen, an der Siegesfeier dieses blöden Fußballturniers teilzunehmen, bitte schön. Wir werden uns auch ohne sie großartig amüsieren. Mich ärgert viel mehr, dass Alberts Mofa den Geist aufgegeben hat. Der Film hat Überlänge. Wir werden den letzten Bus sicher nicht mehr erwischen."

Franzi zieht sich auf der Rückbank des ÖBB-Busses um. Für den heutigen Abend hat sie ein türkisfarbenes T-Shirt gewählt. „I love San Francisco, where women are strong and men are beautyful" prangt in großen Lettern auf ihrem Busen.

„Gefällt dir das Shirt, das dir meine Mama mitgebracht hat, wirklich?", fragt Joe unsicher.

„Na klar, sonst würde ich es nicht anziehen. Deine Mutter ist schwer in Ordnung. Meiner Alten würde niemals einfallen, mir so was Geiles zu schenken. Sie kauft mir selten was zum Anziehen. Wenn es nach ihr ginge, würde ich wie der letzte Bauerntrampel herumlaufen. Zum Glück hat Philip in dieser Hinsicht mehr Verständnis. Er lässt immer wieder mal ein paar Hunderter für neue Fetzen springen."

„Wenn es nicht zu stark regnet, können wir nach dem Film ja zu Fuß nach Hause gehen", schlägt Joe vor.

„Spinnst du, bis zum Schloss sind es mindestens fünf Kilometer. Wenn wir den Bus versäumen, stoppen wir, das haben wir doch so ausgemacht."

„Wir müssen unbedingt unten, am Beginn der Schotterstraße, aussteigen. Denn was Autostoppen betrifft, versteht meine Mama keinen Spaß."

„Ja, du Angsthase. Die glauben ja ohnehin, dass wir ins Seewalchner Kino gegangen sind."

„‚Apocalypse Now' kann man sich nicht entgehen lassen", sagt Franzi. „Absolutes Jugendverbot. Garantiert gibt's irgendwelche heißen Liebesszenen."

„In einem Kriegsfilm?", fragt Joe skeptisch. „Ich will den Film hauptsächlich wegen Marlon Brando sehen."

„Ist schon gut, Baby. Du hast einen echten Vaterkomplex."

Obwohl nach dem Film beide offensichtlich enttäuscht sind und vor allem geschockt von den brutalen Szenen, geben sie es nicht zu. Betreten schleichen sie die lange Treppe hinunter zur Atterseebundesstraße.

Es regnet in Strömen. Durchnässt und schweigsam strecken sie höchstens zwei Minuten lang die Daumen in die Höhe, als der erste Wagen anhält. Drei junge Männer fordern sie grölend auf einzusteigen.

Joe weigert sich, packt Franzi energisch am Arm und herrscht sie an: „Bist du vollkommen deppert? Die sind doch stockbesoffen."

Die Männer geben nicht so schnell auf. Sie versuchen Franzi zu überreden, ohne ihre zickige Freundin mitzukommen.

Joe sieht sich bereits allein im Regen stehen, als ein uralter VW-Käfer hinter dem flotten Honda hält. „Hallo Heinz", sagt Joe erfreut. Sie steigt sofort ein und klettert auf den Rücksitz. Franzi verzieht angewidert das Gesicht, setzt sich aber dann gnädigerweise auf den Beifahrersitz. Von dem Honda sieht man nur mehr die Rücklichter.

„Wo kommt ihr denn her?", fragt der Fischer-Heinz.

„Kino", sagt Franzi knapp. Sie überlässt es Joe, Konversation zu machen.

Der Regen ist so heftig geworden, dass es die Scheibenwischer des alten VWs kaum mehr schaffen, ein paar Quadratzentimeter der Windschutzscheibe tropfenfrei zu kriegen. Die Sicht ist verheerend. Und Heinz fährt zu schnell. Joe klammert sich an die Rückenlehne des Beifahrersitzes.

Plötzlich macht der Wagen einen Ruck, gerät ins Schleudern und bleibt am Mittelstreifen stehen. Joe knallt mit dem Gesicht gegen die Kopfstütze vor ihr.

„Verdammter Mist", flucht Heinz und steigt aus. Auch Joe und Franzi verlassen den Wagen.

Die Scheinwerfer tauchen einen Hasen, der mitten auf der Fahrbahn liegt und hilflos mit den Vorderläufen zappelt, in ein unwirkliches Licht.

„Zurück in den Wagen", herrscht Heinz die Mädchen an und öffnet den Kofferraum. Sie bleiben jedoch wie angewurzelt stehen. Sehen ihm dabei zu, wie er den Wagenheber herausnimmt und damit auf den Hasen einschlägt, obwohl sich das Tier kaum mehr rührt.

„Nein", kreischt Joe. Stürzt sich auf Heinz, klammert sich an seine erhobene Hand. Er versetzt ihr einen Stoß. Sie prallt unsanft gegen die Kühlerhaube. Rappelt sich sofort wieder auf. Versucht noch einmal, ihm den Wagenheber zu entreißen. Heinz drückt ihr das schwere Ding in die Hand. Packt den Hasen an den Hinterläufen und wirft ihn in den Kofferraum.

„Mein Sonntagsbraten“, sagt er grinsend.

Franzi ist der Szene schweigend, aber mit fasziniertem Gesichtsausdruck gefolgt.

„Steig endlich ein“, herrscht sie Joe an. „Stell dich nicht so an. Es war ja nur ein Hase. Wir haben doch heute im Kino viel Schlimmeres gesehen.“

Den Rest der Fahrt wechseln alle drei kein Wort mehr miteinander. Ohne Heinz zu danken, steigen die Mädchen vor dem Schloss aus und gehen auf ihre Zimmer.

8. Kapitel

Im Schloss empfing mich Walpurga mit verweinten Augen. „Die Polizei hat heute mit Tauchern im See nach den Überresten vom Heinzi gesucht", berichtete sie schluchzend.

„Ich weiß. Sie haben inzwischen mehrere Leichenteile gefunden, verpackt in schwarze Müllsäcke. Die meisten haben sie unten beim Badeplatz Wengermühle aus dem Wasser gefischt."

„Verpackt in schwarze Müllsäcke?"

„Die Leichenteile waren mit Steinen beschwert, damit sie untergehen ..."

„Scheußlich", seufzte Walpurga und wischte sich die Tränen aus den Augen.

Ich verstand nicht ganz, warum sie sich so echauffierte. Als wir Heinzis Kopf in ihrem Bootshaus gefunden hatten, war ihre Reaktion weniger aufgeregt gewesen. Ihr jetziger Zustand konnte nur mit Albert zu tun haben. War ihr geliebtes Söhnchen endgültig zusammengeklappt? Ich fragte sie nach ihm.

„Der arme Junge ist total fertig. Doktor Braunsperger musste ihm eine Beruhigungsspritze geben. Er will abends noch einmal nach ihm sehen. Stell dir vor, Albert war heute Vormittag zufällig unten am See spazieren, als die Polizei einen Unterarm vom Heinzi aus dem Wasser gefischt hat. Er dürfte beim Anblick des Armes in Ohnmacht gefallen sein. Der junge Polizist, der letztens bei uns war, hat ihn in einem Polizeiauto nach Hause gebracht. Ich verstehe nicht, warum sie ihn so nahe rangelassen haben. Die wissen doch, wie sensibel mein Junge ist. Warum sperren sie nicht alles ab?"

„Haben sie längst."

Doch sie erwartete keine Antwort. „Albert hat sich sofort hingelegt. Ich habe ihm ein paar Brote geschmiert und einen Tee gekocht. Als ich vorhin nach ihm geschaut habe, hatte er beides nicht angerührt. Nachher hat er mich nicht mehr in sein Zimmer gelassen. Ich mache mir große Sorgen um ihn. Selbst wenn Albert in den letzten Jahren kaum mehr mit dem Heinzi Kontakt gehabt hat, so war er doch sein einziger Jugendfreund."

Nicht schon wieder lügen, liebe Walpurga, dachte ich. Albert hatte uns doch ganz etwas anderes erzählt.

Es läutete. Walpurga zuckte zusammen und wurde ganz blass.

„Wer kann das sein?", flüsterte sie aufgeregt.

Ich ging zum Eingangstor. Ein großer, älterer Herr, bekleidet mit Steirerhut und Lodenmantel, stand vor der Tür.

„Doktor Braunsperger", stellte er sich vor. „Sie müssen Joe sein. Sie sehen Ihrer Frau Mama sehr ähnlich. Sie erinnern sich bestimmt nicht mehr an mich."

Ich erinnerte mich wirklich nicht an ihn, wusste jedoch inzwischen ein wenig über ihn Bescheid.

„Legen Sie bitte ab. Walpurga erwartet Sie bereits", sagte ich und führte ihn in den Salon, so, wie das Dienstmädchen oder der Butler es vor vielen Jahren gemacht hätten. Am liebsten hätte ich zu Walpurga gesagt: Hier ist dein Lover, er wird dich besser trösten können als ich. Ich verkniff mir jedoch diese Bemerkung, setzte mich kurz zu ihnen und kostete ein paar der Köstlichkeiten, die ich nachmittags in dem Vöcklabrucker Supermarkt gekauft hatte. Nach einer Viertelstunde ließ ich die beiden allein und verzog mich in die Küche, wo ich weiter naschte. Essen beruhigt mich normalerweise.

Wortfetzen drangen bis zu mir. Ich hatte die Tür absichtlich offen gelassen, um zu überprüfen, ob man die Gespräche im Salon in der Küche mithören konnte. Ich verstand jedoch nicht wirklich, worüber sie redeten, verlor bald das Interesse und ging in mein Zimmer.

Draußen heulte der Wind. Zweige kratzten an den Fensterscheiben. Ich steckte den neuen Heizstrahler an und entzündete ein Feuer im Kamin, mehr wegen der tröstenden Stimmung, die das knisternde Holz verursachte, als wegen der Wärme. Ein Kaminfeuer erschien mir ein wirkungsvolles Mittel gegen meine Einsamkeit zu sein. Ich beschloss, mir in meiner Wohnung in Wien einen offenen Kamin zuzulegen. Das Knacken der Holzscheite und das Zucken der Flammen vermittelten mir die Illusion, Gesellschaft zu haben, nicht ganz allein zu sein. Diese traute Stimmung hielt jedoch nicht lange an. Unwillkürlich musste ich an meinen Besuch bei Franzi und an die grauslichen Leichenteile denken. Ich fühlte mich so niedergeschlagen wie schon lange nicht mehr. Zwei ungeklärte Todesfälle und eine Freundin, nein Schwester, die als Täterin verdächtig war. Die zerstückelte Leiche ging mir nicht aus dem Kopf. Wenn es mir nicht gelang, mich abzulenken, würde ich wohl wieder eine schlaflose Nacht verbringen.

Ich machte Licht an und versuchte zu lesen. Einsame Menschen lesen viel, dachte ich. Mit dem neuesten Krimi von Minnette Walters war ich nicht weit gekommen. Kaum hatte ich dreißig Seiten gelesen, ging das Licht mit einem leisen Knall aus. Wahrscheinlich hatte mein neuer Heizstrahler einen Kurzschluss verursacht. Da die letzten Holzscheite im Kamin verglüht waren, saß ich völlig im Dunkeln.

Ich überlegte, die ziemlich heruntergebrannten Kerzen auf dem Messingständer anzuzünden, entschied mich dann aber für die Taschenlampe, die mir Mario mitgegeben hatte, als ich bei ihm in der Orangerie war.

Ich wusste, dass ich mit Walpurga und Albert allein im Schloss war – außer, wenn Dr. Braunsperger auch hier übernachten würde. Aber ich hatte bereits vor einer halben Stunde die schwere Eichentür ins Schloss fallen gehört.

Da ich nicht schon wieder eine ängstigende Situation heraufbeschwören wollte, schaltete ich nicht nur die Taschenlampe ein, sondern zündete mit meinem Feuerzeug auch die Kerzenstummel am Leuchter an. Mein Nachttisch war nun perfekt ausgeleuchtet.

Irgendetwas fehlte. Das Nachtkästchen sah so nackt aus. Das Handy befand sich in meiner Handtasche, die Zigaretten ebenfalls. Das Foto meiner Mutter? Scheiße! Wo war das Foto? Es lag nicht mehr auf dem Nachtkästchen.

Ich nahm die Taschenlampe, ging auf die Knie und schaute unters Bett. Kein Foto. Ich suchte die ganze Umgebung des Bettes ab. Das Bild blieb verschwunden.

Ich hatte einen Verdacht. Rasch schlüpfte ich in meine Hose, zog einen warmen Pullover über und verließ mein Zimmer. Heute würde einmal ich Poltergeist spielen. Die Taschenlampe nahm ich mit, schaltete sie aber aus, bevor ich die Tür öffnete.

Kaum hatte ich ein paar Schritte Richtung Walpurgas Arbeitszimmer zurückgelegt, hörte ich Schritte. Langsame, schlurfende Schritte. Sie kamen näher, immer näher, den düsteren Gang entlang auf mich zu. Ich wagte es nicht, die Taschenlampe anzumachen.

Plötzlich streifte ein kalter Hauch mein Gesicht. Zugluft oder menschlicher Atem? Ich erstarrte, bildete mir ein, eine kleine, mit dunkler Kapuzenjacke bekleidete Gestalt vor mir zu sehen. Stand da jemand und richtete eine Waffe auf mich?

Nichts geschah. Ich horchte. Alles war still. Oder doch nicht? Ein Lufthauch? Ausgelöst durch meine eigene Bewegung?

Statt loszuschreien, schaltete ich die Taschenlampe ein.

Minka, die alte, schwarze Hauskatze, fauchte mich böse an. Ich musste mich schwer beherrschen, um nicht laut zu lachen. In diesem Schloss sah ich wohl andauernd Gespenster. Dieses Gespenst war allerdings viel kleiner als Albert oder Mario und viel dünner als Walpurga.

Doch dann fiel mir ein, dass eine Katze, die sich auf ihren vier Pfoten fast lautlos fortbewegen kann, keine Geräusche verursacht wie ein Mensch, der sich leise anschleicht. Und wie konnte ich ihren Atem in meinem Gesicht spüren?

Bevor ich wieder in Panik geriet, lief ich mit eingeschalteter Taschenlampe hinauf in den ersten Stock. Ich würde Walpurga wecken. Auch wenn sie mich für verrückt halten sollte, ich hatte einfach Angst in diesem alten Gemäuer. Und ich wollte endlich einen Schlüssel für mein Zimmer.

Plötzlich hörte ich Musik. Gustav Mahlers zehnte und letzte Symphonie, die seinen Abschied von der Welt und zugleich eine Art Aufbruch in die Moderne signalisierte. Die Symphonie, deren Fertigstellung seine Frau Alma vereitelt und die er ihr gewidmet hatte, obwohl sie längst mit Gropius im Bett lag.

Die romantischen Töne kamen von oben, aus dem zweiten Stock. Aus Alberts Gemächern. Woher sonst? Es gab keine musizierenden Gespenster in diesem Schloss.

Ich war nahe daran, mich in mein Zimmer zu begeben, den Stuhl unter die Türklinke zu schieben und mich ins Bett zu legen. Walpurgas Angst, ihr aufgelöster Zustand am Abend fiel mir ein. Und das alles wegen Albert? Musste ich mir ernsthaft Sorgen um ihn machen? Seit wir den Kopf vom Heinz gefunden hatten, redete er wirres Zeug daher.

Während ich überlegte, ob ich einfach zu Bett gehen oder nach ihm schauen sollte, wurde die Musik noch lauter, sie schwoll zu einem beeindruckenden Crescendo an.

Ich riss mich zusammen, ging in den zweiten Stock hinauf und klopfte an seine Tür.

Keine Reaktion. Ich wurde nervös. Wenn er sich etwas angetan hatte, vielleicht gar im Sterben lag, würde ich mir ewig vorwerfen, nicht nach ihm gesehen zu haben. Albert hatte als Neunjähriger seinen erhängten Vater im Verlies des Schlosses gefunden. Garantiert litt er unter einem massiven Trauma.

Zögernd drückte ich die Klinke runter. Albert hatte sich eingeschlossen.

Die Musik wurde leiser, klang anders. Mahlers „Tragische“, seine Symphonie Nr. 6 in a-Moll. Ich erkannte sie nach den ersten Takten. Und diese Musik beruhigte mich keineswegs.

„Albert, mach sofort auf", rief ich energisch und rüttelte heftiger an der Türklinke.

Er öffnete und ich fiel ihm buchstäblich in die Arme.

Albert sah verheerend aus, war bleich im Gesicht, hatte dunkle Ränder unter den geröteten Augen.

„Ich muss mit dir reden", sagte ich. „Bitte schalt die Musik aus."

„Du bist deiner Mutter wirklich in allem ähnlich. Sie mochte Mahlers Symphonien ebenfalls nicht, stand mehr auf Arnold Schönberg und Alban Berg, fand Gustav Mahler zu romantisch und zu altmodisch. Findest du das auch?"

Er stimmte das Lied von des Knaben Wunderhorn an.

„Albert, lass uns miteinander reden", sagte ich laut und entschlossen, bevor er mir alle fünf Kindertotenlieder vorsingen würde.

„Ich bin genauso lärmempfindlich wie er. Als es ihm in dem schrecklichen Gasthof in Steinbach zu laut wurde, hat er sich extra dieses Komponierhäuschen hinten auf der Wiese bauen lassen."

„Ich bin nicht gekommen, um mit dir über Mahler zu diskutieren."

Nach einem kurzen Blick auf den vollen Aschenbecher auf seinem Schreibtisch zündete ich mir eine Zigarette an. Das absolute Rauchverbot im Schloss galt offensichtlich nicht für die Räumlichkeiten des Herrn Baron.

Die Einrichtung passte sehr gut zu Mahlers Musik. Von den Bildern bis zu den Teppichen war alles in dunklen Farben gehalten. Die wertvollen alten Möbelstücke verstärkten den Eindruck von Schwere und Melancholie. Auf dem großen Nussholzschreibtisch mit kunstvollen Intarsien herrschte Chaos. Schmutzige Kaffeetassen und Essensreste zwischen Büchern, beschriebenen A4-Seiten und jede Menge Schreibwerkzeug und Büroutensilien. Die edlen

Mahagoniregale, die fast bis zur Decke reichten, waren vollgestopft mit Büchern.

Ich nahm ihm gegenüber auf einem zerbrechlich wirkenden Stühlchen mit roter Samtpolsterung Platz. Er saß hinter dem Schreibtisch in einem bequemen Bürosessel.

Insgeheim musste ich lachen, war dies doch genau das umgekehrte Setting, das ich in meiner psychoanalytischen Praxis hatte: Ich hinter und der Patient vor dem Schreibtisch. Als ich das Foto meiner Mutter auf seinem Tisch entdeckte, verging mir allerdings das Lachen.

„Du warst in meinem Zimmer und hast das Bild von meiner Mutter gestohlen. Warum? Was hat das zu bedeuten?"

Schweigen. Hatte er mich nicht verstanden oder lebte er bereits in einer anderen Welt?

„Gisela war die große Liebe meines Lebens. Ich habe nur sie geliebt. Als ich von ihrem Tod erfuhr, bin auch ich gestorben", sagte er ganz ruhig und schaute mich erwartungsvoll an.

„Du konntest doch nicht wissen, dass das Bild auf meinem Nachtkästchen liegt."

„Ich habe es dort entdeckt, als ich deinen Ölofen in Gang setzte. Ich habe zuerst nicht gewagt, es anzufassen. Erst später überkam mich der unwiderstehliche Drang, es an mich zu nehmen. Du hast nichts mitgekriegt. Du schläfst genauso ruhig wie Gisela. Ich habe ihr gern beim Schlafen zugesehen."

„Wann hast du sie beim Schlafen beobachtet?"

„Am Badeplatz."

„Sie hat tagsüber nie geschlafen."

„Ich habe mich abends, wenn dein Vater mit Philip unterwegs war, manchmal in ihr Zimmer geschlichen, so wie jetzt in deines. Sie war so wunderschön, viel zu schön für einen Mann wie deinen Vater."

Entsetzt starrte ich ihn an. Sein Ton missfiel mir. Meine Angst kehrte zurück. Beherrsch dich, Joe, sagte ich mir.

Er begann zu schluchzen.

„Das alles ist meine Schuld", sagte er.

„Wovon sprichst du? Du bist nicht schuld an Heinzis Tod."

„Ach, der Heinz. Der wird ewig weiterleben."

Ja, in deiner Erinnerung, dachte ich, sagte aber: „Wir fühlen uns alle schuldig. Das ist so ähnlich wie mit der Erbsünde. Katholiken fühlen sich schuldig von Geburt an. Atheisten beginnen etwas später damit, kurz nach der ödipalen Phase, würde ich sagen." Mein Scherz entlockte ihm nicht das geringste Lächeln.

„Ich meine eine viel konkretere Art von Schuld", sagte er ernsthaft.

Seine Hände lagen artig gefaltet auf dem Tisch. Schmale Hände mit langen, feingliedrigen Fingern.

„Warum hast du Philip umgebracht?", fragte ich plötzlich. Ich hatte diese Frage gar nicht stellen wollen. Sie war mir einfach herausgerutscht.

Er kniff die Augen zusammen, starrte mich an, als wäre ich ein Insekt unter einem Mikroskop. Seine Lippen öffneten sich ein wenig. Er hatte prachtvolle weiße Zähne. Waren es seine dritten? Fast sah es aus, als lächelte er.

Das Pochen in meinem Kopf schwoll an. Ich drückte meine Hände an die Schläfen.

„Habe ich Philip umgebracht? Ich weiß es nicht mehr. Ich muss mir diesen Gedanken erst durch den Kopf gehen lassen."

Sein Blick war ernst. Er schien nicht zu scherzen.

„Nein. Tut mir leid. Ich fürchte, ich kann mich nicht mehr erinnern", sagte er dann leise. „Ich weiß, dass es an dem Abend heftig geregnet hat. Die Äste der Kastanienbäume haben an die Fenster geklatscht, die Fensterläden unheimlich geklappert. Draußen nichts als Schwärze und Nässe. Ein idealer Abend, um zu sterben."

„Hattest du einen Grund, Philip umzubringen?"

„Einen Grund, Philip umzubringen? Ich weiß es nicht. Es gab viele Gründe."

„Hast du ihn getötet oder hast du nicht?“, fragte ich gereizt.

„Ich muss darüber nachdenken. Das klingt verrückt, ich weiß. Aber ich bin mir nicht sicher.“

„Du musst doch wissen, ob du ihn umgebracht hast oder nicht.“

„Vielleicht, vielleicht auch nicht. Schuld an seinem Tod bin ich auf jeden Fall.“

„Albert, bitte ...“

„Du hast recht. Wahrscheinlich habe ich ihn getötet. Lass uns morgen darüber reden. Ich muss ins Bad, ich will mich duschen, all diesen Dreck loswerden.“

Er stand auf und verließ grußlos, und ohne mich noch einmal anzusehen, den Raum.

Am liebsten wäre ich ihm hinterhergelaufen. Doch ich wusste aus Erfahrung, dass ich kein Wort mehr aus ihm herausbringen würde. Wenn Albert keine Lust hatte zu reden, dann redete er nicht. Das war schon früher so gewesen. Er würde sich nach der Dusche wieder in sein Zimmer zurückziehen, sich in den alten bequemen Fauteuil seines Vaters setzen, eine Zigarette anzünden, sich einen kleinen Whisky einschenken und den Rest der Nacht vor sich hin grübeln.

Als ich zurück in mein Zimmer ging, fiel mir ein, dass ich weder belegte Brote noch Tee bei Albert gesehen hatte. Anscheinend hat er doch etwas gegessen, dachte ich. Und dieser Gedanke beruhigte mich seltsamerweise.

Bevor ich zu Bett ging, rauchte ich die obligatorische letzte Zigarette auf meiner Terrasse. Ich ging zur Brüstung vor, drehte mich um und betrachtete das alte Gemäuer, das vom Mondlicht in einen gelblichen Glanz getaucht wurde.

Hinter einem Fenster im zweiten Stock des linken, baufälligen Traktes bemerkte ich einen schwachen Lichtschein. Benützte Albert, trotz Warnung der Baubehörde, den linken Trakt mit? War die Tür, die hinüberführte, nicht auch im zweiten Stock mit Brettern zugenagelt? Ich hatte vorhin nicht darauf geachtet. Egal, was ging es mich an? Wenn er sich der Gefahr, die Deckenbalken auf den Kopf zu kriegen, aussetzen wollte, war das seine Sache.

Sicherheitshalber verrammelte ich meine Tür wieder mit einem Stuhl, bevor ich zu Bett ging. Wenn ich nicht endlich aufhörte, in allem ein verdächtiges Indiz zu sehen, würde ich noch genauso paranoid werden wie manche meiner Patienten.

Bevor ich mich in Morpheus' Arme begab, dachte ich darüber nach, warum ich auf den Verlust des Fotos meiner Mutter so heftig reagiert hatte. Eine Mischung aus Wut und Angst hatte mich dermaßen aufgebracht, dass ich nicht mehr vernünftig hatte denken können. Ich hatte Albert sogar des Mordes bezichtigt. Er hatte sich selber bezichtigt, wenn man es genau nahm. Zwar hatte er die Tat nicht zugegeben, aber auch nicht geleugnet.

Auf Verletzungen meiner Privatsphäre hatte ich immer empfindlich reagiert. Mein neugieriger Vater hatte es, als ich noch zu Hause wohnte, trotz meiner Wutanfälle nicht lassen können, in meiner privaten Post herumzuschnüffeln. Zwar hatte ihm Gisela verboten, Briefe, die an mich gerichtet waren, zu öffnen, doch er hatte es sich nie verkneifen können, Briefe, die offen auf meinem Schreibtisch herumlagen, zu lesen. Da ich im Alter von zwölf Jahren mehrere Brieffreundschaften gleichzeitig pflegte und nicht besonders ordentlich war, hatte er jede Menge Lesestoff.

Unverstanden, wie ich mich in jungen Jahren eben fühlte, korrespondierte ich damals mit Kindern aus aller Welt, die sich ähnlich fühlten. Mein philippinischer Brieffreund lebte in Manila. Ein anderer in Rovaniemi, Finnland. Und meine liebste Brieffreundin schrieb mir aus Nairobi, der Hauptstadt von Kenia. Wir teilten einander nicht nur all unseren Seelenschmerz mit, sondern fanden es auch nicht unter unserer Würde, uns über Alltägliches auszutauschen. So erfuhren mein neugieriger Vater und ich damals einiges über das Wetter in Finnland, über die beliebteste Disco-Musik in Nairobi und welche amerikanischen TV-Serien philippinische Kinder aus gutem Haus liebten.

Zu meinem zwölften Geburtstag hatte mir Gisela ein verschließbares Tagebuch geschenkt. Da ich wusste, wie neugierig mein Vater war, suchte ich immer wieder neue originelle Verstecke für den Schlüssel. Eines Tages in jenem verhängnisvollen letzten Sommer am See verlor ich den Schlüssel. Prompt las Victor, was nicht für ihn bestimmt war. Und ich belauschte vom Luftschacht in Franzis Zimmer aus eine heftige Diskussion zwischen meinen Eltern im Salon. Bei ihren Worten schoss mir die Schamesröte ins Gesicht. Ich hasste sie alle beide. Warum hielten Eltern ihre Kinder bloß immer für blöd?

Aus heutiger Sicht war ich Gisela dankbar für ihr Verständnis.

Nach der Lektüre meiner Tagebuchaufzeichnungen hatte Victor meiner Mutter seine Besorgnis wegen meiner Verliebtheit in Albert mitgeteilt. Ich erinnerte mich immer noch fast genau an den Wortlaut ihrer Auseinandersetzung.

„Du hast wohl noch nie davon gehört, dass man die Privatsphäre der eigenen Kinder zu respektieren hat? Um zu wissen, dass sie in Albert verliebt ist, muss ich nicht ihr Tagebuch lesen. Du bist unverbesserlich, Victor“, schimpfte Gisela mit meinem Vater.

„Der Junge ist mir nicht geheuer. Der spinnt hochgradig. Begrüßt du es etwa, dass sich unsere Tochter mit so einem Verrückten einlässt? Ihre ersten sexuellen Erfahrungen mit einem Spinner macht? Aber du bist ihm ja sehr wohlgesonnen, wie ich bemerkt habe.“

„Sei nicht lächerlich“, warf Gisela ein.

„Ich werde ihm sehr deutlich zu verstehen geben, dass er gefälligst seine dreckigen Finger von meinem kleinen Mädchen lassen soll, sonst ...“

„Hör auf, Victor. Du bist der Spinner. Merkst du denn nicht, dass der arme Junge total in *mich* verknallt ist? Joe behandelt er wie ein Kind. Und ich werde weiterhin dafür sorgen, dass das so bleibt. Misch dich ja nicht ein!"

Am liebsten wäre ich damals hinunter in den Salon gestürzt und hätte beide beschimpft.

„Außerdem sage ich nur: Gustav", fuhr meine Mutter fort.

„Wie? Was ist mit Gustav?", fragte mein Vater.

„Mein Gott, Victor, du stehst wirklich auf der Leitung. Vor lauter Angst, dass der böse Albert deinem kleinen Mädchen etwas antun könnte, hast du gar nicht bemerkt, dass sich bereits ein anderer junger Mann recht energisch um sie bemüht."

„Dieser Sohn eines Bullen? Niemals!", schrie Victor.

„Wehe dir, wenn du auch ihm gegenüber den Othello mimst", sagte Gisela lachend. „Er ist ein sehr netter und gutmütiger Junge. Und er ist total in sie verknallt. Für Joe ist es wichtig, dass sie sich irgendwann einem anderen Mann zuwendet. Du kannst nicht immer und ewig ihr einziger Held sein. Begreifst du das denn nicht?"

Meine Mutter war die Einzige, die es schaffte, meinen redegewandten Vater mundtot zu machen. Nach diesem Streitgespräch benahm sich Victor auffallend wohlwollend gegenüber Gustav, dem er vorher nicht die geringste Beachtung geschenkt hatte. Er stellte ihm onkelhafte Fragen über seine Zukunftspläne, lobte ihn für seine sportlichen Leistungen, erkundigte sich nach seinen schulischen Erfolgen und verbündete sich eines Abends sogar mit ihm, als Philip über Muhammad Ali und seinen religiösen Fimmel herzuziehen begann. Muhammad Ali war damals Gustavs großes Idol.

Gespenster der Vergangenheit? Ich musste schmunzeln. Ich fürchtete mich schon lange nicht mehr vor Gespenstern. Aber vielleicht sollte ich den Mann fürchten, in den ich damals verliebt gewesen war?

Es hatte zu regnen begonnen. Das monotone Geräusch der Tropfen, die an mein Fenster klatschten, beruhigte mich.

Die Erinnerung an meine kluge Mutter machte mich glücklich, nicht traurig. Sie ist noch immer bei mir, in mir und wird auch immer bei mir bleiben. Die Erinnerung an sie macht mich stark. Allein der Gedanke an sie hilft mir, dachte ich, bevor ich endlich einschlief.

Sommer 1979

Kurz nach Sonnenuntergang rudert Joe allein auf den See hinaus. Das Boot gleitet schnell über die nahezu unbewegte Wasseroberfläche. Sie blickt hinüber zum dunklen Südostufer, wo sich die bewaldeten Abhänge des Schafbergs tiefschwarz im Wasser spiegeln, und nimmt Kurs nach Süden.

Als das rötliche Licht endgültig hinter den Hügeln verschwindet, stülpt sie die alte Grubenlampe über ihre Stirn. Legt die Ruder ins Boot. Holt ihr Tagebuch aus dem kleinen Seesack und beginnt zu schreiben:

Mama hat recht gehabt, abends braucht man unbedingt ein Licht am Boot. Ich habe es schon mit einer Taschenlampe am Bug versucht. Doch die Batterie ist bald leer gewesen. Die kleine Petroleumlampe, die mir Walpurga zuletzt geborgt hat, ist über Bord gegangen. Die Stirnlampe ist eindeutig die beste Lösung. Jetzt kann ich sogar sehen, was ich schreibe.

Franzi hat sich heute Abend wieder einmal geweigert, mich zu begleiten. Sie findet Rudern mittlerweile todlangweilig, steht in diesem Sommer mehr auf Wasserski und Tauchen. Immerhin hat sie mich mit dem Mofa zum See runter gebracht. Seit Heinz das alte Ding repariert hat, kurvt sie andauernd damit herum. Obwohl sie erst im September fünfzehn wird und eigentlich noch gar nicht Mofafahren darf. Außerdem gehört das Mofa Albert. Aber er tanzt ja sowieso nach ihrer Pfeife. Sie kann alles von ihm haben. Er tut praktisch immer, was sie will. Dabei ist er sieben Jahre älter als sie. Wahrscheinlich bin ich neidisch. Hätte selbst gern so einen lieben älteren Bruder.

Auf Franzi ist in diesem Sommer kein Verlass. Sie hat mich schon mehrmals versetzt. Wenn sie so weitermacht, wird sie nicht mehr lange meine beste Freundin sein. Der kommende Schulwechsel macht ihr bestimmt mehr zu schaffen, als sie zugeben will. Sie ist so launenhaft in diesem Sommer. So kenne ich sie gar nicht. Wie sie dem armen Willi böse mitspielt, das verüble ich ihr echt. Sie tut nur so, als wäre sie in ihn verliebt, das hat sie mir selbst gesagt. Sie ist eher an älteren Männern interessiert. Und der Arme hat nur Augen für sie. Zugegeben, sie ist wirklich sehr hübsch. Ich würde gern aussehen wie sie. Verglichen mit ihr bin ich ein hässliches Entlein. Ich verstehe überhaupt nicht, was Gustav an mir findet. Ich sehe aus wie ein Junge mit zu langen Beinen und einem zu kurzen Oberkörper. Dass meine Eltern mich trotzdem hübsch finden, kann ich ja noch verstehen. Alle Eltern finden ihre Kinder schön. Aber ihre Komplimente zählen nicht. Würden mich meine Schulkolleginnen und fremde Leute schön finden, dann wäre das was anderes. Ihnen würde ich glauben.

Willi zum Beispiel würdigt mich fast keines Blickes. Ich bin nicht eifersüchtig auf Franzi. Im Gegenteil, ich bin eher eifersüchtig auf Willi. Ich wäre gern Franzis einzige Vertraute, ihre einzige Freundin. Willi ist gerade dabei, sie mir wegzunehmen. Höchstwahrscheinlich ist sie auch heute Abend mit ihm losgezogen, anstatt mit mir rudern zu gehen. Andererseits, wenn ich ehrlich bin, und in einem Tagebuch hat man ehrlich zu sein, weiß ich nicht, ob ich nicht ebenfalls schwach geworden wäre, wenn Willi mich so verliebt ansehen würde. Willi ist viel sensibler als Gustav, der mir mit seiner Besserwisserei manchmal gehörig auf den Geist geht. Er kann alles, weiß alles ... So ein Mann ist nichts für mich. Wichtig ist mir eigentlich nur Franzi. Und sie hat mich schwer enttäuscht. Ich bin sogar ein bisschen wütend auf sie. Seit dem Ende des letzten Sommers habe ich mich nach ihr gesehnt. In Wien habe ich keine Freundin, mit der ich über alles reden kann. Über meine Eltern, meine Lehrer, meine Mitschüler, die falschen Freundinnen von früher, meine Lieblingsmusik, meinen Lieblingssänger, meine Lieblingsbücher ...Nur am ersten Abend haben Franzi und ich ernsthaft miteinander geredet. Danach wollte sie bei jedem Spaß die Buben dabei haben. Fast habe ich den Eindruck, als würde sie es bewusst vermeiden, mit mir länger allein zu sein.

Auch der andere Mensch, der mir wichtig ist, benimmt sich mir gegenüber sehr eigenartig. In den letzten beiden Sommern war ich so sehr in ihn verliebt, dass ich seine Fehler und Schwächen nicht bemerkt habe. Heuer betrachte ich ihn mit kritischeren Augen. Ich glaube, dass er eher an meiner Mutter interessiert ist. Fast täglich sitzt er mit ihr am Steg oder vor dem Bootshaus und unterhält sich mit ihr über Gott und die Welt. Albert hat mich bisher kein einziges Mal richtig beachtet. Ich habe das Gefühl, für ihn Luft zu sein. Und nun sitze ich in dem Ruderboot, in dem er normalerweise mit Heinz immer herumfährt, und sorge mich um Alberts Meinung von mir.

Ich habe weder Angst vorm Wasser noch vor der Dunkelheit. Ich habe höchstens Angst vor den Menschen und davor, was sie wohl von mir denken. Selbst ein zu lautes Lachen oder ein zu langes Schweigen in Alberts Gegenwart ist mir unangenehm. Fürchte ich seine Verachtung mehr, als von ihm beachtet zu werden? In den seltenen Momenten, in denen er mir Beachtung geschenkt, seinen Blick oder gar das Wort an mich gerichtet hat, habe ich mich jedes Mal fast überwältigt gefühlt.

Joe klappt ihr Tagebuch zu. Wischt sich ein paar Tränen aus den Augenwinkeln und beginnt wieder zu rudern.

Die Ruder tauchen fast lautlos in das ruhige Wasser ein. Bald hält sie erneut inne. Steckt die Ruder in die Stützen. Setzt sich auf den Boden des Bootes, klappt ihr Tagebuch auf, schreibt mit der rechten Hand weiter und lässt die linke Hand zwischen ihre Beine gleiten.

Ich möchte mit Albert im weichen Moosbett liegen, mitten im Schwammerlwald, nahe beim Schloss. Sonnenstrahlen umspielen unsere nackten Körper. Meine Hand tastet über seine fast unbehaarte Brust. Ich streichle seinen flachen Bauch. Berühre die Innenseiten seiner Schenkel. Und dann küsse ich ihn. Und er denkt, während er meinen Kuss erwidert, an Gisela. Stellt sich vor, wie er ihre großen, weichen Brüste streichelt … Ich muss aufhören, dauernd an meine Mutter zu denken. Eines Tages werde hoffentlich auch ich so schön und begehrenswert sein wie sie.

Joe legt das Buch auf den Boden des Bootes, schaltet die Grubenlampe aus und konzentriert sich auf ihren Körper. Die Bewegungen ihrer Finger werden heftiger. Ihre Schenkel beben. Sie beginnt zu stöhnen. Mitten am See, allein in dem großen Ruderboot. Keiner kann sie sehen. Keiner kann sie hören.

Plötzlich scheint die Realität sie einzuholen. Sie knipst die Lampe an und schreibt noch ein paar Zeilen in ihr kleines schwarzes Buch:

Ich habe in meinem Traum nicht Alberts Körper liebkost. Es war ein anderer, muskulöserer Männerkörper. Ein jugendlicher Körper. Gustavs Körper?

Als das Signal der Sturmwarnung am Westufer heftig zu blinken beginnt, schreckt sie auf. Die dunklen Wolkenvorhänge verwandeln das geschwärzte Gewässer in gleißendes Dunkelgrau. Das Unwetter ist nahe.

Sie greift nach den Rudern. Befreit sie aus den Stützen und rudert, so schnell sie kann, zurück ans Ufer.

9. Kapitel

Ich hatte schlecht geschlafen, war nach drei Stunden aufgewacht und hatte nachher kein Auge mehr zugetan. Das Gespräch mit Albert hatte mich den Rest der Nacht wach gehalten. Um sechs Uhr früh hatte ich es endgültig satt, mich auf dem klammen Laken hin und her zu wälzen. Früh aufzustehen hatte immerhin den Vorteil, den anderen beim Frühstück nicht begegnen zu müssen. Ich wollte morgens meine Ruhe, ich hasste es, in aller Herrgottsfrüh zuhören oder gar reden zu müssen.

Unwillkürlich musste ich an die täglichen morgendlichen Streitereien mit meiner Mutter denken. Während meiner Schulzeit war ich morgens nicht aus dem Bett zu kriegen gewesen. Und wenn ich endlich aufgestanden war, hatte ich verdammt schlechte Laune gehabt. Ich war ein richtiger Morgenmuffel gewesen.

Genüsslich rauchte ich auf der Terrasse meine erste Zigarette, obwohl ich mit Jan immer schimpfte, wenn er sich vor dem Frühstück eine anzündete. Keine andere Zigarette wäre so schädlich wie eine Zigarette auf nüchternen Magen, hatte meine Mutter immer behauptet.

Aber in diesem Haus hatte man keine Chance, die Morgenstunden allein zu genießen. Ich telefonierte gerade mit meinem Jugendfreund Willi, als Walpurga, die den Tisch im Salon bereits gedeckt hatte, herauskam und fragte, ob ich zu meiner Zigarette eine erste Tasse Kaffee trinken möchte. „Oder möchtest du lieber Tee?“

Ich schüttelte den Kopf, machte meine Zigarette aus, griff nach der Kaffeekanne, die sie in der Hand hielt, und folgte ihr in den Salon.

In den Morgennachrichten von Radio Oberösterreich brachten sie gerade den Wetterbericht. In den Tälern und den oberösterreichischen Seengebieten würde der Nebel heute nicht aufgehen. Für über achthundert Meter versprachen sie herrlich sonniges Bergwetter. Ideale Bedingungen also für eine Wanderung.

„Ich möchte heute auf den Hochlecken gehen. Hier kann ich sowieso nichts mehr tun außer warten. Mein Vater wird morgen eintreffen. Dann werden wir uns gemeinsam um einen Anwalt für Franzi kümmern. Übrigens wird auch mein Freund, Major Serner von der Kripo Wien, mitkommen. Er ist ein erfahrener Kriminalbeamter und wird vielleicht noch andere Spuren verfolgen."

„Was willst du damit sagen?" Walpurga blickte mich irritiert an.

„Ich glaube nicht, dass Franzi deinen Mann umgebracht hat. Das ist nur ein Gefühl, ich kann es nicht beweisen. Gustav hat mir sehr deutlich zu verstehen gegeben, dass ich mich raushalten soll. Er hat seine Warnung zwar witzig formuliert: Mit den starrköpfigen Salzkammergutlern sei nicht zu spaßen, und wenn ich weiter herumschnüffeln würde, müsse ich damit rechnen, irgendwann einen Schlag auf den Kopf zu kriegen ..."

„Hat er das wirklich gesagt? Unser lieber Gustav muss immer übertreiben. Ich wäre natürlich sehr froh, wenn dein Inspektor Franzi entlasten würde, aber ich fürchte, liebe Joe, auch er wird sie nicht freibekommen. Sie hat es getan. In Notwehr, oder es war Totschlag. Aber sie hat Philip umgebracht."

Ich widersprach nicht, obwohl es mir auf der Zunge lag zu sagen, dass ihr geliebter Sohn den Mord bereits halb gestanden hatte.

Nach der zweiten Tasse Kaffee bot sich Walpurga an, mich auf den Hochlecken zu begleiten. Sie gab vor, Angst zu haben, dass ich mich verirren könnte, wenn es dort oben nebelig sein sollte.

Ich konnte ihr Angebot schlecht ablehnen. Es fiel mir nach wie vor schwer, zu Frauen, die meine Mutter sein könnten, unhöflich zu sein. Insgeheim aber verfluchte ich mein Pech. Hatte ich doch gehofft, in der kühlen, frischen Gebirgsluft wieder einen klaren Kopf zu kriegen. Diese Hoffnung konnte ich jetzt begraben. Walpurga würde auf mich einreden. Und ich würde nach dieser Bergtour noch verwirrter sein, als ich es ohnehin bereits war.

Wir fuhren am Ostufer des Attersees entlang, vorbei an den Wochenendhäusern wohlhabender Österreicher und deutscher Großindustrieller, den hübschen Villen mit verschnörkelten Holzblenden über den Balkonen, die die Sommerfrischler vor dem Regen abschirmten, und machten uns lustig über die modernen Bungalows und die kitschigen Mini-Burgen der Neureichen.

Walpurga kannte die Geschichte von fast jedem Haus. Als wir an einem größeren Landsitz vorbeifuhren, sagte sie: „Diese Villa hat einst Heinz Rühmann gehört, später einem Skifabrikanten ..., ach ja, und da rechts ist das Häuschen von dem berühmten Reiter, diesem Olympiasieger, du weißt schon, das Haus mit den vergoldeten Klobrillen, wie die Leute es nennen. Hier links stand früher eine richtige Bruchbude. Und wie schmuck sieht es jetzt aus. Die Erben haben angeblich am Dachboden echte Klimt-Skizzen gefunden. So viel Glück sollte unsereins mal haben“, sagte sie neidisch. Dann erzählte sie mir, dass einige der prächtigsten Villen und Schlösschen in Weißenbach unlängst die Besitzer gewechselt hätten, erzählte mir von russischen Oligarchen, von Ski-Stars und anderen sogenannten Prominenten, die diese ehemaligen Herrschaftssitze gekauft hatten.

Ich betrachtete die Trauerweiden am Ufer, den farbenfrohen Mischwald an den Hängen des Hongars und das gewaltige Massiv des Höllengebirges, das sich gerade aus dem Nebel schälte.

„‚Sie brauchen gar nicht mehr hinzusehen – das habe ich alles schon wegkomponiert‘, sagte einst Gustav Mahler zu seinem Freund Bruno Walter über das Höllengebirge, als er in seinem Komponierhäuschen an seiner Dritten Symphonie arbeitete“, fing Walpurga wieder mit ihren Anekdoten an.

Zum Glück wirkte das Gebirge, trotz der Gesteinsbrocken, die von der Erosion ständig zu Tale befördert wurden, recht gut erhalten. Dieses wild zerklüftete Kalkmassiv hatte sein Aussehen in den letzten Jahren nicht verändert. Fauna, Flora und Gestein hatten mich bisher nie interessiert. Doch den Kontrast zwischen dem kräftigen Grün und dem sanften Grau empfand ich als beruhigend.

„Da vorn kommt gleich die schwarze Brücke, auch ‚Todesbrücke‘ genannt, weil hier viele Taucher tödlich verunglückt sind.“ Da sich auf der Brücke gerade ein paar junge Leute in schwarze Neoprenanzüge zwängten, fühlte ich mich gleich weniger entspannt.

In Steinbach fuhren wir auf die Großalmstraße. Wir wollten die kürzeste Route über den Aurachursprung nehmen, obwohl der Aufstieg von dort aus schwieriger war.

Wir stellten den Wagen auf dem großen Parkplatz in der Nähe des kleinen Aurachkarsees ab und gingen zu Fuß die Forststraße entlang, vorbei an einer Schottergrube, bis der Weg zu einer Skipiste abzweigte. Dreimal überquerten wir eine Bergwiese, bevor wir den dichten Wald erreichten.

Beim hölzernen Brunnen am Aurachursprung füllten wir unsere Wasserflaschen mit frischem Quellwasser nach, bevor wir den zunehmend steiler werdenden Aufstieg in das Aurachkar angingen. Der steinige Weg und die vielen Baumwurzeln und Äste ließen uns nur langsam weiterkommen. Walpurga geriet bald außer Atem. Warum musste sie auch andauernd reden?

Sie brachte die Sprache auf Mario. Sie hatte ihm nicht verziehen, dass er gestern, gegen ihren Willen, seine Bar aufgesperrt hatte.

„Franzi hat Mario sehr verwöhnt. Sie hat ihm nie einen Wunsch abschlagen können, hat ihn wie einen kleinen Prinzen behandelt. Das hat dem Jungen nicht gut getan. Er ist fast so größenwahnsinnig wie sein ... Vater!" Sie schenkte mir einen ängstlichen Blick, den ich leider deuten konnte. Sofort tauchte wieder der nackte Männerhintern im Bootshaus vor meinen Augen auf.

„Die Renovierung der Orangerie hat uns ein Vermögen gekostet. Dabei schläft er ohnehin die meiste Zeit in seiner Wohnung am See. In der Orangerie feiert er feuchtfröhliche Partys ..."

Die dicke Nebelsuppe hatte sich aufgelöst. Die ersten Sonnenstrahlen trafen die Baumwipfel. Vereinzelt zogen noch Nebelschwaden vorüber. Zarte Fichten und kleine Zirben säumten jetzt unseren Weg.

Ein älterer Herr kam uns forschen Schrittes entgegen. Die alte speckige Lederhose und der Hut mit der Feder verrieten den Einheimischen. Er lüftete seinen Hut, begrüßte uns mit einem knappen „Grüß Gott", und schon war er wieder aus unserem Blickfeld verschwunden. Ich beneidete ihn. Er hatte die ganze Plackerei bereits hinter sich. Bestimmt war er in aller Herrgottsfrüh aufgebrochen.

Durch enge Latschengassen ging es steil bergauf. Beim St.-Georgs-Bründl entledigten wir uns unserer Jacken und Pullover, stopften sie in die Rucksäcke und erfrischten uns.

„Du musst mehr trinken", sagte ich. Walpurgas Mineralwasserflasche war fast voll, während ich meine Flasche an der Quelle nachfüllte.

„Das sagt Franzi auch immer. Wir alten Leute haben nicht mehr so viel Durst." Trotzdem nahm sie brav einen kräftigen Schluck zu sich.

Langsam gingen wir weiter. Der Wald lichtete sich. Die Sonne brannte erbarmungslos auf uns nieder. Rechts von uns dehnte sich die Schotterreise aus.

Walpurga, krebsrot im Gesicht, stapfte hinter mir den schmalen Pfad hinauf. Wahrscheinlich strengte sie die Wanderung mehr an, als sie zugeben wollte.

Sie hielt sich aber recht wacker, nur manchmal entkam ihr ein leises Stöhnen. Um sie von den Strapazen abzulenken, erzählte ich ihr kurz von meinem Besuch bei Franzi, wie es im Gefängnis aussah und dass Franzi abgenommen hatte, weil das Essen so miserabel war.

„Ein Gefängnis ist kein Luxushotel", sagte Walpurga lakonisch.

Das hätte sie besser nicht gesagt. Sofort spürte ich wieder diese Wut, die jedes Mal hochkam, wenn sie schlecht über ihre Tochter sprach. Mir war bewusst, dass diese Wut mehr mit mir und meiner Sehnsucht nach einer idealen Mutter zu tun hatte als mit meinem Mitgefühl für Franzi. Trotzdem ging ich automatisch etwas schneller und freute mich, als ich Walpurgas schweren Atem hinter mir vernahm. Ich verstand nicht, warum sie ihre Tochter bisher nicht besucht hatte.

Doch ich konnte mir darüber nicht länger Gedanken machen, sondern musste mich auf den Weg konzentrieren. Oberhalb der Schotterreise führte er in einen Felsen hinein. Eine kleine Kletterpartie war angesagt.

Mein Rücken schmerzte. Die schmalen Riemen des alten Rucksacks wetzten meine Schultern wund. Meine Lunge gab eigenartige Töne von sich. Was für eine Schnapsidee von mir, nur um der angespannten Atmosphäre im Schloss zu entkommen, auf den Hochlecken zu klettern!

Als wir endlich auf einem kleinen Plateau angekommen waren, schlug ich eine kurze Rast vor. Mit einem dankbaren Lächeln, wie mir schien, ließ sich Walpurga neben mir auf einem Stein nieder.

„Wenn die Sonne im Oktober rauskommt, ist sie meist kräftig und brutal", sagte sie und wischte sich mit einem Taschentuch den Schweiß von der Stirn.

Schweigend verzehrten wir unsere Jausenbrote und zum Nachtisch die beiden Äpfel, die wir mitgenommen hatten. Ich versuchte, mich an dem gewaltigen Panorama zu erfreuen.

„Normalerweise spüre ich meine Knie nur beim Bergabgehen", sagte Walpurga verschämt. Aber jetzt pocht und sticht es schon eine ganze Weile." Sie deutete auf ihr rechtes Knie.

„Arthritis?"

„Ja."

„Warst du bei einem Arzt?"

„Heinrich meint, es wäre ein ganz normaler Abnützungsprozess in meinem Alter."

„Doktor Braunsperger ist kein Orthopäde. Vielleicht solltest du mal ein Röntgen machen lassen."

Würde ich dasselbe zu Gisela sagen, wenn sie noch lebte? Wahrscheinlich rede ich daher wie jede Tochter, die ihre alte Mutter zu bevormunden versucht, dachte ich.

Walpurga waren ihre Knieschmerzen peinlich. Sie forderte mich auf, allein weiterzugehen. „Es ist nicht mehr weit bis zum Hochleckenhaus. Allein schaffst du es in einer Dreiviertelstunde. Ich warte hier auf dich."

„Kommt überhaupt nicht in Frage! Wir ruhen uns beide ein bisschen aus. Und dann schauen wir, dass wir runterkommen. Ich bin diese verdammte Kraxelei nicht gewöhnt. Mir tut auch alles weh." Ich war erleichtert, umkehren zu können.

Den Abstieg gingen wir noch langsamer an als den Aufstieg. Ich nahm Walpurga den Rucksack ab und bot ihr an, sich bei mir festzuhalten. Sie bevorzugte es, knapp hinter mir herzugehen.

„Franzi ist nicht die einzige Verdächtige für die Polizei. Ich weiß, dass sie auch Albert im Visier haben. Vor allem jetzt, nach dem zweiten Mord." Das war zwar eine Lüge, aber ich war gespannt auf ihre Reaktion.

Schweigen.

„Albert hätte gute Gründe gehabt, Philip zu beseitigen", legte ich noch ein Schäuflein nach.

Sie gab mir keine Antwort. Ich hörte nur ihr Schnaufen.

Als wir uns der unwirtlichen Geröllhalde, die wie ein versteinerter Wasserfall hundert Meter hinabstürzte, näherten, malte ich mir unwillkürlich aus, wie mir die Baronin einen Stoß versetzte und ich den steilen, felsigen Hang hinunterfiel, mehrere Purzelbäume schlug, bevor ich mir das Genick brach ...

Mein Bergunfall lief in Sekundenschnelle, wie ein Zeichentrickfilm, vor meinen Augen ab. Und dann stolperte ich tatsächlich, verlor den Boden unter den Füßen, flog mindestens eineinhalb Meter durch die Luft, bevor ich mit dem Hintern hart aufprallte und die Geröllhalde hinunterkullerte. Eine kleine Lawine aus Steinen, Ästen und Kiefernzapfen folgte mir. Als ich versuchte, meine Rutschpartie mit den bloßen Händen zu bremsen, schürfte ich mir die Handflächen auf. Ein verdorrtes Gebüsch fing mich schließlich auf.

Ich klammerte mich mit den blutigen Händen an den knorrigen Strauch, stemmte mich mit den Füßen an einem Felsbrocken ab und brachte mich in eine sitzende Position. Dann erst schaute ich nach oben.

Walpurga stand wie angegossen fünfzehn Meter über mir und starrte auf mich herunter. Selbst aus dieser Entfernung wirkte sie noch bedrohlich auf mich. Erst als sie sich zu einem zaghaften Winken bequemte, versuchte ich aufzustehen. Nicht nur meine Hände und Knie taten höllisch weh. Womöglich hatte ich mir auch ein paar Rippen gebrochen oder zumindest geprellt. Ich krümmte mich vor Schmerzen, als ich mich aufrichtete.

Während sich Walpurga vorsichtig näherte, kroch ich auf allen Vieren in ihre Richtung.

Sie schlug vor, die Bergrettung anzurufen. Ich winkte ab.

Gemeinsam begutachteten wir die Abschürfungen an meinen Händen und im Gesicht. Auch meine Ellbogen und meine Knie waren blutig.

Mit Walpurgas Hilfe ließ ich mich auf dem steinigen Boden nieder. Überraschenderweise war das Zigarettenpäckchen in meiner Hosentasche bei dem Sturz heil geblieben. Ich rauchte zwei Zigaretten hintereinander, um mich zu beruhigen. Außerdem bildete ich mir ein, dass das Nikotin meine pochende Lunge besänftigte.

„Und du glaubst wirklich, dass du weitergehen kannst?", fragte Walpurga. Sie klang nicht sonderlich besorgt.

„Natürlich. Wir zwei Behinderte werden es schon bis hinunter schaffen", sagte ich mit einem gequälten Lächeln. „Diese Bergtour war keine so glorreiche Idee. Ich habe mich in den Bergen noch nie besonders wohlgefühlt."

Das letzte steile Stück stützten wir uns gegenseitig. Trotzdem gerieten wir abwechselnd ins Rutschen.

Kaum waren wir auf dem Waldweg angelangt, ließ Walpurga meinen Arm los und fing wieder von Albert zu reden an.

„Seit er erwachsen ist, lebt er sehr zurückgezogen. Das ist dir ohnehin nicht entgangen, nehme ich an. Meistens kommt er nur zu den Mahlzeiten herunter. Mit mir spricht er kaum. Philip und Franzi hat er in den letzten Jahren sowieso mehr oder minder ignoriert. Der einzige, der ihn aus der Reserve locken kann, ist Mario. Albert hat seinen Neffen sehr gern. Manchmal höre ich die beiden sogar miteinander lachen. Ehrlich gesagt, bin ich fast eifersüchtig. Ich finde keinen Zugang mehr zu meinem Sohn. Er verbringt seine Tage mit Lesen, Schreiben und Denken. Er ist ein richtig versponnener Philosoph geworden."

„Verschrobener", murmelte ich.

„Hast du seine Bibliothek gesehen?"

„Nein. Aber bei euch liegen ja überall Bücher herum."

„Lauter wissenschaftliches Zeug, hauptsächlich philosophische und naturwissenschaftliche Werke."

„Hat er nicht Philosophie studiert?"

„Nein, Altphilologie. Er arbeitet seit Jahren an seiner Dissertation über Ismene, die unbekannte Schwester der Antigone."

„Die zweite von Ödipus' Töchtern. Interessant, dass er die unscheinbare Ismene als Thema gewählt hat."

„Sein Lebenswerk ist inzwischen an die tausend Seiten dick."

„Das ist wohl eher eine Habilitationsschrift als eine Diss", scherzte ich. „Interesse für die Antike hatte er ja schon damals. Ich erinnere mich, dass er sich mit meiner Mutter oft stundenlang über die griechische Mythologie unterhalten hat."

„Daran ist seine humanistische Bildung schuld. Er war ja in diesem kirchlichen Internat in Salzburg. Hin und wieder hat er sogar wissenschaftliche Artikel in Zeitschriften veröffentlicht. Leider bekommt er dafür kein Geld. So manches Mal hat er sogar dafür bezahlen müssen, dass sie seine Arbeit überhaupt abgedruckt haben."

„Und wovon lebt er?"

„Er ist sehr genügsam."

Ich fragte nicht weiter nach. Trotz meiner Schmerzen versuchte ich die Wanderung durch den rot, gelb und orange leuchtenden Laubwald zu genießen.

„Nach seinem Nervenzusammenbruch hat er sein Studium leider abgebrochen."

„Wann hatte Albert einen Nervenzusammenbruch?", fragte ich lauter, als ich eigentlich wollte.

Walpurga runzelte die Stirn und rechnete nach.

„Das muss kurz nach Marios Geburt gewesen sein. Nein, doch vorher? Ich weiß es nicht mehr genau. Nach seinem stationären Aufenthalt auf der Psychiatrie war er jedenfalls nicht mehr er selbst."

„Weißt du die genaue Diagnose?"

„Neurotische Depression, glaube ich. Aber das ist alles so lange her. Seither hat er zum Glück keinen Psychiater mehr konsultieren müssen."

Das wirst du beurteilen können, dachte ich. Je länger ich Albert beobachtete, desto überzeugter war ich, dass er dringend Hilfe brauchte.

„Er nimmt auch keine Medikamente mehr außer Thomapyrin und Valium. Seine Migräneanfälle sind in den letzten Jahren schlimmer geworden. Er kann nachts kaum schlafen. Ich fürchte, dass er von dem Zeug ein wenig abhängig ist. Aber er lässt sich weder von mir noch von Doktor Braunsperger was sagen." Das konnte ich mir gut vorstellen.

Den Rest des Weges brachten wir schweigend hinter uns. Als wir den Forstweg erreichten, hängte sich Walpurga bei mir ein.

„Ich werde wohl Heinrich bitten müssen, mir eine Spritze zu geben. Natürlich erst, nachdem er dich versorgt hat", sagte sie mit schmerzverzerrtem Gesicht.

Die Rückfahrt dauerte ewig. Walpurga fuhr im Schritttempo am See entlang. Endlich kamen wir bei Dr. Braunsperger an. Sein Haus in Schörfling stand außerhalb des Ortes am Fuße des Hongars. Von seiner Terrasse aus hatte man einen prachtvollen Blick auf den See. Doch ich hatte keine Zeit, mich daran zu erfreuen, ich war noch mit Willi verabredet.

Der Doktor schien meine Schrammen nicht allzu wichtig zu nehmen. Er reinigte sie mit einem Desinfektionsmittel, gab Fettgaze auf die schlimmeren Abschürfungen an Knien und Händen und einen Verband drüber und fragte, ob ich gegen Tetanus geimpft wäre. Als ich bejahte, wandte er sich wieder Walpurga zu.

Ich bat ihn um Pflaster für meine Verletzungen im Gesicht. Er riet mir unwirsch, sie offen zu lassen, damit sie schneller trockneten.

Als weder er noch Walpurga Anstalten trafen, mich zurückzuhalten, rief ich ein Taxi und ließ mich zu einem Kaffeehaus im Ort Attersee bringen.

Sommer 1979

Die Regenwolken verziehen sich gegen Mittag. Joe lässt sich von Franzi zu einer Fahrradtour überreden. Sie muss mit Walpurgas Steyrer Waffenrad vorlieb nehmen.

Willi und Gustav warten bereits an einer Weggabelung auf die beiden Mädchen. Gustav gibt sowohl Joe als auch Franzi zur Begrüßung ein Busserl. Willi küsst nur Franzi.

Joe ist offensichtlich sauer auf Gustav. Sie spricht kein Wort mit ihm. Außerdem hat sie Probleme mit dem uralten Rad. Die anderen haben normale Gangräder, warten aber nicht auf sie, lassen sie allein hinterherstrampeln.

Sie fahren durch den Wald Richtung Unterach. Der Waldboden ist vom heftigen Gewitterregen aufgeweicht. Sie müssen durch riesige, teichähnliche Pfützen. Bleiben mehrmals stecken. Umgestürzte Bäume und herabgefallene Äste versperren ihnen den Weg.

Kaum haben sie den Waldweg hinter sich, fängt es wieder zu regnen an. Der Regen ist nicht stark, doch die Nässe dringt durch ihre Kleidung. Joes dünne Nylonjacke ist nicht imprägniert.

Der ganze Radausflug scheint ein einziger Horrortrip für Joe zu sein. Mit ärgerlicher Miene strampelt sie auf dem aufgeweichten Weg dahin. Sie wirkt mehr als erleichtert, als Gustav vorschlägt, beim Gasthaus Hochleckenblick Rast zu machen und dort das Ende des Regenschauers abzuwarten.

Franzi, die kein Geld dabei hat, leiht sich von Joe zwanzig Schilling für ein Paar Frankfurter und eine Cola. Unwillig schiebt Joe ihr den Schein rüber. „Den Zwanziger will ich heute Abend wieder haben. Du schuldest mir ohnehin bereits hundert Schilling."

„Sei nicht so geizig", sagt Franzi lachend. „Deine Eltern haben genug Marie."

Von der Gaststube aus können sie weder den Hochlecken noch den Attersee sehen. Joe scheint der Appetit gründlich vergangen zu sein. Sie überlässt Gustav die Gulaschsuppe, die sie bestellt hat, trinkt nur einen Almdudler.

Als sie sich am späten Nachmittag auf den Rückweg machen, schlägt Franzi vor, zum Gerlhamer Moor zu fahren. „Vielleicht finden wir eine Moorleiche", sagt sie kichernd. „Ganz Litzlberg sucht seit Wochen nach dieser verschwundenen deutschen Urlauberin. Ich glaube nicht, dass sie ertrunken ist, sonst hätten die Taucher sie längst gefunden. Vielleicht war es Mord? Das Moor ist jedenfalls ein ideales Versteck für eine Leiche!"

Gustav, der sich sehr für Verbrechen und mysteriöse Todesfälle interessiert, ist sofort begeistert von dieser Idee. Joe weigert sich mitzukommen. Sie will möglichst rasch zurück ins Schloss. Willi ist deutlich anzumerken, dass auch er keine Lust hat, auf Moorleichensuche zu gehen. Anstatt sich mit Joe zu verbünden, gibt er jedoch klein bei. Joe fährt allein nach Hause.

Ein paar Sonnestrahlen wagen sich durch die Blätter und Nadeln der Bäume. Die Luft riecht intensiv nach frischem Harz. Es ist unerträglich schwül. Das nächste Gewitter ist vorprogrammiert. Der Waldweg ist mit Brombeerbüschen gesäumt. Joe bleibt kurz stehen, versucht, sich die Stelle einzuprägen.

Plötzlich wird die Waldschneise enger und führt steil bergab. Dichtes Gestrüpp lässt sie sehr langsam vorankommen. Sie gerät ins Schleudern. Reagiert panisch. Springt ab. Das Rad fährt ohne sie weiter. Prallt an einen Baum und bleibt schließlich im Schlamm stecken. Joe landet auf dem weichen Waldboden. Ihre Schulter trifft auf etwas Hartes. Erschrocken tastet sie ihren Körper ab. Nach dem Zusammenstoß mit dem Baumstumpf schmerzt zwar ihre rechte Schulter, doch sie kann sich ohne Probleme aufrichten und hinsetzen. Ist aber etwas benommen. Schweiß tropft von ihrer Stirn. Ihre Haare kleben im Nacken. Käfer und Ameisen kriechen über ihre nackten Beine. Gelsen umschwirren ihr Gesicht. Summen in ihren Ohren. Setzen sich auf ihre Nase. Eines dieser grässlichen Tierchen hat es sogar auf ihre Augen abgesehen. Sie schlägt mit der Linken wild um sich und versucht aufzustehen. Knickt aber sofort um. Ihr rechter Knöchel tut höllisch weh. Mit schmerzverzerrtem Gesicht streicht sie mit der Hand mehrmals darüber, bevor sie sich aufrappelt. Fluchend und mit Tränen in den Augen humpelt sie zu ihrem Rad. Zieht es aus dem Schlamm. Besieht sich den Schaden. Lenker und Vorderrad sind total verbogen. Weder sie noch das Rad werden es bis nach Hause schaffen.

Das Zirpen der Grillen schwillt an. Anscheinend ist sie diesen sensiblen Tierchen zu nahe gekommen. Schmeißfliegen brummen und tanzen um einen Laubhaufen, der mit Ästen und Zweigen bedeckt ist. Ein Teppich aus Unkraut, vermoderten Blättern und Geäst. „Unter dem Gehölz liegt bestimmt ein Kadaver", murmelt Joe und verzieht angeekelt den Mund.

Sie lehnt das Rad an einen Baum und humpelt, so schnell sie kann, den steilen Weg hinunter. Hohe Bäume, dornige Sträucher und dichtes Farnkraut. Ein dunkles, undurchdringbares Gestrüpp vor ihr. Der Boden ist rutschig. Sie hält sich an Ästen fest. Kleine Zweige knacken, als sie danach greift.

Ein sanftes Lüftchen kommt auf. Fährt ihr durch die vom Schweiß feuchten Haare. Die Blätter der Bäume beginnen zu rascheln. Ein hoher Drahtzaun versperrt ihr den Weg. Tränen laufen über ihre Wangen. Weinend hantelt sie sich den Zaun entlang.

Der Wind frischt auf. Drückt überhängende Zweige herab. Knallt sie ihr ins Gesicht. Die ersten Blitze zerreißen das kleine Stück Himmel über ihr. Das Donnergrollen kommt näher. Regentropfen trommeln auf das Blätterdach. Die alten Bäume werden nicht ewig Schutz bieten. Bald wird es richtig zu gießen beginnen.

Sie schleppt sich ein paar Meter weiter. Plötzlich vernimmt sie menschliche Stimmen. Ein Schrei. Ein dumpfes Geräusch. Dann wieder Stille. Auf der anderen Seite des Zaunes ringen zwei Männer miteinander wie Schulbuben. Beide sind von oben bis unten mit Schlamm bespritzt.

Der Zaun hat an dieser Stelle ein riesiges Loch. Joe kriecht nicht hindurch. Sie kehrt um. Humpelt zurück zum Pfad und schreit um Hilfe.

Gustav kommt auf seinem Rad den steilen Hang heruntergeschossen. Willi und Franzi folgen ihm langsam und vorsichtig.

„Der Fischer-Hans und der Roither-Bauer schlagen sich gegenseitig fast tot", schreit Joe. Sofort springt Gustav von seinem Rad. Wirft es gegen den Zaun und folgt Joe.

Als sie bei dem Loch ankommen, sehen sie den Roither-Bauern am Boden liegen und den Fischer-Hans wütend auf ihn eintreten.

Gustav will sich sofort einmischen. Franzi und Willi halten ihn zurück. Er reißt sich los. Kriecht durch das Loch und stürzt sich von hinten auf den Fischer-Hans. Schlingt die Arme um seinen Hals. Würgt ihn. Wie ein Äffchen hängt er auf dem Rücken des älteren Mannes, der mit den Armen wild um sich schlägt, Gustav in die Seiten boxt.

„Hören Sie sofort auf", schreit Joe, die mehr Angst um Gustav als um den Roither-Bauern hat.

Willi steht neben ihr und schaut zu, wie sich sein Freund mit den beiden Männern herumschlägt. Gustav schreit auf vor Schmerz. Joe stürzt sich auf den Fischer-Hans. Versucht, seine Hände zu erwischen, ihn davon abzuhalten, Gustav weiter in die Rippen zu boxen.

Als er endlich zur Vernunft kommt, ist es fast zu spät. Der Roither-Bauer hat nicht nur ein großes, blutendes Cut über seinem rechten Auge, sondern blutet auch aus dem Mund. Und Gustav krümmt sich vor Schmerzen.

Die alten Männer beschwören die Kinder, den Mund zu halten.

„Ich glaub, ich hab mir eine Rippe gebrochen“, stöhnt Gustav.

Joe hat nur ein paar blaue Flecken abbekommen. Gustav bietet ihr für die Rückfahrt seinen Gepäckströger an. Walpurgas altes Waffenrad lassen sie liegen.

„Ich werde es morgen holen“, verspricht er.

Das Gewitter hat sich verzogen. Sie kommen fast trocken nach Hause. Auf die Fragen ihrer Mutter antwortet Joe einsilbig. Ihre Verletzungen erklärt sie mit einem Fahrradsturz. Ohne ein Wort mit Franzi zu wechseln, geht sie auf ihr Zimmer.

Nachts kommt Franzi in Joes Bett und kuschelt sich an sie, entschuldigt sich sogar bei ihr. Sie macht Gustav für alles verantwortlich. „Er wollte unbedingt zum Gerlhamer Moor fahren. Ich habe nur einen Scherz gemacht. Aber du weißt ja, wie scharf er auf alles ist, was mit Verbrechen zu tun hat.“

„Lass mich schlafen, ich bin todmüde“, murmelt Joe.

10. Kapitel

Wie konnte so ein charmanter und witziger Lebemann wie der Herr Pfarrer so einen griesgrämigen und todlangweiligen Sohn zeugen, fragte ich mich, während mir Willi eines seiner schwermütigen Mundartgedichte vorlas. Der Herr Pfarrer war leider tot. Herzinfarkt. Wahrscheinlich hatte er es doch ein bisschen zu wild getrieben.

Gelangweilt von Willis Vortrag, überlegte ich ernsthaft, ob dieser komische Junggeselle nicht Philip Mankur ermordet haben könnte. Eine ziemlich absurde Idee. Mir wollte beim besten Willen kein Motiv einfallen.

Meine deutlich sichtbaren Blessuren hatten meinen Jugendfreund nicht weiter interessiert. Er hatte von Anfang an penetrant auf mich eingeredet. Der Arme schien unter schwerer Logorrhoe zu leiden. Mein Mitleid mit diesem gescheiterten Dichter hielt sich in Grenzen. Nicht einmal sein schütteres Haar und seine Zahnprothese erweckten wohlwollende Gefühle in mir. Ich begriff nicht, wie ich diesen verklemmten, egozentrischen Typen als Vierzehnjährige nett und sensibel hatte finden können.

Die Wanderung hatte mich sehr ermüdet, und meinen schlimmen Sturz spürte ich bis in alle Glieder, trotz der beiden Schmerztabletten, die mir Dr. Braunsperger mitgegeben hatte. Die öde Stimmung im Café trug ebenfalls nicht dazu bei, mich von meinen Schmerzen abzulenken.

Willi war rechthaberisch und zwanghaft, ein typischer Mittelschullehrer eben. Außerdem missbilligte er meinen Zigarettenkonsum, kommentierte jede Zigarette, die ich mir anzündete. Ich mutierte bei diesem Treffen zur Kettenraucherin.

Je länger er auf mich einredete, desto mehr wünschte ich mir, er hätte ein Motiv gehabt, Philip Mankur umzubringen.

Als er über Albert herzuziehen begann, wäre ich am liebsten aufgestanden und gegangen: „... ein Tachinierer, wie er im Buche steht, hat noch nie in seinem Leben gearbeitet, deswegen hatte er auch diese Auseinandersetzungen mit seinem Stiefvater. Er lag Philip nur auf der Tasche ..., ein Nichtsnutz und Schmarotzer, ein dekadenter Adeliger eben ..., hat sich weder um die Verwaltung des Gutes, noch um die Organisation der Schlosskonzerte gekümmert, obwohl er sehr musikalisch ist und recht gut Klavier spielen kann ..., hat sich über die Schlosskonzerte immer nur lustig gemacht, fand sich zu gut dafür, sprach von Perlen vor die Säue werfen ..., beschimpfte das Publikum als eingebildete Neureiche, selbsternannte Schickeria vom Attersee ..."

„Was die Musik betrifft, ist er eben ein Perfektionist. Deshalb hat er auch das Klavierspielen aufgegeben", unterbrach ich Willis Geschimpfe. „Ich erinnere mich noch gut daran, wie ich ihn einmal am Klavier im Salon erwischt habe. Er spielte großartig. Irgendein Schubert-Klavierkonzert, glaube ich."

Willi nahm meinen Einwurf nicht zur Kenntnis. Er redete einfach weiter, erklärte mir aus seiner Sicht Gott und die Welt der Musik.

Ich zündete mir wieder eine Zigarette an, ignorierte seinen bösen Blick und begann, das Gespräch zweier älterer Damen am Nachbartisch zu belauschen. Auch sie sprachen über die Morde, vor allem über jenen am „rauschgiftsüchtigen Heinzi". Seine verstorbene Mutter bezeichneten sie als „die Dorfhure". Als sie erwähnten, dass der Fischer-Heinz der Sohn vom Roither-Bauern war, verlor ich endgültig das Interesse an den Belehrungen meines Jugendfreundes und hörte nur mehr den alten Damen zu.

Angeblich hatten die beiden Männer einen Deal miteinander gehabt. Der Fischer-Hans heiratete die viel jüngere, sehr fesche Gerlinde, als sie vom Roither-Bauern, der selbst schon längst verheiratet war, schwanger war. Dieser Deal hatte auch beinhaltet, dass der Roither-Bauer dem Fischer-Hans die Fischereigründe auf der Nordostseite des Sees überließ. Er hatte sich aber nicht an diese Abmachung gehalten. Im Laufe der Jahre hatte er sich die Fischereirechte wieder zurückgeholt.

Die alten Damen klatschten auch über Walpurga. Über ihre Hochnäsigkeit, ihren tiefen Fall und über ihre missratenen Kinder. Vor allem Franzi kam gar nicht gut weg. „Drogensüchtig“ und „männernarrisch“ waren noch die charmantesten Ausdrücke, die sie für meine Halbschwester übrig hatten.

„Wie die Mutter, so die Tochter“, sagte eine der Alten.

„Ja, hinter der Burgi waren damals alle Männer her. Sie war nicht unsauber, das musst du zugeben. Aber dass sie sich von unserem Doktor schamlos den Hof machen ließ, während sie verheiratet war ...“,

„Das ist wirklich der Gipfel. Seine arme Frau ...“

„Die haben heute noch ein Gspusi miteinander. Wer weiß, ob nicht die beiden den Herrn Mankur auf dem Gewissen haben. Er war so ein schöner Mann, und seine Stimme erst. Wie ein Engel ...“

„Psst. Wenn dich jemand hört.“ Sie blickten sich ängstlich um. Ich konnte mir ein kleines Grinsen nicht verkneifen.

Leider brachen die alten Damen bald auf. Ich hätte gern noch mehr Dorfklatsch gehört. Mir blieb nichts anderes übrig, als Willi über Walpurgas Vergangenheit auszufragen. „Ich weiß eigentlich gar nichts über Walpurgas Herkunft. Hast du ihre Eltern gekannt?“

Er antwortete bereitwillig: „Sie ist die Tochter eines Schörflinger Schuldirektors. Ihre Mutter war eine Schönheit! Ein Porträt von ihr hängt übrigens im Schloss. Sie konnte angeblich sehr gut Klavier spielen und Französisch und war über drei Ecken mit dem Baron von Welschenbach verwandt. Die Frau Mama hat die Ehe ihrer Tochter mit diesem psychisch kranken und viel älteren Mann sorgfältig geplant. Sie hat Walpurga von klein auf Flausen ins Ohr gesetzt, ihr eingeredet, dass sie zu Höherem bestimmt sei.

Aber warum interessierst du dich so brennend für die Baronin? Ich dachte, du bist hier, um Franzi zu helfen!“

Da ich keine Lust hatte, diesem griesgrämigen Menschen meine Überlegungen und Gedanken zu den beiden ungeklärten Todesfällen mitzuteilen, beendete ich dieses unerquickliche Rendezvous bald. Ich klagte über meine Schmerzen und sagte zu Willi, dass ich dringend ein bisschen Ruhe nötig hätte.

Er ließ mich meinen Kaffee selbst bezahlen. Wahrscheinlich hatte er sogar erwartet, dass ich ihn auf seinen riesigen Eisbecher einladen würde. Ich hatte keine Lust, seine Fresssucht zu unterstützen. Aus dem schlanken, fast zarten Bürschchen war ein feister, rotwangiger und dickbauchiger Mann geworden. Er hatte mindestens dreißig Kilo Übergewicht.

Da er nicht auf die Idee kam, mich mit seinem Wagen nach Hause zu bringen, nahm ich den Bus zurück nach Seewalchen und latschte die paar hundert Meter hinauf zum Schloss.

Die Wolken, die sich in der letzten Stunde gebildet hatten, standen jetzt dunkel und feindselig am Himmel, sie verliehen dem See eine bedrohliche dunkelgrüne Tönung. Weiße Schaumkrönchen tanzten auf den Wellen. Ich schritt schneller aus, um dem nächsten Regenguss zu entkommen.

Als Dr. Braunsperger zum Abendessen erschien, musste ich unwillkürlich an den Tratsch der alten Damen im Café denken. Ich musterte ihn amüsiert. War er tatsächlich Walpurgas Liebhaber? Schön, dass eine Frau im zarten Alter von siebzig noch so einen leidenschaftlichen Verehrer haben konnte, dachte ich gönnerhaft.

Wir waren beim Dinner zu dritt. Albert aß auf seinem Zimmer. Mario war in der Bar.

Während des Essens sprachen die beiden ausschließlich über Walpurgas Knieprobleme. Ich fühlte mich etwas deplatziert. Am liebsten hätte ich auch auf meinem Zimmer gegessen.

Schon als Kind hatte ich, wenn mich die Erwachsenen ignorierten, mir die schrecklichsten Unfälle und Martyrien für sie ausgemalt. Auch jetzt versuchte ich mir vorzustellen, wie Dr. Braunsperger Philip umgebracht haben könnte. Ein Motiv hätte er gehabt. In meinen Augen war er sogar der ideale Mörder!

Das überhebliche Getue des Arztes und seine übertriebene Fürsorglichkeit Walpurga gegenüber störten mich ebenso sehr wie vorhin Willis Hasstiraden gegen Albert. Ich konnte mich nicht mehr länger zurückhalten, unterbrach den Doktor und erzählte ihm, was die alten Damen im Kaffeehaus heute Nachmittag über ihn getratscht hatten: „Die Leute in eurem Nachbardorf denken, dass Sie, Herr Doktor, Franzis Vater sind."

Ich weidete mich an der Verlegenheit des Doktors und achtete nicht auf Walpurga, die mich empört anfuhr: „Joe, ich bitte dich!"

Dr. Braunsperger räusperte sich ein paar Mal, bevor er zu einer umständlichen Erklärung ausholte: „Liebe Frau Doktor", fing er an. Dann räusperte er sich wieder. „Ich muss wohl nicht beteuern, dass es sich dabei um eine böswillige Verleumdung handelt. Ich wäre stolz und hocherfreut, wenn ich die Ehre hätte, Franzis Vater zu sein. Leider ...". Er brach ab, sah Walpurga tief in die Augen. Sie senkte die Lider.

Ich musste mir ein Lächeln verkneifen. Die siebzigjährige Baronin beherrschte die Koketterie besser als jede Siebzehnjährige.

„Ich habe Franzi wie ein Vater geliebt, ich habe mich gern um sie gekümmert, vor allem, als sie klein war. Philip hatte für Kleinkinder nicht viel übrig. Er war kein liebevoller Stiefvater. Franzi hat als Kind sehr darunter gelitten, dass ihr vermeintlicher Vater tot war. Bis vor kurzem hat sie, und nicht nur sie, geglaubt ..." Ein eindringlicher Blick auf Walpurga, „... die Tochter von Baron Welschenbach zu sein. Als er sich umbrachte, war Franzi gerade zwei Jahre alt. Ich nehme an, das wissen Sie bereits alles. Franzi hat insgeheim immer ihrer Mutter die Schuld am Tod ihres Vaters gegeben. Wie Sie vielleicht bereits gehört haben, war Baron von Welschenbach schwer depressiv. Er hat nicht nur einmal gedroht, sich umzubringen, sich zum Beispiel einen Revolver an die Stirn gehalten, vor den Augen von Walpurga, Albert und Franzi, die damals ein Baby war."

Mein Interesse für Baron Welschenbachs Depression und seine Selbstmorddrohungen hielt sich in Grenzen. Ungeduldig unterbrach ich Dr. Braunsperger und wandte mich an Walpurga. Ich hielt den Zeitpunkt für gekommen, endlich die Frage zu stellen, die ich seit Tagen stellen wollte: „Ist Franzi als Kind von Philip missbraucht worden?"

Angst und Entsetzen in Walpurgas Augen.

Dr. Braunsperger wich meinem Blick aus, als er statt ihr antwortete: „Ich habe Franzi immer beschützt, so gut ich konnte."

Wusste die Baronin von dem Missbrauch oder nicht? Ich starrte sie böse an, als ich sagte: „Ich habe in jenem letzten Sommer hier am See leider mit eigenen Augen gesehen, wie Franzi im Bootshaus von einem Mann sexuell genötigt worden ist. Leider konnte ich nicht erkennen, wer ihr das angetan hat. Es war finster."

Walpurga war bei meinen Worten knallrot im Gesicht geworden. Ich wollte nicht schuld an ihrem Schlaganfall sein. Doch ich war mir sicher, dass meine couragierte Mutter sie damals über die Vergewaltigung, die ich mitangesehen hatte, informiert hatte. Leider konnte ich das von Gisela nicht mehr erfahren. Aber ich könnte meinen Vater fragen ...

Während ich diesen Gedanken weiterspann, begann Walpurga zu reden: „Als mir klar geworden ist, was Philip meiner kleinen Franzi angetan hat, wollte ich ihn auf der

Stelle umbringen. Ich habe mir ernsthaft überlegt, wie ich ihn beseitigen könnte, ohne erwischt zu werden. Schlaflose Nächte an seiner Seite, in denen ich ihm am liebsten das Kissen auf sein schönes Gesicht gedrückt hätte. Ich habe es nicht gewagt, bin zu feige gewesen, ihn dorthin zu schicken, wo er schon damals hingehört hätte: in die Hölle."

Ich hielt den Mund, beobachtete Walpurga aber haarscharf, versuchte, von ihrem Gesicht abzulesen, ob sie log oder endlich die Wahrheit sagte. Lügner sehen meist nach unten und manchmal verstohlen nach links. Walpurga blickte, während sie sprach, zu Boden. Außerdem pulsierte ihre Halsschlagader. Auch ein untrügliches Anzeichen dafür, dass sie mir wieder einmal eine Lügengeschichte auftischte?

„Natürlich habe ich ihn zur Rede gestellt. Er hat alles geleugnet. Als ich die Scheidung einreichen wollte, hat er zynisch gegrinst und mir unsere Heiratsurkunde unter die Nase gehalten. Wir hatten keine Gütertrennung vereinbart. Die Trennung wäre in einen furchtbaren Rosenkrieg ausgeartet. Allerdings hat in diesem Haus ohnehin immer Krieg geherrscht. Einmal habe ich ein halbes Jahr lang kein Wort mit ihm geredet. Es war ihm egal."

„Bitte hör auf, liebe Walpurga. Darum geht es nicht", unterbrach Dr. Braunsperger sie.

„Genau darum geht es! Ich habe alles versucht, um ihn aus dem Haus zu treiben, habe an allen Fronten gegen Philip gekämpft, und das über zwanzig Jahre lang. Aber ich habe ihn nicht umgebracht. Leider nicht! Ich hätte ihn töten müssen!"

„So etwas darfst du nicht einmal denken, Liebes. Bitte beruhige dich. Komm, lass mich deinen Blutdruck messen."

Dr. Braunspergers Finger schlossen sich um Walpurgas Handgelenk. Er sah auf seine Uhr und kontrollierte ihren Puls. „Du gehörst ins Bett", sagte er, legte den Arm um ihre Schultern und zog sie an sich.

„Merken Sie denn nicht, wann es genug ist, Frau Doktor", sagte er vorwurfsvoll zu mir.

Ich zuckte zusammen. Sein böser Blick und der verbitterte Zug um seinen Mund schüchterten mich ein.

„Ich halte Franzi nach wie vor für unschuldig", betonte ich dennoch. „Ich wäre dankbar, wenn mir endlich jemand schildern würde, was an jenem verhängnisvollen Abend hier wirklich passiert ist." Ich deutete auf den Kamin.

Betretenes Schweigen.

„Philips Tod war mehr oder weniger ein Unfall ...", fing der Doktor an.

„Das hat die Polizei zu entscheiden", unterbrach ich ihn scharf.

„Ich habe seinen Tod festgestellt. Er hat sich bei seinem Sturz die Halswirbelsäule gebrochen. Ich habe nichts mehr für ihn tun können."

„Seine Augen waren weit aufgerissen, der Mund verzerrt ...", stöhnte Walpurga.

Ich ignorierte ihr Gestammel und sagte zu ihm: „Ich weiß, Herr Doktor, diese Version haben Sie der Polizei erzählt."

Beide starrten mich irritiert an.

„Bringt Ihr Beruf dieses übermäßige Misstrauen mit sich?", fragte mich Dr. Braunsperger nach einer Weile.

Mit der Arroganz alter Männer konnte ich gut umgehen, besser als mit ihrer Sentimentalität.

„In meinem Beruf, wie Sie es nennen, ist es wichtig, zwischen den Wörtern lesen zu können, das Wahre, das sich in den Zwischentönen verbirgt, in den Witzen, den Versprechern, der Gestik und Mimik, den Träumen und Phantasien zu erkennen", sagte ich.

Er rümpfte die Nase. Und ich hatte eigentlich keine Lust, mit diesem bornierten alten Mann weiter zu diskutieren. Nach Walpurgas Geschichte wusste ich erst recht nicht mehr, was und wem ich glauben sollte. Mir fielen außerdem bereits die Augen zu. Es war ein langer, anstrengender Tag gewesen.

Walpurga schluchzte leise. Der Doktor bemühte sich weiterhin sehr liebevoll, sie zu trösten.

Ich konnte den rührenden Anblick, den die beiden boten, nicht mehr länger ertragen und wünschte ihnen eine gute Nacht.

Zum Glück hatte mir Walpurga am Morgen den Zimmerschlüssel gegeben. Ich schloss mich ein. Da ich fürchtete, wieder eine unruhige Nacht zu verbringen, versuchte ich es mit autogenem Training. Nach ein paar Minuten gab ich auf und beschloss, mir am nächsten Tag Schlaftabletten zu besorgen.

Die Gedanken an diese völlig kaputte Familie würden sich aber selbst mit Hilfe von Tabletten nicht vertreiben lassen. Nicht nur Walpurga, auch Albert benahm sich seit Heinzis Tod sehr sonderbar. Ich fühlte mich regelrecht von ihm verfolgt. Als ich während des Abendessens aufs Klo im ersten Stock gegangen war, das geheizt wurde, war er plötzlich hinter mir gestanden, hatte kein Wort gesagt, mich nur mit diesem seltsamen Blick angesehen. Ich war einfach an ihm vorbeigegangen. Die Toilettentür ließ sich leider nicht zusperren. Ich setzte mich erst gar nicht aufs Klo, wartete zwei Minuten und verließ dann das stille Örtchen wieder. Er stand nach wie vor im Gang und starrte mich an. Aus seinem Zimmer dröhnte laute Musik. Gustav Mahler? Was sonst, dachte ich, als ich „Es sungen drei Engel“ aus der Dritten Symphonie vernahm.

Bereute Albert sein Geständnis vom Vorabend? Hätte ich beteuern sollen, dass ich ohnehin nicht glaubte, dass er die beiden Morde begangen hatte? Hätte ich ihn besser trösten sollen?

Er hatte sich nie von mir trösten lassen. Nicht einmal damals bei Giselas Geburtstagsfest auf der „Vöcklabruck“.

Mein Magen knurrte. Ich hatte beim Abendessen kaum etwas angerührt. Mir war nach der Bergtour nicht nach Essen zumute gewesen. Jetzt hatte ich Hunger. Ich stand noch einmal auf, ging in die Küche, machte mir ein Schinkenbrot und stellte Teewasser zu. Während ich den Tee aufgoss, grübelte ich, wie so oft, über die Einsamkeit nach.

Schluss mit dem Selbstmitleid! Ein psychisch stabiler Mensch arrangiert sich eben mit der Einsamkeit, dachte ich.

Langsam kaute ich das Brot und trank den heißen Tee in kleinen Schlucken.

Ein Blick auf meine Armbanduhr. Kurz vor Mitternacht. Verdammte Scheiße! Ich wollte morgen früh aufstehen, fit sein, wenn Jan und Victor hier eintrafen. Also beschloss ich, mich erst am Morgen weiter mit dieser Familientragödie zu befassen.

Als ich mich hinlegte, war es fast halb eins. Draußen heulte der Wind. Der Nebel war einem zünftigen Sturm gewichen.

Sommer 1979

Nach einem ausgiebigen gemeinsamen Frühstück der beiden Familien gehen Franzi und Joe Blumen pflücken. Die schönste Wiese befindet sich auf einer Lichtung unweit des Schlosses. Rot, weiß, gelb, blau. Eine einzige Blütenpracht. Mohnblumen, Kornblumen, Mädesüß, Kamille, Geißfuß, Königskerzen ... Die Mädchen haben die Qual der Wahl.

Franzi bevorzugt Glockenblumen. Joe entscheidet sich für Margeriten und weiße Schafgarben. Gemeinsam überreichen sie Gisela dann einen riesigen blau-weißen Strauß zum fünfundvierzigsten Geburtstag.

Die Erwachsenen sind inzwischen zu Weiß G'spritztem übergegangen. Ihre Lobeshymnen auf die beiden Blumenpflückerinnen sind etwas zu laut. Klingen übertrieben.

Gisela scheint sich über die Wiesenblumen sehr zu freuen. Zu Joes Leidwesen freut sie sich aber noch mehr über eine dunkelrote Rose. Sie macht ein großes Theater um diese Blume, die ihr Albert geschenkt hat. Verlangt sofort nach einer passenden Vase. Den Strauß der Mädchen steckt sie in einen Kübel mit Wasser, in dem vorher der Sekt gekühlt worden ist.

„Deine Mama feiert ihren Fünfundvierziger wirklich in großem Stil. Fünfundvierzig Leute! Echt Wahnsinn! Und fast lauter Wiener, kaum Einheimische. Außer uns hat sie nur die Pfarrersleute eingeladen. Das finde ich echt geil", sagt Franzi begeistert, als sie am späten Nachmittag, gemeinsam mit den aus Wien eingetroffenen Gästen, an Bord des Attersee-Schiffes „Vöcklabruck" gehen.

Joe fühlt sich von ihrer Mutter vernachlässigt. Sie bleibt allein an Deck. Starrt mürrisch auf das silbern glitzernde Wasser.

Das Fest an Bord des Rundfahrtschiffes beginnt vielversprechend. Die Gäste scheinen die romantische Atmosphäre zu genießen. Sprechen kräftig dem Rotwein zu. Amüsieren sich köstlich über die Frankfurter Würstchen und den gemischten Toast – das einzige „Festessen", das es an Bord gibt.

„Mein Gott, wir haben den Zwetschkenfleck, den Kathi gebacken hat, im Schloss vergessen", kreischt Walpurga. „Wir müssen noch mal zurückfahren."

Allgemeines Gelächter folgt ihren Worten.

„Lauter selbsternannte Intellektuelle", sagt Joe verächtlich zu Franzi, die die legeren, aber sehr teuren Klamotten der Wienerinnen bewundert.

„Ich halte dieses blöde Gequatsche nicht aus. Ach, wie sind wir nicht heute wieder cool. Schaut euch nur diese Provinzler an. Sie haben sich extra herausgeputzt, richtig fein gemacht", äfft Joe eine Freundin ihrer Mutter nach.

Franzi sieht sie verständnislos an.

„Diese dumme Kuh hat sich gerade über die Sonntagstracht und den Granatschmuck der Frau Pfarrer lustig gemacht. Dabei sieht sie selber aus wie eine abgebundene Knackwurst. Und ihren Hintern könnte man glatt mit einem Pferdearsch verwechseln. Ich hasse diese Weiber!"

„Glaub mir, deine Mama ist eine alte Revoluzzerin, die hat mit solchen Tussis nicht viel am Hut." Franzi deutet auf die obszöne Textzeile von den Sex Pistols, die ihr T-Shirt ziert. Gisela hat es ihr beim gemeinsamen Frühstück geschenkt. „Die Baronin wird durchdrehen, wenn sie den Spruch liest."

„Das San-Francisco-Shirt hat sie doch auch längst abgesegnet", wirft Joe ein.

„Mit einem gequälten Lächeln", sagt Franzi. „‚Fuck off' bringt sie glatt ins Grab."

Als Gisela mit ihren Wiener Freunden am Oberdeck erscheint, hat Joe wieder nur ätzende Bemerkungen für die Gäste ihrer Mutter übrig: „Ich kenne diese Weibsbilder. Bis Mittag laufen sie im Morgenmantel herum, nachmittags gehen sie shoppen und jammern dann, dass sie den ganzen Tag lang so viel zu tun gehabt haben. Ihre Männer sind auch Widerlinge. Tun jetzt so gescheit und vornehm. Zu Hause prügeln sie ihre Frauen und Kinder."

„Echt?", fragt Franzi interessiert.

Joe verzieht sich unter Deck, holt sich eine Cola und plaudert mit dem netten Kapitän.

„Joe, komm sofort rauf", schreit Franzi aufgeregt. „Das musst du dir ansehen." Sie zieht ihre Freundin an Deck und deutet auf Walpurga und Victor, die eng umschlungen am Bug des Schiffs den Sonnenuntergang betrachten.

„Die sind total blau", zischt Joe verächtlich und schaut sich ängstlich nach ihrer Mutter um. Gisela umarmt jeden Mann, der in ihre Nähe kommt, und bricht immer wieder in kindisches Gelächter aus.

„Oh Scheiße, sie ist auch besoffen", stöhnt Joe. Schlägt ihre Hände vors Gesicht und stammelt: „Ich glaub's einfach nicht. Meine Mutter ist sonst nicht so. Die sind heute alle komplett durchgeknallt."

Franzis Kommentare machen das ganze Spektakel nicht erträglicher. Im Gegenteil. „Schau mal, wie dein Papa meine Mama abschmust. Echt widerlich", sagt sie.

„Am liebsten würde ich mit diesem Schiff auf der Stelle untergehen." Joe senkt beschämt den Blick. Sieht nicht mehr, wie ihr Vater Walpurgas Hintern tätschelt. Und bekommt auch nicht mit, wie Gisela weinend Philip wegstößt, der ihr gerade eine Arie aus der „Fledermaus" ins Ohr schmettert.

„Trink, Liebchen, trink ...", hallt es über den See. Philips Stimme ist nach wie vor sehr kräftig.

Albert, der diese Szenen ebenfalls beobachtet hat, beugt sich über die Reling und kotzt ins Wasser.

Joe weiß nicht, um wen sie sich zuerst kümmern soll, um ihre Mutter oder um Albert. Während sie noch zögert, geht Franzi zu Gisela. Bemüht sich etwas unbeholfen, sie zu trösten. Bietet ihr eine Zigarette an.

Unschlüssig nähert sich Joe Albert. Schon nach ihrer ersten Frage: „Ist dir nicht gut?", schickt er sie weg.

Sie geht zu Franzi. „Kümmer dich lieber um deinen Bruder", sagt sie zu ihrer Freundin. Fasst Gisela unterm Arm und bringt sie zu einem leeren Tisch.

„Wie kannst du nur so viel trinken, Mama. Du weißt ja, dass du nichts verträgst", schimpft sie. Dann holt sie ihr von der Bar ein großes Glas Wasser.

Als sie zurück an Deck kommt, beendet ein heftiges Gewitter den festlichen Bootsausflug. Blitze erhellen das dunkle Gewässer. Hohe Wellen bringen die „Vöcklabruck" gehörig ins Schwanken. Alle außer Joe, die sich auf die letzte Stufe des Aufgangs gesetzt hat, flüchten unter Deck. Sehnen nichts mehr als die Ankunft am Steg in Seewalchen herbei. Nicht nur einer der Gäste wankt während der unruhigen Rückfahrt an Joe vorbei und kotzt, so wie Albert vorhin, über die Reling.

Joe zählt mit. Kommt auf mindestens siebzehn Seekranke, einschließlich Victor und Philip.

11. Kapitel

Der Tag war trüb und feucht. Ich hatte keine Lust aufzustehen. Eine halbe Stunde lang wälzte ich mich im Bett. Die Feuchtigkeit kroch unter meine dünne Steppdecke. Meine Füße waren eiskalt.

Um neun Uhr stand ich auf, schlüpfte in meine schwarzen Jeans, zog meinen Kapuzensweater an und ging ans Fenster. Ich schaute auf die tief über dem See hängenden Wolken.

In den Vormittagsstunden beschäftigte ich mich mit lauter Nebensächlichkeiten, um meine innere Anspannung loszuwerden. Ersatzhandlungen nennt man das. Dann rief ich Serner an.

„Ich hole gerade deinen Vater ab. Wir sehen uns eh gleich", sagte er fast vorwurfsvoll. Ich legte sofort auf.

Nach diesem missglückten Telefonat begann ich aufzuräumen. Da ich nur eine Reisetasche voller Klamotten mitgenommen hatte, war ich in ein paar Minuten fertig.

Victor und Jan trafen zu Mittag im Schloss ein. Ich freute mich, Jan zu sehen. Seine Gesellschaft war mir lieber als die der meisten Menschen. Ich schätzte seine Intelligenz, mochte sein Einfühlungsvermögen. Und sein Aussehen gefiel mir auch immer besser. Im letzten Jahr hatte er vier, fünf Kilo zugenommen. In seinem Fall war das keine lästige Alterserscheinung, sondern ein Riesenvorteil. Er wirkte männlicher, nicht mehr so jungenhaft.

Victor war, wie immer, tadellos und passend zur Umgebung gekleidet. Dunkelbrauner Anzug mit Wildlederbesatz an den Ellbogen und Hirschhornknöpfen, dazu ein hellrosa Hemd, das seiner Sonnenbräune schmeichelte, und eine altrosa Krawatte. Der Landadel hat uns wieder, dachte ich.

Die rührselige Wiedersehensszene zwischen Walpurga und Victor brachte mich fast zum Lachen. Walpurga war beinahe so groß wie mein Vater, aber um mindestens fünfzehn

Kilo schwerer. Victor hatte Mühe, ihren wohlgerundeten Leib zu umfassen. Doch mein Vater liebte üppige Frauen. Seine Freundin Margarita war schwer übergewichtig.

Die Begrüßung zwischen Serner und mir fiel dagegen richtig unromantisch aus. Eine flüchtige Umarmung. Ein kurzer Kuss auf den Mund. Sanft fuhr er mit dem Finger über die Schrammen in meinem Gesicht und zog fragend die Brauen hoch.

„Ein kleiner Unfall. Bin auf einer Geröllhalde am Hochlecken ausgerutscht. Die Berge sind nicht so meines ..."

Sein besorgter Blick war Balsam auf meinen Wunden. Mein lieber Herr Papa hingegen schien meine Verunstaltung nicht einmal zu bemerken, als er mich umarmte.

„Ich möchte sofort meinen Enkel sehen", sagte er. Serner wollte in sein Hotel. Mit mir. Walpurga wollte uns alle zum Essen an einem Tisch versammeln. Ich konnte mich nicht dreiteilen und musste einsehen, dass ich es nicht zwei Männern und einer Frau gleichzeitig recht machen konnte. Daher schlug ich einen Kompromiss vor. Jan und ich würden Victor zu Mario bringen und danach gleich weiter ins Hotel fahren. Später würden wir alle zu einem frühen Abendessen ins Schloss kommen.

Mein wahrhaft salomonischer Vorschlag wurde angenommen.

Wir fuhren zu dritt hinunter zu Marios Bar.

Wie nicht anders erwartet, machte Victor ein großes Theater um seinen Enkel. Mario und ich amüsierten uns auf seine Kosten. Wir zwinkerten uns zu, während Victor ihn minutenlang fest an sich drückte und betonte, wie glücklich er wäre, endlich sein „Baby" in den Armen halten zu können.

Manchmal war mein Vater richtig peinlich. Ich war an seine sentimentalen Ausbrüche gewöhnt. Jan wirkte jedoch leicht gereizt. Er gab mir zu verstehen, dass er am Nachmittag unbedingt mit seinen Kollegen von der Linzer Kriminalpolizei sprechen wollte.

Jan war im Hotel Unterberger außerhalb der Gemeinde Seewalchen untergebracht, in dem Neonazis und gebrechliche Altnazis jährlich ihre Treffen abhielten. Das Hotel gehörte inzwischen angeblich dem Roither-Bauern, aber all das hatte Jan nicht wissen können, als er sich das Zimmer besorgt hatte.

Während der Fahrt telefonierte Jan mit der Linzer Kripo. Ich bekam mit, dass die Polizei den Roither-Bauern verdächtigte, Heinz ermordet zu haben. Doch ich stellte keine Fragen, sondern erzählte Jan von den Veranstaltungen der Rechtsradikalen in seinem Hotel. „Wir gingen früher nie ins Unterberger essen, obwohl sie angeblich einen guten Koch hatten."

„Warum sollten Faschisten keinen Wert auf gediegene Küche legen?", scherzte Jan.

Mir war nicht nach Scherzen zumute. „Hier im Salzkammergut leben noch viele alte Nazis. In dieser gesunden Bergluft werden die Menschen alt. Leider lebt auch in ihren Kindern und Kindeskindern das faschistoide Gedankengut weiter", erklärte ich ihm. „Ich bin erst letzten Sonntag in den Genuss solch dummen Geschwafels gekommen."

Jan nickte wissend. Sein kommunistischer Vater hatte bestimmt andere, viel schlimmere Erfahrungen mit Nazis gemacht als ich, dachte ich und sagte: „Gerechtigkeitshalber sollte ich dir auch von den vielen Widerstandskämpfern erzählen, die im Salzkammergut den Faschisten schwer zugesetzt haben. Aber wahrscheinlich kennst du dich in österreichischer Zeitgeschichte besser aus als ich. Vor allem in Ebensee und Umgebung tobten wilde Kämpfe zwischen ..."

„Ich kenne das Widerstandsmuseum in Ebensee. Eine Landschaft der Extreme. Politisch, kulturell und historisch sehr interessant ..."

„Okay. Du weißt also Bescheid", unterbrach ich ihn und fand mich gleichzeitig selbst unmöglich. Ich war so gereizt wie schon lange nicht mehr.

Das Hotel entpuppte sich als tadelloses Drei-Sterne-Etablissement. Bevor wir auf sein Zimmer gingen, tranken wir einen Kaffee in der Hotelbar. Während ich Jan eine Zusammenfassung der Ereignisse gab, tauchten massakrierte kopflose Männer vor meinen Augen auf.

Jan hörte mir aufmerksam zu. Seine kurzsichtigen dunklen Augen ruhten auf meinem Gesicht. Er stellte wenige Fragen, drängte mich nicht, lenkte mich nicht ab, gab mir alle Zeit, die ich brauchte, um mir endlich all diese entsetzlichen Geschichten von der Seele zu reden.

Jan war eines dieser seltenen Exemplare des männlichen Geschlechts, die einem das Gefühl vermittelten, dass sie die Gedanken und Erlebnisse, die man ihnen erzählte, auch wirklich interessierten. Eine Eigenschaft, die ich sehr anziehend fand.

Kaum waren wir auf seinem Zimmer, versuchte er, mich zu verführen. Waren die Schwedinnen doch nicht so attraktiv oder willig gewesen, wie ich befürchtet hatte?

Ich hatte trotzdem keine Lust auf Sex. „Du musst dich umziehen. Walpurga wartet mit dem Essen auf uns", sagte ich und schob seine Hände weg.

„Fünf Minuten?"

„Ich hasse Quickies, das weißt du."

Seufzend fügte er sich und begann sich umzuziehen.

Während er sich auszog, wollte er mehr über Franzi erfahren. „Hat sie Ähnlichkeit mit Verena?", fragte er.

Ich stellte mir die einzige Mörderin, die ich näher kennengelernt hatte, vor und schüttelte energisch den Kopf.

„Auf den ersten Blick haben sie nicht viel miteinander gemeinsam. Verena war schwer narzisstisch gestört, Franzi ist eine Borderlinerin ..."

Abgelenkt durch den Striptease, den er gerade hinlegte, redete ich gedankenlos weiter: „Eine unreife Frau Mitte vierzig. Durchaus attraktiv, toller Busen ..."

Sein Oberkörper war kräftig und fast unbehaart. Darauf legte ich großen Wert. Als er sein Hemd auszog, registrierte ich wieder einmal, wie muskulös seine Arme waren.

„Immer irgendwie angespannt, nie relaxed. Und sie hat offensichtlich Probleme mit ihrer Impulskontrolle", beschrieb ich ihm meine Freundin weiter.

Als er den Reißverschluss seiner Hose öffnete und sie zu Boden gleiten ließ, sagte ich: „Hysterische Phantasien, auffällige Abwehrmechanismen, etwa projektive Identifizierung ..."

„Was meinst du damit?" Jan sah mich amüsiert an.

Er trug die schwarzen Boxershorts, die ich ihm geschenkt hatte. Die Ausbuchtung in seinen Shorts war nicht zu übersehen.

Cool bleiben, Joe, sagte ich mir und fuhr fort, Franzi zu pathologisieren: „Sie ist psychisch krank, genau wie ihr Bruder. Er ist schwer depressiv, während ihre Persönlichkeitsentwicklung massiv gestört ist. Gespaltenes Selbstbild, schwaches Ich ..."

Leicht irritiert sah ich ihm dabei zu, wie er seine Unterhose auszog. Mein Blick fiel auf seine langen, sehnigen Beine. Als er sich vorbeugte, zeichneten sich auf seinen Schenkeln deutlich die Muskeln ab. Ich stand auf muskulöse Männerbeine.

„Eine bereits in jungen Jahren gestörte Person ...", murmelte ich. „Traumatische Erlebnisse ..."

Länger konnte ich mich nicht mehr beherrschen. Ich stürzte mich auf ihn, zwang ihn mit sanfter Gewalt aufs Bett, streichelte seine Brust, seinen flachen Bauch und verwöhnte seinen Schwanz, bevor ich ihm erlaubte, mich zu berühren. Obwohl mir danach war, ihn ein bisschen zu quälen, ihn etwas länger hinzuhalten, kam ich genauso schnell wie er. Sobald ich meine Schenkel um seine Hüften geschlungen hatte und er in mich eingedrungen war, dauerte es nicht mehr lange. Noch ein paar heftige Stöße und das Vergnügen war vorbei.

Zum Essen im Schloss kamen wir zu spät. Keiner nahm von unserer Verspätung Notiz. Victor unterhielt sich angeregt mit Walpurga. Dr. Braunsperger saß schweigend und mit mürrischer Miene neben ihnen und zog an seiner Pfeife wie ein Baby an seinem Schnuller. Erst als uns Victor den Aperitif servierte, rang sich Dr. Braunsperger eine boshafte Bemerkung ab.

„Ihr richtiger Name ist doch Bartenzsyi? Warum haben Sie Ihren guten alten ungarischen Namen gegen eine lächerliche italienische Getränkebezeichnung ausgetauscht? So eine Namensänderung ist eine komplizierte Angelegenheit. Schämen Sie sich etwa für Ihre ungarische Herkunft?"

„Mit einem ungarischen Namen hätte ich am Burgtheater in Wien oder gar beim Film in den 60er Jahren kaum große Chancen gehabt. Die österreichischen Künstler und Intellektuellen sind eben italophil", antwortete Victor ernsthaft.

In solchen Augenblicken bewunderte ich meinen Vater. Diese Souveränität musste ein Dr. Braunsperger erst einmal an den Tag legen.

Albert hatte sich entschuldigen lassen. „Der arme Junge leidet unter einem Migräneanfall", hatte Walpurga uns erklärt. Er hatte Jan und Victor bei ihrer Ankunft kurz begrüßt und sich dann sofort in seine Räume zurückgezogen.

Während des Essens flirtete Victor heftig mit Walpurga, machte ihr überschwängliche Komplimente wegen ihrer Kochkünste und schien auf dem besten Weg, sich erneut in die Baronin zu verlieben, was ich nicht zuletzt auf das gelungene Menü zurückführte. Sie hatte sich selbst übertroffen, hatte eine wunderbare Kürbiscremesuppe und danach kleine gebratene Saiblinge mit Kräuterbutter und Petersilienkartoffeln aufgetischt. Wo mochte sie die Saiblinge bloß aufgetrieben haben? Der Heinzi war doch tot.

Nicht nur mein Vater und ich waren begeistert, auch Jan langte kräftig zu. Dr. Braunsperger lobte die köstliche Suppe und hielt uns dann, während seine Saiblinge kalt wurden, einen Vortrag darüber, wie gesund es vor allem für ältere Menschen sei, so früh zu Abend zu essen. Seine weitsichtigen Augen funkelten mordlustig, wann immer sein Blick auf Victor fiel.

Mein Vater beteuerte, dass er häufig viel später essen würde und trotzdem kerngesund wäre. Er ließ den armen Doktor wie einen gebrechlichen, kranken Greis aussehen.

Unter anderen Umständen hätte ich diese Eifersuchtsszene mit drei siebzigjährigen Hauptdarstellern amüsant gefunden. Nach allem, was ich bisher erlebt hatte, traute ich Dr. Braunsperger jedoch durchaus den Mord an Philip zu. Vielleicht hatte er seine geliebte Walpurga endlich von diesem Ekel befreien wollen? In seinem Alter hatte er nicht mehr viel zu verlieren. Ich hoffte nur, dass ich jetzt nicht um das Leben meines verliebten Vaters bangen musste.

Obwohl keiner von uns besonders interessiert schien, redete Dr. Braunsperger weiter über gesunde Ernährung. Als er anfing, über Philips Gesundheitszustand zu sprechen, wurde ich plötzlich aufmerksam: „Philip war in letzter Zeit sehr abgemagert. Ein klassischer Alkoholiker eben. In den vergangenen Jahren war er allerdings bis auf drei kurze Episoden fast trocken. Ich hatte ihn mit Medikamenten versorgt, auf deren Einnahme hin ihm schlecht wurde, sobald er auch nur einen Tropfen Alkohol zu sich nahm. Daraufhin wurde er noch unerträglicher. Stimmt's nicht, liebe Walpurga? Ich hatte ihm einen schweren Leberschaden diagnostiziert. Philip glaubte mir natürlich nicht und ging freiwillig ins Spital nach Vöcklabruck. Dort haben sie ihm die schlechten Leberwerte bestätigt. Anstatt seinen Lebenswandel zu ändern, begann er erst recht, Walpurga und den Rest der Familie zu schikanieren. Sie als Psychoanalytikerin würden sein Verhalten natürlich mit einer schweren Depression entschuldigen, nehme ich an, liebe Joe.“ Er sah mich herausfordernd an.

Ich versuchte, diesen Seitenhieb eines Mediziners zu überhören, war ich doch als Analytikerin daran gewöhnt, von Ärzten nicht ganz für voll genommen zu werden. Ich stand auf und ging in die Küche.

Walpurga folgte mir und flüsterte mir ins Ohr: „Er meint es nicht so. Du darfst ihm nicht böse sein. Heinrich ist total fertig – so wie wir alle.“

Schweigend sah ich ihr dabei zu, wie sie die Palatschinken füllte. Nur weil ich Topfenpalatschinken nicht widerstehen konnte, kehrte ich wieder zu dieser illustren Abendgesellschaft zurück.

Jan verweigerte die Nachspeise und ging auf die Terrasse. Ich nahm an, dass er eine rauchen wollte, und folgte ihm, sobald ich meine Palatschinken gegessen hatte.

Er hatte sein Handy am Ohr und bedeutete mir zu verschwinden.

Auf dem Weg in sein Hotel schlug er vor, auf einen Sprung bei Mario vorbeizuschauen. Er hatte gerade mit Gustav telefoniert und gab mir das Gespräch in Kurzfassung wieder.

Kaum hatten wir die Bar betreten, machte Mario einen Tisch für uns frei und setzte sich zu uns.

„Lass mich reden“, bat ich Jan leise.

„Deiner Mutter scheint es zum Glück besser zu gehen. Gustav hat sie heute besucht und fand sie ziemlich aggressiv. Ich bin froh, dass sie ihre Wut verbal rauslässt. Bei meinem ersten Besuch hatte ich eher den Eindruck, sie könnte depressiv werden“, gab ich meine neuesten Informationen sofort an meinen Neffen weiter.

„Wäre kein Wunder. Ich würde es keinen Tag im Knast aushalten. Ich glaube, ich würde mich aufhängen, so wie mein Großvater ..., ich meine, mein früherer, nein ... mein angeblicher ...“

„So wie der Baron, meinst du“, sagte ich und legte beschwichtigend meine Hand auf seinen Arm. „Hast du deiner Mama gegenüber mal erwähnt, dass du dich eher umbringen würdest, als ins Gefängnis zu gehen?“

Er zuckte mit den Schultern. „Kann sein. Warum?“

„Nicht so wichtig“, murmelte ich.

„Hat Philip dich auch misshandelt?“

Er zögerte. „Ich kann mich, ehrlich gesagt, nicht erinnern. Meine Kindheit ist so weit weg. Vielleicht habe ich hin und wieder mal eine Ohrfeige von ihm kassiert. Richtig geprügelt hat mich, glaube ich, nur meine Großmutter. Sie war furchtbar streng.“

Mario war Philip bestimmt viel zu anstrengend gewesen. In den harten Phasen des Trinkens kann ein Alkoholiker keine Rücksicht auf ein Kleinkind nehmen. Entweder schlägt er es tot oder er beachtet es gar nicht, dachte ich.

„Warst du an jenem verhängnisvollen Abend wirklich nicht oben im Schloss? Bitte sei ehrlich“, sagte ich zu Mario.

„Du meinst, als Philip ermordet wurde? Nein, ich hatte hier volles Haus. Das habe ich dir doch gesagt.“

„Irgendjemand behauptet, deinen BMW ungefähr zur Tatzeit vorm Schloss gesehen zu haben.“

„Das mag schon sein. Ich lasse den Wagen manchmal oben stehen.“

„Als die Polizei eintraf, stand er nicht mehr dort“, sagte ich.

„Vielleicht hat ihn jemand anders benützt. Der Zweitschlüssel hängt in der Küche am Brett. Wir behandeln unsere Autos nicht wie heilige Kühe. Jeder fährt mit dem Wagen herum, der gerade zur Verfügung steht.“

„Wer soll damit gefahren sein? Albert schlief angeblich. Walpurga, Doktor Braunsperger und deine Mutter waren im Salon.“

„Vielleicht Heinz? Er hing fast täglich bei uns herum. Vor allem seit er mir beim Umbau der Orangerie geholfen hatte, galt er fast als Familienmitglied, ging bei uns ein und aus, wann er wollte, hat mit uns gegessen und in irgendeinem der vielen leeren Zimmer übernachtet, wenn er sich zugedröhnt hatte. Und er benutzte nicht nur Walpurgas alten Passat, sondern fuhr natürlich noch lieber mit meinem BMW spazieren. Er hatte ja keinen eigenen Wagen mehr."

Diese Möglichkeit hatte ich bisher noch nicht in Betracht gezogen. Nachdenklich zündete ich mir eine Zigarette an und bat Mario um ein Achtel Weiß.

Ich war fast froh, dass er sich nicht mehr zu uns setzte, als er mir den Wein brachte. Ich wollte in Ruhe nachdenken. Die Musik störte mich nicht, im Gegenteil, die laute Geräuschkulisse schluckte die Gespräche am Nebentisch.

Ich saß eine ganze Weile einfach nur da, nippte an meinem Glas, rauchte ein paar Zigaretten und malte mir neue Mordszenarien aus.

Meine Gedanken kreisten immer wieder um Heinz. Mir wollte beim besten Willen kein Motiv einfallen. Warum sollte dieser arme Fischer Philip Mankur umgebracht haben? Das ergab alles keinen Sinn.

Jan, der die ganze Zeit über schweigend neben mir gesessen hatte, sagte: „Dein Neffe ist ein ausgesprochen sympathischer junger Mann. Aber wir wissen beide, dass gerade diese netten, freundlichen Typen oft sehr jähzornig sein können. Und der liebe Mario hatte allen Grund, Philip zu hassen, nicht nur, weil er ihm das Geld für die Renovierung der Bar verweigert hatte. Natürlich hasste er den Vergewaltiger seiner Mutter und seinen potentiellen Vater aus tiefster Seele."

„Ich bin mir dessen nicht mehr so sicher", sagte ich leise. Inzwischen dachte ich, dass dieser Hintern, den ich damals im Bootshaus gesehen hatte, zu fast jedem erwachsenen Mann im Umkreis der Familie Mankur-Welschenbach gehört haben konnte.

Sommer 1979

Am späten Nachmittag sitzen Franzi, Joe und Albert auf der Terrasse des Schlosses und lesen. Der Himmel ist bewölkt. Die Luft ist warm.

Plötzlich wirft Franzi ihre Jugendzeitschrift auf den Boden und setzt sich auf den Schoß ihres Bruders. Der Liegestuhl kracht bedenklich unter der doppelten Last.

Mit knallrotem Kopf legt Albert sein Buch aus der Hand.

„Was ist los?“, fragt er irritiert.

„Gehst du heute Abend mit uns ins Dirty Dancing, Bruderherz?“, säuselt sie. „Wir brauchen einen volljährigen Begleiter, sonst kommen wir nicht rein.“

Sein „Nein“ klingt richtig entsetzt.

„Warum denn nicht?“, fragt Franzi schmollend. „Was ist schon dabei? Du kannst ja gleich wieder abhauen. Musst uns nur hineinbringen.“

„Du weißt, dass ich dieser Aufsteiger-Musik aus den amerikanischen Vorstadt-Ghettos nichts abgewinnen kann. Discofreaks verherrlichen Luxus und Hedonismus. Das ist nichts für mich.“

„Lass ihn. Er ist und bleibt ein Snob!“ Franzi sieht ihren Bruder verächtlich an und springt auf.

„Ich werde halt Gustav fragen. Er ist sechzehn und darf immerhin bis Mitternacht in einer Disco bleiben. Aber du hältst den Mund. Versprochen?“, beschwört sie ihren Bruder.

Albert versteckt sich hinter seiner Lektüre.

Sie geht zum Telefon. Gustav scheint abzuwinken. Nicht einmal Franzis Bemerkung, dass Joe ganz wild darauf wäre, endlich diesen berühmten Tanzpalast in St. Georgen von innen zu sehen, kann ihn umstimmen.

„Willi brauche ich erst gar nicht zu fragen“, sagt sie leicht deprimiert zu Joe. „Dieser Hosenscheißer traut sich bestimmt nicht. Du wirst mit mir vorlieb nehmen müssen. Wir können nur beten, dass sie uns reinlassen und uns nicht schon um zweiundzwanzig Uhr wieder rauswerfen. Vielleicht sollte ich vorsichtshalber das Geburtsjahr in meinem Pass ändern?“

„Auf keinen Fall. Am besten, wir lassen unsere Ausweise zuhause. In Wien gehe ich so gut wie nie in Discos“, sagt Joe mit einem Blick auf den lesenden Albert. „Meine Klasse hat sich letztes Jahr in zwei Fraktionen gespaltet: Die Punks und die Disco-Fans. Ich gehöre keiner der beiden Gruppen an, aber die Punks sind mir immer noch sympathischer.“

„Ach, deswegen die orange Strähne in deinem Haar. Finde ich geil“, sagt Franzi. „Bei uns gibt’s so gut wie keine Punks. Im Kinocafé in Lenzing haben wir die einzigen drei Typen gesehen, die in Wien eventuell als Punks durchgehen würden. Alle anderen Burschen hier am See sind nett und adrett gekleidet. Du befindest dich eben in der tiefsten Provinz.“

Als Franzi im zugigen Warteraum des Bahnhofs St. Georgen ihre Umhängetasche auszupacken beginnt und sich innerhalb von ein paar Minuten in ein flottes Punk-Girl verwandelt, ist Joe sichtlich überrascht.

Sie streicht über Franzis superkurzen schwarzen Minirock und fragt: „Echt Leder?“

„Nein, wo denkst du hin. Aber sieht doch echt aus, oder?“

Das schwarze T-Shirt, das Franzi überzieht, sitzt hauteng und hat ein atemberaubendes Dekolleté. Die schwarze Netzstrumpfhose mit den vielen Löchern und die schwarzen Schnürstiefeletten überraschen Joe dann nicht mehr. Sie ist froh, auf Franzis Rat gehört und ihre schwarzen, abgewetzten Jeans und ihr altes verwaschenes T-Shirt mit der Aufschrift: „Go to hell“ angezogen zu haben. „Mit mir musst du dich heute nicht genieren, oder?“, fragt sie kokett.

Franzi drückt ihr einen Kuss auf die Wange. Kramt in ihren Schminksachen herum und besteht darauf, dass Joe zumindest ihren dunkellila Lippenstift ausprobiert.

„Wie sehe ich aus?", fragt Franzi, als sie mit dem Schminken fertig ist. Sich mit einem Filzstift sogar eine knallgrüne Strähne im Haar verpasst hat.

„Unglaublich. Deine Mama würde glatt einen Herzinfarkt kriegen", kichert Joe. Hängt sich bei ihrer Freundin ein und spaziert mit ihr zu St. Georgens berüchtigter Disco.

Kurz vor dem Eingang bleiben sie stehen. Franzi sieht Joe unsicher an.

„Ich habe keine Ahnung, ob sie einen Türsteher haben. Ich war noch nie im Dirty Dancing".

„Wir kommen schon rein", sagt Joe selbstbewusst und zieht Franzi hinter sich her. Sie ist sichtlich froh, endlich mal einen Abend allein mit ihrer Freundin verbringen zu können.

Sie schaffen es, ohne Probleme und ohne Ausweiskontrolle das Lokal zu betreten. Die zu einer Diskothek umgebaute Scheune ist auf den ersten Blick eine einzige Enttäuschung für Joe. Der Raum ist niedrig, total verraucht und schlecht beleuchtet. An der Theke hängen ein paar alte Männer.

„Mindestens vierzig", konstatiert Joe missbilligend.

Zwei aufgedonnerte Blondinen um die fünfunddreißig stellen sich auf der Tanzfläche zur Schau. Joe amüsiert sich über ihre komischen Verrenkungen zu den abgedroschenen Schnulzen aus „Saturday Night Fever".

Blaue, gelbe und grüne Spots flackern durch den Raum. Tauchen die Gesichter der beiden Frauen in ein gespenstisches Licht.

Franzi und Joe stellen sich an die Theke. Nach einem Blick auf die Preisliste bestellen sie zwei Coca Cola und versuchen möglichst erwachsen dreinzuschauen.

Es dauert nicht lange, bis einer von den bejahrten Typen Franzi zum Tanzen auffordert. Kaum ist ihre Freundin auf der Tanzfläche, macht sich ein anderer älterer Mann an Joe ran.

Sie quittiert seine Anmache zuerst nur mit Schweigen und arroganten Blicken. Als er nicht aufhört, blöde Sprüche zu klopfen, sie eine „kesse Federn“ nennt und fragt, ob sie eine kleine Schwedin sei, zischt sie ihn an: „Hau ab, Opa. Oder willst du ein Verfahren wegen Verführung Minderjähriger?“ Er sucht tatsächlich das Weite.

Franzi wiegt sich inzwischen zu Abba-Gesängen im Disco-Fieber. Lässt sich von ihrem etwas fettleibigen Tänzer abtatschen und deutet Joe, ebenfalls auf die Tanzfläche zu kommen. Nach drei Abba-Songs scheint ihrem Galan die Luft auszugehen. Schweißgebadet bringt er Franzi zurück zur Theke. Lädt sie und Joe auf Cola-Rum ein.

Joe winkt ab. Franzi nimmt die Einladung an. Gibt aber Joe gleichzeitig zu verstehen, ihr auf die Toilette zu folgen.

„Er tanzt miserabel und stinkt wie ein Schwein. Wie werde ich den bloß wieder los?“, stöhnt Franzi, während sie vor dem überdimensionierten Spiegel in der Damentoilette ihr Make-up erneuert.

„Sag einfach, du wartest auf deinen Freund und der ist sehr eifersüchtig“, schlägt Joe vor.

„Du hast versprochen, bis Mitternacht durchzuhalten“, ermahnt Franzi sie.

„Es ist elf Uhr!“

„Ein Stündchen noch. Okay? Vielleicht kommen die interessanten Männer alle erst später.“

Als sie nach zehn Minuten an die Theke zurückkehren, hat sich das Lokal etwas gefüllt. Eine Gruppe junger Männer hat die Tische vor der Tanzfläche okkupiert.

„Hey, das sind ja die Kicker vom ATSV Lenzing. Den einen, den großen Dunkelhaarigen, kenne ich. Er war heuer Torschützenkönig in der Landesliga. Er heißt Karli, glaube ich. Ein toller Typ“, flüstert Franzi ihrer Freundin aufgeregt ins Ohr. Joe verdreht die Augen.

Es dauert keine fünf Minuten, bis Franzi und Joe am Tisch der Fußballer Platz nehmen. Die Burschen haben zwar auch jede Menge blöde Sprüche drauf, werden aber nicht zudringlich. Franzi landet irgendwann auf dem Schoß des Torwarts, der etwas forscher und älter ist als der tolle Torschütze. Joe tanzt sogar dreimal, jedes Mal mit einem anderen Fußballspieler.

Als sie die Disco verlassen, ist es zwei Uhr morgens. Joe hat ihrer Freundin mit Walpurga gedroht: „Sie wird uns sicher abpassen. Um was wetten wir, dass uns deine Mutter in ihrem geblümten Morgenrock am Gang erwarten wird?"

Der am wenigsten betrunkene Fußballer bringt sie in seinem Skoda nach Hause. Zwar fährt er die meiste Zeit auf der linken Fahrbahn, doch zum Glück zumindest langsam. Als sie die schmale Seestraße entlangbummeln, behauptet er mehrmals: „Der See zieht" und kommt mit seinem Skoda gefährlich nahe an die Uferböschung heran.

Zu Hause werden sie nicht nur von Walpurga erwartet. Auch Gisela steht im Nachthemd am Gang. Die Strafe fällt, dank Gisela, relativ glimpflich aus: eine Woche Ausgehverbot.

12. Kapitel

Es hatte zu regnen aufgehört. Die Luft war frisch, als wir zu Jans Wagen gingen. Es war windstill. Während der Fahrt zu seinem Hotel redeten wir über das unbeständige Wetter und machten uns über Victors heißen Flirt mit Walpurga lustig.

„Dein Vater ist eben ein alter Charmeur", sagte Jan.

„Ich finde ihn nur mehr peinlich. Ein Siebzigjähriger, der es nicht lassen kann, den jugendlichen Liebhaber zu mimen? Nein danke! An Margaritas Stelle hätte ich ihn längst rausgeschmissen."

„Das glaube ich dir gern." Jan lächelte verschmitzt. „Ich mag deinen alten Herrn trotzdem."

„Sein Charme wirkt auch auf Männer."

„Nicht auf diesen Doktor!"

Spät abends, als ich mit Jan allein an der Hotelbar saß, hatte ich keine Lust mehr, mit ihm über Mord und Totschlag zu diskutieren. Leise Klaviermusik, angenehme, gedämpfte Beleuchtung. Das Hotel war gar nicht so übel. Wir tanzten sogar miteinander. Einen Walzer, ganz konservativ, und einen etwas misslungenen Tango. Jan küsste mich. Und er küsste gut, besser als alle meine früheren Liebhaber. Zu später Stunde legten wir sogar einen fast perfekten Rock 'n' Roll aufs Parkett.

Allerdings schaffte er es, mich zu später Stunde noch zu verärgern. Als ich das Gespräch irgendwann doch auf die beiden ungeklärten Todesfälle brachte, sagte er barsch: „Das ist kein Spiel, Joe. Es handelt sich um einen sehr ungewöhnlichen Fall. Der Mörder läuft noch frei herum und wird auch nicht davor zurückschrecken, dich zu beseitigen, wenn du dich weiterhin einmischst. Die zweite Tat deutet daraufhin, dass wir es mit einem völlig skrupellosen und sadistischen Täter zu tun haben."

„Mit einem Soziopathen, meinst du wohl", sagte ich arrogant. Seine Worte hatten mich fatal an Gustavs Ermahnungen erinnert. Diese überheblichen Kriminalbeamten hingen mir allmählich zum Hals heraus.

„Ich bezweifle außerdem, dass wir auf der Suche nach einem Mörder sind. Ich denke, es gibt zwei Täter“, fuhr er fort, mich zu belehren. „Chefinspektor Mahringer, mit dem ich vorhin telefoniert habe, teilt meine Meinung. Er macht auf mich einen sehr fähigen Eindruck. Ich bin gespannt auf unser morgiges Treffen. Durch deine Einmischung verkomplizierst du die Ermittlungen. Warum willst du meinen Kollegen unbedingt das Leben schwer machen?“

„Gustav Mahringer war meine erste Liebe. Was sich jetzt zwischen uns abspielt, geht dich nichts an“, sagte ich trotzig.

„Sei nicht so kindisch, Joe. Du bist wie dein Vater. Wir führen hier kein Melodram auf. Wir haben es mit zwei Morden zu tun.“

„Wen meinst du mit ‚wir‘?“

„Die Linzer Kripo und mich. Keinesfalls dich.“

Ich konnte meine Enttäuschung nicht verbergen, hatte ich doch gehofft, wir würden auch dieses Mal gemeinsam ermitteln. Er schien meine Gedanken lesen zu können und streichelte zaghaft meine Hand. Ich schaute ihm kurz in die Augen, bevor ich ihm meine Hand entzog, nach meinem Glas griff und ihm zuprostete.

Jan stand auf, kippte sein Achtel im Stehen, holte tief Luft, verschluckte sich. Seine Worte gingen in heftigem Husten unter.

Widerwillig folgte ich ihm hinauf in sein Zimmer im ersten Stock. Kaum hatten wir die Tür hinter uns geschlossen, begann ich, ihm von Albert zu erzählen: „Schade, dass du ihn heute nicht näher kennenlernen konntest. Er war und ist Mamas Liebling. Sie verwöhnt ihn bis heute nach Strich und Faden. Franzi wurde immer benachteiligt, war das ungeliebte Kind. Sie ist nicht nur von Walpurga, sondern auch von Philip geschlagen worden. Du solltest dir Albert selbst genauer ansehen. Meiner Meinung nach ist er psychisch krank. Ich tippe auf eine endogene Depression, die hat er bestimmt von seinem Vater geerbt. Diese Adeligen sind alle degeneriert."

„Zu viel Inzucht, so wie bei den einsamen Bergbauern", murmelte Jan.

„Albert hat sich seit meiner Ankunft sehr eigenartig benommen. Ich fürchte mich ein wenig vor ihm." Und dann erzählte ich ihm endlich von Alberts eigenartigem Schuldbekenntnis an jenem Abend vor ein paar Tagen. „Er ist ein Spinner, würdest du sagen. Für mich steht fest, dass er nicht nur an einer Depression leidet, sondern auch an einer schweren Zwangsneurose mit gleichzeitig auftretenden angstneurotischen Symptomen. Wahrscheinlich hat er sogar eine massive Persönlichkeitsstörung."

„Aber er ist kein Mörder. Das willst du mir doch gerade sagen, oder?"

„Genau."

"Und Mario?"

„Vergiss den Jungen. Er ist eine starke Persönlichkeit, sonst hätte er es nicht so gut geschafft, sich in diesem Irrenhaus zu behaupten. Ihm trau ich erst recht keinen brutalen Mord zu."

„Ich weiß zu wenig über ihn. Er scheint mir ein bisschen jähzornig zu sein."

„Seine Mutter ist lieb zu ihm gewesen, solange sie nüchtern war. Hatte sie zu viel getrunken, jammerte sie ihn an. Ich nehme an, sie hat ihn aus Schuldgefühlen heraus verzärtelt."

„Drogenproblem?"

„Nein. Er ist clean. Dafür lege ich meine Hand ins Feuer."

Wir lagen angezogen auf dem großen Doppelbett. Serner ging mehrmals hinaus auf den Balkon, um eine seiner geliebten filterlosen Gauloises zu rauchen. Ich wollte nicht mehr rauchen. Irgendwann nickte ich ein.

Im Halbschlaf begann ich wieder, Dr. Braunsperger zu verdächtigen, Philip ermordet zu haben, und klagte die Baronin der Beihilfe an. Allerdings traute ich den beiden den Mord an Heinz nicht zu. Als ich Jan meine neue, im Halbschlaf gewonnene und, wie mir schien, ungeheuer wichtige Erkenntnis mitteilte, lächelte er und strich mir die Haare aus der Stirn.

„Mir gefällt es gar nicht, dass Victor auf diese Frau so abfährt. Was hat sie nur an sich, das er so unwiderstehlich findet? Begreifst du das, Jan? Sie ist eine unförmige, unattraktive alte Frau, und trotzdem flippt mein schöner Herr Papa bei ihrem Anblick buchstäblich aus."

„Bist du etwa gar eifersüchtig?", fragte er.

„Grins nicht so blöd. Ich meine es ernst." Unwillig richtete ich mich auf und zündete mir trotzig eine von seinen Zigaretten an. Ich hatte in den letzten Tagen so viel geraucht, dass mir die Brust weh tat. Nach einigen Zügen dämpfte ich sie wieder aus.

Jan umarmte mich zögernd und fragte: „Bist du sehr müde?"

„Ja, ich will endlich schlafen."

„Wunderbar", sagte er grinsend und streichelte mein Gesicht und meine Haare.

Ich hatte es noch nie leiden können, wenn mir Männer den Kopf tätschelten. Ich kam mir dabei immer vor wie ein verblödeter kleiner Hund.

Jans Lippen näherten sich meinem Mund.

„Ich habe gesagt, ich möchte schlafen", zischte ich ihn an.

Er legte sich auf mich, presste seine Lippen auf meine.

Ich boxte ihn in die Rippen. „Lass mich in Frieden."

Jan setzte sich auf und schaute mich mit diesem forschenden Kripo-Blick an, den ich nicht leiden konnte.

„Was ist los?", fragte er.

„Nichts."

„Okay. Lass mich mal rekapitulieren, was du mir erzählt hast. Dieser Philip hatte anscheinend eine Vorliebe für junge Mädchen. Hat er es auch bei dir versucht?"

„Was meinst du?"

„Na, dich zu verführen."

„Sehr vornehm ausgedrückt. Nein, hat er nicht."

„Aber du glaubst, dass er Franzi vergewaltigt hat?"

„Ich weiß nicht mehr, was ich glauben soll", sagte ich unwirsch. „Ich hatte den Eindruck, dass sie Theater spielte, als ich sie im Knast besuchte. Vielleicht, weil ich ähnliche Vorstellungen meines Vaters dutzende Male erlebt habe? Das schauspielerische Talent hat sie eindeutig von ihm geerbt. Ich bin echt froh, eher nach meiner vernünftigen Mutter geraten zu sein."

Jan legte den Arm um meine Schulter, sah mich liebvoll an und flüsterte: „Ich auch."

„Hier ist es so stickig. Mir ist heiß", sagte ich und zog meinen warmen Fleece-Sweater aus. Jan verstand mich wieder falsch. Er versuchte sofort den Reißverschluss meiner schwarzen Jeans zu öffnen.

„Lass das", fuhr ich ihn an.

„Ich wollte ... nur helfen", stotterte er.

„Danke, das kann ich selbst." Doch anstatt mich auszuziehen, schlüpfte ich wieder in meinen Sweater, zog die schwarzen Stiefeletten an und sprang auf.

„Ich schlafe heute Nacht besser in meinem eigenen Bett", sagte ich und verließ das Zimmer.

Kaum hatte ich den beleuchteten Hoteleingang ein paar Meter hinter mir gelassen, umfing mich kalte Dunkelheit. Ein eisiger Wind kam auf. Ich ging schneller.

Der Regen erwischte mich kurz vor der Abbiegung zum Schloss. Ich verfluchte meine Sturheit. Wie gern hätte ich mich jetzt unter der dicken Daunendecke in Serners Arme gekuschelt. Aber ich hatte ja wieder einmal meinen Kopf durchsetzen müssen.

Er hätte mich heimfahren oder wenigstens zu Fuß begleiten können, dachte ich wütend. Fluchend kämpfte ich mich weiter durch Regen, Wind und Finsternis.

Wahrscheinlich hatte er geglaubt, ich würde nur drohen und gleich wieder reumütig zu ihm ins Bett zurückkehren. Aber ich war noch nie einem Mann nachgelaufen. Auch damals, als ich endlich kapiert hatte, dass Albert in meine Mutter verliebt war und mich nur als kümmerlichen Ersatz für sie betrachtete, hatte ich das Interesse an ihm verloren.

Hinter mir leuchteten Scheinwerfer auf. Ich drehte mich um, starrte entsetzt in das gespenstische bläuliche Weiß. Instinktiv entschied ich mich für den schlammigen Straßengraben. Ich hatte zu viele negative Erfahrungen mit betrunkenen Autofahrern am Attersee hinter mir. Außerdem musste ich unwillkürlich an den Geländewagen denken, der mich schon einmal verfolgt hatte.

Plötzlich wurde das Licht schwächer. Der Fahrer hatte zumindest abgeblendet, war also nicht total besoffen. Das Geräusch des Motors kam näher. Ich drehte mich um. Der Wagen hielt neben mir. Die Tür auf der Beifahrerseite öffnete sich.

„Steig ein“, sagte Jan.

Durchnässt und frierend, hatte ich keine Lust, auf stur zu spielen. Im Gegenteil, ich war heilfroh, dass er endlich gekommen war.

Jan fuhr ein paar Meter bergan, hielt in einer Ausweichkurve und bot mir eine Zigarette an. Wir saßen schweigend im Auto und rauchten. Der Rauch nebelte uns ein. Wegen des heftigen Regens konnten wir kein Fenster öffnen. Er ließ den Motor laufen und das Standlicht an. Dicke Tropfen knallten auf die Windschutzscheibe.

Gebüsch und Unkraut überwucherten den Maschendrahtzaun zu unserer Linken. Rechts vor uns stand eine halb verfallene Hütte.

Jan brach als erster das unangenehme Schweigen. „Sind wir hier überhaupt richtig? Ich sehe weit und breit kein Schloss“, sagte er.

„Die Nebengebäude des Schlosses sind im Zweiten Weltkrieg abgebrannt. Der verstorbene Baron hat eine Scheune und einen Werkzeugschuppen wieder aufbauen lassen. Ich glaube, wie stehen direkt vor der Scheune“, sagte ich.

Nachdem ich meine Zigarette aus dem Fenster geschmissen hatte, fragte ich ihn: „Warum verdächtigt eigentlich niemand diesen überheblichen Doktor? Ich hatte gestern ein längeres Gespräch mit ihm. Auch er hatte gute Gründe, Philip zu hassen. Er behauptete, dass sich Philip selber aufgespießt hätte, dass er daran aber nicht gestorben sei. Seiner Version nach ist Philip unglücklich gestürzt und hatte einen Genickbruch. Warum ist er sich dessen so sicher? Was sagen die Gerichtsmediziner dazu?“

„So weit sind sie noch nicht. Es wird ein paar Tage dauern, bis wir konkrete Ergebnisse bekommen.“

„Trotzdem habt ihr eindeutig Mario im Visier. Gibt es irgendwelche Hinweise, von denen ich nichts weiß? Gustav hat mir bereits erzählt, dass Marios Alibi nicht hieb- und stichfest ist.“

Jan ließ sich Zeit mit seiner Antwort, warf seinen Tschik aus dem Fenster und verriet mir dann, dass Gustav herausgefunden hatte, dass Mario seinen Koch gebeten hatte, ihm ein Alibi für die Tatzeit zu geben. „Bei seiner ersten Einvernahme hatte der Typ behauptet, Mario wäre den ganzen Abend hinter der Theke gestanden. Nachdem ihn dein Gustav mit ein paar Jugendsünden konfrontiert hatte, begann der junge Mann wie ein Lercherl zu singen und gab an, Mario an jenem Abend mindestens eine Stunde lang aus den Augen verloren zu haben. Zufällig genau zur Tatzeit. Dass Marios BMW oben beim Schloss auch ungefähr zur Tatzeit gesehen wurde, hat dir Gustav wahrscheinlich schon verraten.“ Jan sprach ganz sanft und sah mich dabei unsicher an.

„Liebst du mich?“, fragte ich ihn ganz unverblümt.

„Ja.“

„Dann kannst du nicht ernsthaft glauben, dass mein Neffe ein Mörder ist."

„Sehr logisch", sagte er und umarmte mich. „Nur weil Mario kein Alibi für die Tatzeit hat, muss er Philip noch lange nicht ermordet haben."

„Traust du ihm denn überhaupt einen Mord zu?"

Jan zögerte. Aber er zögerte nicht zu lange. Sein „Nein" klang überzeugend.

Meine Belohnung für sein Vertrauen in meinen Neffen erfolgte mindestens so schnell wie sein „Nein". Ich kletterte über den Steuerknüppel und setzte mich auf ihn. Viel mehr brauchte ich nicht zu tun. Während Jan seine Hose loszuwerden versuchte, brachte ich ihn mit meinen Küssen außer Atem.

Das größere Problem waren meine hautengen Jeans. Ich schaffte es nicht, sie auszuziehen, stieß immer wieder mit dem Kopf an die niedrige Decke der DS. Schließlich öffnete ich die Tür und zog meine Jeans draußen im strömenden Regen aus.

Als ich zitternd und fröstelnd wieder auf seinem Schoß saß, rührte sich nicht mehr allzu viel bei ihm. Lachend umarmten wir uns und blödelten eine Weile herum. Wir überlegten sogar, uns in die verfallene Scheune zu flüchten.

Seine Küsse wurden bald leidenschaftlicher. Seine Lippen und seine Zunge spielten mit meinen Brüsten, trieben ein raffiniertes Spiel mit ihnen. Zärtlich streichelte er meinen Bauch und die Innenseiten meiner Schenkel.

Ich wollte schreien, doch kein Laut entkam meinem Mund. Ich konnte mich nicht bewegen, war eingeklemmt zwischen der Decke, dem Steuerknüppel und der Tür.

Er schob mich ein Stück höher. Das Lenkrad bohrte sich in mein Kreuz, während er meine Scham liebkoste. Ich stöhnte, allerdings weniger aus Leidenschaft als vor Schmerz. Meine Beine waren eingeschlafen. Ameisen krochen auf ihnen hoch. Und meinem verletzten Knie behagten diese akrobatischen Verrenkungen ebenfalls nicht.

Jan hielt inne, öffnete die Tür auf seiner Seite und hob mich hinaus in den strömenden Regen, stieg danach selber aus und gab mir mit einem sanften Druck seiner Hände zu verstehen, dass ich mich auf den Fahrersitz knien solle. Als ich mich umdrehte, sah ich, wie das Wasser über sein Gesicht lief, seine fast unbehaarte Brust hinunterrann, seinen Bauch entlangperlte und auf sein Glied und seine Schenkel tropfte.

Ich versuchte, mich dem Rhythmus seiner Bewegungen anzupassen. Seine Stöße waren heftig. Doch ich war zu verkrampft und jammerte wegen meines wehen Knies.

Jan missverstand die leisen Töne, die ich von mir gab. Er beeilte sich, half mir gleich danach aus dem Wagen und reichte mir meine feuchten Sachen. Er zitterte am ganzen Körper, als er in seine Hose schlüpfte und sein Hemd zuknöpfte.

Mit dem nassen Haar und dem hängenden Schnurrbart ähnelte er einem Seehund. Ich hatte Mühe, ernst zu bleiben, als ich ihm anbot, bei mir im Schloss zu übernachten. „In diesen klitschnassen Klamotten lass ich dich nicht zurück ins Hotel fahren." Er nahm die Einladung dankbar an.

Zum Glück gab es an diesem Abend warmes Wasser in meinem Bad. Als wir zu zweit in der großen Wanne lagen und uns gegenseitig abschrubbten, sagte ich lachend: „Was sind wir nicht für alte Idioten. Hier hätten wir es wahrlich gemütlicher gehabt."

Er betrachtete meine Worte als Aufforderung, es gleich noch mal miteinander zu machen. Ich stieß seine Hände weg und jagte ihn ins Bett, kuschelte mich aber unter der Decke eng an ihn, umschlang ihn mit meinen Armen und Beinen und hoffte, dass sein Zittern bald aufhören würde. Trotz des heißen Bades schien er nach wie vor zu frieren.

Wir verbrachten eine sehr unruhige Nacht miteinander. Das Bett war viel zu schmal für zwei Erwachsene. Jedes Mal, wenn er sich umdrehte, wachte ich auf und drehte mich ebenfalls um. Obwohl wir fast aufeinander lagen, versuchte er nicht, mich noch einmal zu verführen. Auch ich sehnte mich nur mehr nach Schlaf. Zum Glück schnarchte er kaum.

Sommer 1979

Der Konzertsaal befindet sich unten im linken Trakt des Schlosses.

„Eigentlich sieht dieser Raum genauso unbenutzbar aus wie die Räume in den oberen Stockwerken“, sagt Victor.

„Von der Renovierung ist tatsächlich nicht viel zu bemerken“, gibt Gisela ihm recht.

„Diese Kammermusikabende sind auch keine Konkurrenz für die Konzertabende im Rittersaal von Schloss Kammer“, lästert Victor weiter.

Joe, die mit ihren Eltern den leeren Saal besichtigt, sieht ihren Vater verwundert an.

„Walpurga schafft es in den Sommermonaten, immerhin dreißig bis vierzig Leute pro Abend ins Schloss zu locken“, sagt Gisela. „Ich bin gespannt, wie viele Leute heute kommen werden.“

Am Abend zieht eine Gewitterfront übers Salzkammergut. Als die ersten Besucher eintreffen, ist der Himmel bereits schwarz.

Während Beethovens Mondscheinsonate geht es dann richtig los. Die hohen Fenster werden von wilden Blitzen hell erleuchtet. Der Hagel prasselt an die dünnen Scheiben. Donnergrollen übertönt die sensible Musik. An einigen Stellen der Decke fällt der Verputz runter.

Plötzlich gehen alle Lichter aus. Die Fackeln an den Wänden erzittern, spenden nur mehr notdürftig Licht. Unheimliche Schatten, verzerrte Fratzen und verrenkte Körper erscheinen auf den weiß getünchten Wänden. Einige Gäste verlassen trotz des Hagels fluchtartig den Saal. Die Musiker hören zu spielen auf.

Trotzdem besteht Philip Mankur, wie an jedem Konzertabend, darauf, zuletzt ein Lied zum Besten zu geben. Joe und Franzi schließen eine Wette ab, welches der Lieder, die er noch im Repertoire hat, Philip singen wird. An diesem Abend lässt es sich Philip, trotz der bröckelnden Mauern und der Massenflucht der Gäste, nicht nehmen, „Ach, wie so herrlich zu schauen sind all die reizenden Frauen" aus „Eine Nacht in Venedig" von Johann Strauß zu trällern. Als Zugabe schmettert er dem flüchtenden Publikum eine Arie aus Kálmáns „Zirkusprinzessin" nach. Als Philip bei „kommt, kommt, ihr holden Frauen" angelangt ist, krümmen sich Franzi und Joe vor unterdrücktem Gelächter. Selbst Albert, der nach dem Kurzschluss mit einer Taschenlampe in den Saal geeilt ist und jetzt hinter ihnen steht, kann sich nicht mehr beherrschen. Beim zweiten Refrain laufen sie zu dritt lachend aus dem Konzertsaal.

Albert lädt sie in sein Zimmer ein. Öffnet eine Flasche Wein und dreht sogar einen Joint für sich und die beiden Mädchen. Sie hören gemeinsam Musik von Cream, Emerson, Lake and Palmer und The Clash. Trinken Wein und teilen den Joint.

Joe scheint rundum glücklich zu sein. Summt: „Don't bogart that joint, my friend ..." und kichert vergnügt, als Albert zum Plattenspieler eilt und die Filmmusik von „Easy Rider" auflegt.

Als das Gewitter endlich vorbei ist, schlägt Joe vor, schwimmen zu gehen. „Der See ist nie so warm wie nach einem Gewitter, behauptet zumindest eure Mutter. Außerdem liebe ich es, nachts auf den See hinauszuschwimmen."

Franzi zieht ein langes Gesicht. „Ich würde lieber einen zweiten Joint rauchen", sagt sie.

Joe gibt nicht nach. „Einmal mit euch beiden abends am See ..., davon habe ich in den letzten Monaten oft geträumt."

„In zehn Minuten treffen wir uns vor der Scheune. Wir nehmen Mamas Auto“, sagt Albert.

Franzi und Joe gehen sich umziehen. Schlüpfen in ihre Bademäntel und warten vor dem überdachten Garagenplatz bei der Scheune auf Albert.

Das Gewitter hat sich an den Traunsee verzogen. Die ersten Sterne zeigen sich am Himmel. Joe friert, will es aber nicht zugeben. Zappelt nervös herum.

Sie warten eine Viertelstunde. Dann verlässt Franzi die Geduld. „Sein akademisches Viertel ist vorbei“, sagt sie. „Ich schau mal, was mit ihm los ist. Du wartest hier.“

Auch Franzi kommt nicht wieder. Joe wartet noch eine Viertelstunde. Ihre Finger und ihre Füße sind klamm. Sie zittert am ganzen Körper. Nach weiteren fünf Minuten hat sie es satt, auf diese unzuverlässigen Welschenbachs zu warten, und geht auf ihr Zimmer.

13. Kapitel

Was für ein schöner, fast nebelfreier Tag! Ein paar spinnwebenartige Wolken zogen über den Laubwald unterhalb der Terrasse. Trotz des herrlichen Morgens wollte ich nicht aufstehen. Ich spürte alle meine Glieder. Serner war ebenfalls vollkommen gerädert. Er hatte seit Jahren Probleme mit seinen Bandscheiben. Nach unseren nächtlichen Sexspielen tat ihm das Kreuz schrecklich weh. Er konnte weder sitzen noch stehen, ohne das Gesicht schmerzvoll zu verziehen. Ich verspottete ihn, gab aber nicht zu, dass ich ebenfalls Rücken- und vor allem Knieschmerzen hatte. Wir waren eben beide zu alt für solch jugendliche Leidenschaft.

Etwas schuldbewusst küsste ich seine zerkratzte Brust, als uns das laute Klingeln der Türglocke aufschrecken ließ. Rasch schlüpfte ich in meine Jeans und zog ein langärmliges T-Shirt über. Jan eilte mit offener Hose und verknittertem Hemd hinter mir her.

Walpurga hatte Gustav inzwischen in den Salon geführt. Sein Besuch in aller Herrgottsfrüh bedeutete sicher nichts Gutes.

Unsere Begrüßung fiel kurz und etwas verlegen aus. Er sah mir nicht in die Augen, sondern starrte auf meine Brüste, die sich deutlich unter dem engen Shirt abzeichneten. Gustav dürfte mittlerweile kapiert haben, dass ich mit Jan liiert war. Die beiden Männer verstanden sich blendend.

Es war offensichtlich, dass Gustav mit Jan allein sprechen wollte. Demonstrativ blieb ich mit meinem Kaffee in meinem Lieblingsfauteuil beim Kamin sitzen und verwickelte sie in eine lockere Plauderei.

Jan verlor als erster die Geduld. „Joe, würdest du uns bitte einen Augenblick allein lassen?“

Ich sah Gustav fragend an. Er blickte zu Boden.

„Warum sagt ihr nicht gleich, dass ich euch störe.“

Grinsend eilte ich hinaus und hinauf in Franzis Zimmer. Dort gab es einen Platz, von dem aus man die Gespräche der Leute unten im Salon wunderbar belauschen konnte. Franzi und ich waren abends oft stundenlang hier gehockt und hatten den Erwachsenen zugehört.

Kaum hatte ich ihr Zimmer betreten, schreckte ich zurück.

Die Veränderungen, die sie in ihrem Zuhause vorgenommen hatte, waren minimal. Das Zimmer war mit fernöstlichem Tand, indischem, japanischem und chinesischem Kitsch dekoriert. Die Wände waren zugekleistert mit Posters von Rockstars, alten Fotos und Regalen voller Jugendbücher. Vor allem die unzähligen Stofftiere erinnerten mich zu sehr an das Jungmädchenzimmer von einst. Mich irritierte, dass Franzi als fünfundvierzig Jahre alte Frau in so einem Raum leben konnte.

Am Kopfende des Bettes thronte Franzis einäugiger, ziemlich glatzköpfiger Teddy namens Maxi. Als Kind war sie nie ohne Maxi ins Bett gegangen. Wuschelige Lämmchen, eine süße Robbe und ein herziges einarmiges Äffchen saßen in trauter Eintracht auf der Kommode. Ein schwarzer Panther, einige Mäuse in diversen Größen und ein sehr harmlos aussehender Löwe beanspruchten Sessel und Sofa für sich. In der Ecke, neben dem offenen Kamin, hockte ein über einen Meter großer Eisbär. Er stammte vom Schörflinger Kirtag. Philip hatte ihn einst am Schießstand gewonnen und ihr geschenkt. Franzi hatte ihn nach ihrem Bruder Albert getauft.

Schon mit vierzehn hatte ich Franzis Privatzoo unpassend gefunden. Sie hatte damals das Bett mit einigen dieser Schmusetieren geteilt, ihnen all die Wärme und Zärtlichkeit gegeben, die sie selbst zu Hause vermisst hatte. Wenn ich meine Freundin zufällig dabei erwischt hatte, wie sie ihre verstaubten Stofftiere abschmuste, hatte mir immer gegraust.

Ich nahm mir eines von den riesigen roten Kissen, setzte mich und hielt mein Ohr an das Luftgitter neben dem offenen Kamin. Dieser alte Lüftungsschacht war wirklich ideal für einen Lauschangriff.

Zwar konnte ich nicht Wort für Wort verstehen, doch die paar Satzfetzen, die ich mitbekam, reichten aus, um mir einen Reim zu machen. Es ging vor allem um den Mord am Fischer-Heinz. Gustav hatte bei der Befragung der Hotelangestellten im Unterberger einiges in Erfahrung gebracht. Ein Stubenmädchen hatte ihm eine interessante Geschichte über den Roither-Bauern erzählt. Dieselbe Geschichte hatte ich bereits von den alten Damen im Kaffeehaus gehört. Heinz schien tatsächlich der leibliche Sohn des Roither-Bauern gewesen zu sein. Hatte etwa der Vater den eigenen Sohn umgebracht? Ich konnte das nicht glauben.

Inzwischen waren die beiden bei einem anderen Thema angelangt. Jan wollte mehr über das Verhältnis zwischen Heinz und Albert wissen.

Gustav fasste sich kurz: „Sie sind gleich alt, haben zusammen die Volksschule besucht und waren als Kinder befreundet. Als Jugendliche haben sie so manchen Joint miteinander geteilt. Sie haben aber schon damals kaum mehr miteinander geredet. Die Liebe zum Joint war das einzige, was sie gemeinsam hatten, wage ich zu behaupten. Ich war damals sozusagen ein Freund der Familie."

Bei dieser eleganten Formulierung musste ich mir ein ironisches Lächeln verkneifen.

„Habt ihr in seinem Haus irgendwelche interessanten Hinweise gefunden?"

„Die Durchsuchung von seiner Hütte hat tatsächlich was gebracht. Allerdings haben wir weder Blutspuren noch sonstige Anzeichen einer Gewalttat entdeckt. Die ganze Hütte ist eine einzige Müllhalde. Der Typ hat jahrelang nicht aufgeräumt oder geputzt. Das Klo war verstopft. Es hat fürchterlich gestunken. In der Küche machten sich Fliegen und

Schaben über das dreckige Geschirr her. Ich kann mir nicht vorstellen, dass er zuletzt noch dort gewohnt hat. Wahrscheinlich hatte er sich längst eine andere Bleibe gesucht."

„Und wie sieht es mit Drogen aus?"

„Wir sind auf etwas gestoßen, das zumindest auf eine gewisse Verbindung zwischen Heinz und Albert schließen lässt. Wir haben ein paar hundert Gramm Haschisch, Ecstasy-Tabletten und ein viertel Kilo Kokain sowie eine Liste seiner Kunden gefunden. Und dreimal darfst du raten, wessen Name auf dieser Liste steht."

„Ich hoffe nicht Mario oder Franzi."

„Nein, aber Albert."

„Und was schließt du daraus?"

„Es gab eine zweite Liste. Weniger lang als die erste. Der Heinz verdiente sich mit kleinen Erpressungen etwas dazu. Unter anderem hat er wahrscheinlich die Baronin mit Alberts Drogenproblem erpresst. Sie bezahlte brav überhöhte Preise für die Fische, die er ihr regelmäßig brachte."

Plötzlich vernahm ich Walpurgas Stimme. Hatte sie an der Tür gelauscht?

Sie klang sehr aufgebracht, als sie sagte: „Verzeihung, meine Herren, ich möchte nicht stören. Ich wollte Ihnen gerade einen Kaffee bringen und habe unfreiwillig Ihren letzten Satz mitangehört."

Seit wann war sie mit Gustav per Sie, fragte ich mich und überhörte prompt den Beginn von Walpurgas Antwort.

„... eine völlig harmlose Geschichte, eher eine Art Sozialhilfe meinerseits."

„Erpressung gehört zwar nicht zu den schlimmsten, aber zu den widerlichsten Verbrechen. Neid und Geldgier sind dermaßen niedrige Beweggründe", bemerkte Serner.

„Ja, natürlich", warf Walpurga ein. „Aber Sie glauben doch nicht im Ernst, ich würde wegen fünf, sechs Euro in der Woche einen Menschen umbringen?" Ihre Stimme wurde schriller, als sie fortfuhr: „Und Albert hat mit dieser schrecklichen Geschichte überhaupt nichts zu tun. Sie verdächtigen ihn hoffentlich nicht ernsthaft?“

Gustavs Antwort konnte ich leider nicht verstehen. Er sprach sehr leise.

„Sind Sie wahnsinnig geworden?“, kreischte Walpurga.

Jan und Gustav beteuerten gleichzeitig, dass weder sie noch Albert ernsthaft unter Verdacht stünden, setzten ihr aber wegen Alberts Drogenproblem weiter heftig zu.

„Albert ist nicht süchtig. Er experimentiert nur gern mit den verschiedensten Pillen. Es geht ihm um Bewusstseinserweiterung. Fragen Sie ihn selbst. Er kann es Ihnen viel besser erklären als ich.“

Ob Albert von dieser Erpressung gewusst hatte? Ich bezweifelte es. Walpurga hatte ihren weltfremden Sohn sicher mit solchen Nichtigkeiten verschont.

Walpurga schien die Kriminalbeamten allein gelassen zu haben, denn ich hörte nun Gustav über Albert herziehen. Er nahm kein Blatt vor den Mund: „Er ist ein Verrückter, aber sag das ja nicht Joe. Sie nimmt ihn heute noch in Schutz. Er scheint bei Frauen mütterliche Beschützerinstinkte zu wecken. Auch ihre Mutter hat ihn früher immer verteidigt, wenn wir ihm Streiche gespielt haben. Er war schon als Junge nicht ganz zurechnungsfähig.“

Ich spürte, wie mir bei dieser Unterstellung vor Zorn das Blut in die Wangen schoss. Dann musste ich plötzlich schmunzeln. Genau diese Reaktion hatte Gustav mir ja gerade unterstellt.

Dem angesehenen Roither-Bauern, der die letzte Bürgermeisterwahl knapp verloren hatte, traute der Herr Chefinspektor offenbar keine solche bestialische Tat zu. „Das ist die Tat eines Unzurechnungsfähigen!“, betonte er noch einmal.

Es klopfte. Ich zuckte zusammen. Ehe ich mich von dem großen, weichen Polster erheben konnte, schloss mein Vater die Tür hinter sich. Lächelnd legte er den Zeigefinger auf seine Lippen und kam auf Zehenspitzen näher.

„Wusstest du immer schon, dass man von hier oben lauschen kann?“, flüsterte ich erstaunt.

Er grinste übers ganze Gesicht und nickte.

„Also deswegen waren eure Gespräche immer so todlangweilig!“, sagte ich leise.

„Es gab auch erzieherische Maßnahmen auf diesem Weg. Hat wunderbar funktioniert“, flüsterte Victor.

Er holte sich einen zweiten Polster und hockte sich neben mich. Wir pressten beide unsere Ohren an das Gitter.

Jan Serner beklagte gerade, dass die gerichtsmedizinischen Ergebnisse noch nicht da waren. Sie fachsimpelten eine Weile über die Schwierigkeiten mit den Gerichtsmedizinern, dann hörten wir Gustav sagen, er wolle sich bemühen, Jan eine Sondererlaubnis für einen Besuch bei Franzi am Nachmittag zu verschaffen.

Sofort sprangen wir auf. Wir eilten hinunter und warteten eine Minute, bevor wir an die Tür des Salons klopften.

„Seid ihr fertig?“, fragte ich mit Unschuldsmiene. Victor folgte mir mit völlig gleichgültigem Gesichtsausdruck.

Kaum hatte Gustav den Salon verlassen, bestürmten wir Jan, uns nach Linz zu Franzi mitzunehmen. „Ich will und werde meine Tochter heute noch sehen“, sagte Victor. Er klang wie King Lear. Bei „meine Tochter“ versetzte es mir einen Stich irgendwo in der Gegend, in der ich mein Herz vermutete.

„Das wird leider nicht möglich sein, lieber Victor. Es wird schwierig genug sein, diese Sondererlaubnis für mich zu bekommen. Woher wissen Sie übrigens ...?“

Ich nahm ihn beiseite und redete leise auf ihn ein. Auch ich bestand auf einem zweiten Gespräch mit meiner Jugendfreundin. „Letztes Mal wurden wir unterbrochen“, beschwerte ich mich.

Endlich erklärte sich Jan bereit, mich nach Linz mitzunehmen. „Ich kann dir aber nicht garantieren, dass du mit rein darfst.“

Ich versprach meinem protestierenden Vater, ihm am Abend wortwörtlich zu berichten, was Franzi gesagt hatte. Victor bewohnte Marios Jugendzimmer im ersten Stock, gleich neben der Treppe. Da sich Walpurgas Schlafzimmer am Ende des Gangs befand, würde sie von den nächtlichen Umtrieben in ihrem Haus nichts mitbekommen, hoffte ich.

Bevor wir in Regau auf die Autobahn fuhren, machten Jan und ich bei einem Würstelstand in Vöcklabruck halt. Zwar hatten wir beide für fette Würste nicht viel übrig, doch nach diesem anstrengenden Vormittag war uns nach einem deftigen Lunch zumute.

Auf der Fahrt nach Linz redeten wir fast nur über den Mord am Fischer-Heinz. Als Jans Handy läutete, wusste ich sofort, dass Gustav dran war. Jan schaltete die Freisprechanlage ein. Ich verhielt mich mucksmäuschenstill und hörte mit. Der Empfang war nicht gerade der beste. Ständiges Rauschen übertönte Gustavs Stimme. Warum sprach er bloß so schnell und undeutlich? Um Aufmerksamkeit zu erzeugen? Aus Unsicherheit?

Gustav hatte nach seinem Gespräch mit Jan noch einmal Albert und Mario befragt. Er hatte Jan nicht viel Neues zu berichten, zumindest nichts, was ich nicht ohnehin schon wusste. Albert war in Gustavs Augen der Hauptverdächtige. Er hielt ihn für verrückt genug, eine Leiche so übel zuzurichten. Nur über das Motiv waren er und seine Leute sich nicht im Klaren.

„Könntest du noch mal den Untersuchungsrichter anrufen und ihn bitten, dass Joe mit mir zu ihrer Freundin rein darf?“, fragte Jan.

„Muss das sein?“

„Ich bitte dich darum.“

„Okay.“

„Danke dir. Ich werde mich bei Gelegenheit revanchieren.“

„Hey, Darling, das war echt super“, lobte ich meinen Liebsten, wurde aber gleich wieder ernst. „Nehmen wir einmal an, Gustav hat recht. Vielleicht hat der Heinz zufällig gesehen, wie Philip niedergestochen wurde?“

„Erpressung?“

„Er hat andauernd irgendwelche Leute erpresst. Das hat Walpurga ja vorhin selbst zugegeben.“

Jan schien nicht viel von meiner Theorie zu halten. „Ist dir klar, dass du damit Albert unterstellst, auch Philip umgebracht zu haben?“

So absurd, wie es aus Jans Mund klang, war meine Überlegung gar nicht. Zumindest war Albert bisher der einzige, der so etwas wie ein Geständnis abgelegt hatte.

Ich lotste Jan schlecht und recht von der Autobahnabfahrt in die Innenstadt. Wir verfuhren uns nur einmal bei der Abzweigung zum Linzer Bahnhof.

„Du bist eine typische Bahnfahrerin geworden“, scherzte Jan. „Dich zieht es in jeder fremden Stadt zuerst einmal zum Bahnhof.“

„Ich wollte dir nur eine der neueren Linzer Sehenswürdigkeiten zeigen.“

Er warf einen Blick auf die Glas- und Stahlkonstruktion und murmelte: „Interessanter Bau. Kein übler Architekt. Man merkt, dass Linz europäische Kulturhauptstadt ist.“

Als wir bei der Justizanstalt angelangt waren, umarmte ich Jan. „Danke, dass du diesen Besuch für mich gecheckt hast.“

Er drückte mir einen Kuss auf die Stirn und öffnete mir galant die Tür des Grauen Hauses. Die Sicherheitskontrollen schienen mir dieses Mal weniger streng und genau zu sein als bei meinem letzten Besuch. Bester Laune betrat ich mit Jan den Besucherraum.

Franzi erwartete uns bereits. Heute war sie ordentlich gekleidet. Sie trug ein enges, tief ausgeschnittenes dunkelblaues Kleid, das ihre Figur gut zur Geltung brachte. Außerdem hatte sie sich geschminkt. Sie wirkte um mindestens fünf Jahre jünger als vor ein paar Tagen. Meine Freundin hatte sich eben nicht so sehr verändert. Kaum tauchte ein Mann auf, brachte sie ihre Reize zur Geltung.

Während unseres Gesprächs hatte sie nur Augen für Jan. Ja, sie flirtete regelrecht mit ihm, senkte verschämt die Lider, als er sie fragte, ob sie es denn hier so halbwegs erträglich fände. Was für eine blöde Frage! Hätte ich sie gestellt, wäre sie mir bestimmt an die Gurgel gegangen.

Ich musste zugeben, dass Jan sie sehr geschickt befragte. Als er sie mit Marios geplatztem Alibi konfrontierte, verwickelte sie sich in Widersprüche. Einerseits gestand sie, Marios erboste Stimme unten im Salon gehört zu haben, andererseits behauptete sie, das wäre mindestens eine Stunde vor Philips Tod gewesen. Angeblich hatte Mario mit Philip wegen der Finanzierung des Umbaus seiner Bar gestritten und war wütend und unverrichteter Dinge abgezogen.

„Er kann Philip gar nicht umgebracht haben. Ich habe dieses Arschloch später noch mit Albert diskutieren gehört. Ich weiß nicht mehr, worüber die beiden geredet haben. Es hat mich nicht sehr interessiert. Ich habe, wie gesagt, meine Sachen gepackt. Und als ich endlich fertig war, hörte ich, wie Albert den Salon verließ. Philip war da noch am Leben, denn seine Schreie hörte ich erst viel später."

„Wie lange haben Sie denn zum Packen gebraucht?", fragte Jan.

Sie ging ihm in die Falle. „Höchstens eine halbe Stunde", sagte sie, ohne nachzudenken.

„Und was haben Sie vorher in Ihrem Zimmer gemacht? Sie waren mindestens eineinhalb Stunden lang oben, behaupteten aber vorhin, Sie wären nur rauf gegangen, um Ihre Sachen zusammenzupacken."

„Was wollen Sie damit andeuten?", fauchte sie Jan an, schenkte ihm aber gleich darauf wieder einen lasziven Blick.

„Wenn Mario eine Stunde vor Albert mit Philip im Salon war, dann müssen Sie mindestens eineinhalb Stunden mit Packen verbracht haben."

„Haben Sie eine Ahnung, wie lange eine Frau braucht, um die richtige Garderobe auszuwählen!“, sagte sie mit einem triumphierenden Lächeln.

So würden wir nicht weiterkommen. „Warum nimmst du Albert in Schutz?“, schaltete ich mich ein.

„Halt die Klappe, Joe. Du weißt nichts. Absolut nichts. Bildest dir nur ein, alles zu durchschauen. Schon als Kind hast du mich damit zur Weißglut gebracht“, sagte sie zu mir.

„Ich finde es etwas eigenartig, dass Sie Philip, Mario und Albert so eindeutig an ihren Stimmen identifizieren konnten, Joe gegenüber aber behauptet haben, dass Sie nicht wissen, mit wem Philip gestritten hat, bevor Sie runter in den Salon geeilt sind.“

Am liebsten hätte ich Jan in diesem Moment geküsst. Er war eben doch ein guter Bulle.

Franzi schien es die Sprache verschlagen zu haben. Sie schwieg, starrte Jan und mich abwechselnd böse an.

„Ich würde gern mehr über Ihre Beziehung zu Ihrem Bruder wissen“, sagte Jan.

„Darüber gibt es nicht viel zu sagen“, antwortete sie trotzig. „Albert ist etwas exzentrisch. Er funktioniert nicht so wie andere Menschen, er ist viel komplizierter – das kann Joe Ihnen besser erklären als ich“, fügte sie zynisch hinzu. „Aber vielleicht sollten Sie dieses ganze Psycho-Zeugs einfach vergessen. Albert hat Philip nicht ermordet, das weiß ich, und damit basta.“

„Also haben doch Sie Ihren Stiefvater …?“

„Nein!“

Jan blickte mich hilfesuchend an. Ich räusperte mich und stellte die für mich alles entscheidende Frage: „Und damals im Bootshaus?“

Sie gab mir keine Antwort, schloss die Augen und atmete so leise, als schliefe sie.

„Wer hat dich damals vergewaltigt? Bitte sag es mir. Es ist wichtig. Wichtig für dich. Womöglich wirst du des Mordes an Philip angeklagt werden. Missbrauch, auch wenn er lange zurückliegt, könnte dir zu einer milderen Strafe verhelfen."

Sie schüttelte den Kopf.

„Wer war es? Der Braunsperger?", fragte ich. „Oder gar der Herr Pfarrer? Es war ein erwachsener Mann."

„Ach Joe, lass es gut sein. Was du damals gesehen hast, hat mit dem Mord an Philip nichts zu tun. Du wirst unsere Familie nie verstehen. Du kannst bei uns nicht dieselben Maßstäbe anlegen wie bei anderen Leuten. Wir sind eben alter Adel."

Ich war nahe daran, sie zu erinnern, dass wir beide denselben Vater hatten.

„Joe hat recht. Sie könnten wegen des Missbrauchs mildernde Umstände geltend machen", warf Jan ein.

Franzi antwortete in herablassendem Ton: „Glauben Sie, was Sie glauben wollen, oder was Ihnen meine liebe Schwester eingeredet hat."

Bei dem Wort „Schwester" krampfte sich mein Magen zusammen. Doch ich behielt die Contenance, lächelte nur verlegen.

„Ja, grins nur blöd aus der Wäsche. Du bist ja nicht vergewaltigt worden. Wenn du wüsstest, wer mir das damals angetan hat, würde dir dein Grinsen vergehen."

Jan und ich waren sprachlos.

Ich musste schon seit einer Viertelstunde dringend auf die Toilette und nutze nun das betretene Schweigen, um mich kurz zu verabschieden. Die paar Minuten auf der Toilette erschienen mir wie eine Ewigkeit. Was hatte sie mir sagen wollen? Wer hatte sie missbraucht? Victor! Nein, das konnte nicht sein. Mein Vater war kein Päderast! Nein, nein, nein!

Ich erbrach die Käsekrainer in der Toilette des Gefängnisses. Bevor ich in den Besucherraum zurückkehrte, wusch ich mir das Gesicht und steckte ein Pfefferminzbonbon in den Mund. Franzi erhob sich gerade von ihrem Stuhl, reichte Jan die Hand und sagte: „Es hat mich sehr gefreut, Herr Major. Und es hat mir gut getan, mit Ihnen zu reden.

Ich hoffe, wir werden uns demnächst bei einem erfreulicheren Anlass wiedersehen."

Als sie mich erblickte, sagte sie spöttisch: „Mach's gut, Schwesterlein. Und halt dir diesen Knaben warm. Schlepp ihn bald zum Traualtar. In unserem Alter ist es nicht mehr so einfach, ein passables Mannsbild zu finden."

Sommer 1979

Pünktlich zu Maria Himmelfahrt kommt der Regen. Ein echter Salzburger Schnürlregen ist harmlos, verglichen mit diesem Dauerregen im Salzkammergut. Der Sommer ist vorbei, behaupten die Einheimischen. Auch meine Eltern reden nur mehr über das kommende Schlechtwetter. Ihr Pessimismus ärgert mich maßlos.

Der Abschied vom Sommer bedeutet für mich Abschied von meiner besten Freundin, Abschied von meiner großen Liebe und Abschied von meinem geliebten See.

Die Tage werden kürzer, die Nächte länger. Der trübe Himmel erlaubt keine Abende im Freien mehr. An manchen Abenden wird im Schloss sogar das Feuer in den Kaminen entfacht.

Meine Eltern und die Mankurs spielen abends meistens Bridge im Salon. Es scheint sie nicht die Bohne zu interessieren, dass wir uns langweilen. Da wir Ausgehverbot haben, nicht einmal ins Kino gehen dürfen, haben Franzi und ich beschlossen, heute ein letztes Mal im Bootshaus zu übernachten.

Joe schließt ihr Tagebuch. Versteckt es unter der Matratze ihres Bettes. Schlüpft in ihren Trainingsanzug und geht rüber zu Franzi. Sie packen Schlafsäcke, Luftmatratzen und Pullover in große Seesäcke. Schleichen sich dann in die Küche.

Die alte Kathi ist gerade am Abwaschen. Sie schmiert ein paar Brote und macht eine Thermoskanne voll mit Tee, als die Mädchen sie in ihren Plan einweihen.

Franzi verschwindet kurz. Als sie mit einem prall gefüllten Plastiksack in der Hand zurückkehrt, hat sie es plötzlich sehr eilig, an den See hinunterzukommen.

„Let's go", sagt sie grinsend zu Joe.

Kaum haben sie es sich im Bootshaus gemütlich gemacht, die Luftmatratzen aufgeblasen und die Schlafsäcke darauf ausgebreitet, hören sie eine brummige Männerstimme.

„Regen lockt die Aale an", trällert der besoffene Fischer-Hans, als er kurz vor Mitternacht sein Zeltdach unter den Ästen der alten Eiche aufspannt.

Die Mädchen verziehen verärgert die Gesichter.

„Scheiße! Wollten wir nicht die halbe Nacht lang wach bleiben? Ein paar Tschik rauchen, unsere Wurstbrote essen und die Flasche Rotwein leeren?" Franzi sieht Joe frustriert an. „Daraus wird wohl nichts werden. Der Fischer-Hans wird sicher bis zum Morgengrauen hier bleiben und auf Aale warten."

Der Fischer-Hans hat inzwischen ein Glöckchen auf seiner Angel angebracht.

„Wozu soll das gut sein", fragt Joe.

„Damit er in aller Ruhe ein Nickerchen machen kann. Sobald ein Aal anbeißt, wird ihn das Bimmeln des Glöckchens wecken", sagt Franzi leise.

„Ich mag diese ekeligen Viecher nicht", flüstert Joe.

„Sehen aus wie lange, glitschige Schwänze. Aber Mama liebt fette Aale. Bestimmt steht in den nächsten Tagen Aal gebraten, Aal gekocht, kalter Aal und Aalsuppe auf dem Speiseplan", sagt Franzi.

„Falls er heute Nacht was fängt", wirft Joe ein.

Nachdenklich öffnet Franzi die Weinflasche. Nach ein paar Schlückchen Rotwein hat sie eine geniale Idee. „Er hat uns noch nicht bemerkt. Der ist blau wie ein Veilchen. Lass mich nur machen."

Vorsichtig öffnet sie die Tür des Bootshauses und beginnt, kleine Steine und Äste, die vor der Hütte herumliegen, aufzusammeln. Die Hälfte ihrer Beute gibt sie an Joe weiter, die sofort kapiert, was ihre Freundin vorhat. Beide werfen Steinchen und Stöckchen nach der Angel. Ihre Schadenfreude ist groß, wenn der Fischer-Hans durch das Bimmeln des Glöckchens aufschreckt und dann feststellen muss, dass wieder kein Aal angebissen hat.

Nach dem zehnten Fehlalarm kracht der alte Liegestuhl unter ihm zusammen, als er sich stöhnend hineinfallen lässt. Fluchend und schimpfend packt er sein Angelzeug zusammen und macht sich auf den Heimweg. Franzi umarmt Joe stürmisch und zündet sich eine Zigarette an.

Der Regen lässt nach. In der Ferne halten Frösche im Schilf ihre nächtliche Konferenz ab. Die Nacht ist kühl, aber sternenklar. Die Grillen beginnen wieder zu zirpen.

„Der Sommer ist zurückgekehrt", sagt Joe.

Franzi und Joe rauchen, trinken und tuscheln bis vier Uhr morgens. Joe gesteht ihrer Freundin, dass sie sich seit kurzem selbst befriedigt. Franzi hält Selbstbefriedigung für Kinderkram. Empfiehlt ihrer Freundin, es demnächst mal mit einem Mann zu versuchen. „Probier's mit Gustav", sagt sie kichernd. „Der ist sicher auch noch Jungfrau so wie du."

Obwohl Joe vor Neugier fast platzt, wagt sie es nicht, ihre Freundin zu fragen, ob und wie oft sie es schon mit einem Jungen gemacht hat.

Franzi beantwortet ihre unausgesprochene Frage im nächsten Satz. „Du hast nicht wirklich was versäumt", sagt sie. „Es ist nichts Besonderes, glaub mir. Schwänze sind fast genauso ekelig wie Aale."

„Mit wem hast du ge...bumst, meine ich?", stammelt Joe neugierig.

Franzi trinkt den letzten Rest Rotwein aus der Flasche, dreht ihrer Freundin den Rücken zu und schläft, ohne geantwortet zu haben, ein.

Gut verpackt in ihren Daunenschlafsäcken, schlafen sie seelenruhig und ungestört ihren Rausch aus.

14. Kapitel

Schweigend verließen Jan und ich die Justizanstalt. Erst im Auto wagte ich einen kleinen Scherz: „Sie ist noch verrückter als Victor. Hüte dich vor unserer Familie, kann ich nur sagen."

Jan entkam ein erleichtertes Lachen. Doch er sagte kein Wort, schien sich auf den regen Verkehr in der Linzer Innenstadt zu konzentrieren. Sobald wir auf der Autobahn waren, schlug ich vor, bei der nächsten Raststätte Halt zu machen.

Mir ging das Gespräch mit Franzi nicht aus dem Kopf. Ich versuchte, mich an Philip Mankur zu erinnern. Dieser Mann war mir damals nicht wichtig gewesen. Ich hatte nur sehr verschwommene Bilder von ihm. Da Jan keine Ahnung hatte, was für ein Mensch Philip gewesen war, bemühte ich mich, ihn in all seiner Widersprüchlichkeit zu beschreiben.

„Er war ein typischer Quartalsäufer. In seinen nüchternen Phasen konnte er durchaus unternehmungslustig und witzig sein. Manchmal spielte er sogar stundenlang mit uns Kindern. Allerdings bevorzugte er sadistische Spielchen. Sekkierte uns mit doofen Mutproben. Soweit ich mich erinnere, war er aber recht nett zu Franzi, als sie klein war. Er kaufte ihr alles Mögliche und blödelte viel mit ihr. Franzi wollte ihm natürlich gefallen, bestand fast alle Mutproben, wurde ein sehr tapferes Mädchen. Im Gegensatz zu mir. Ich war schon als Kind ängstlich."

Jan streichelte meine Hand und sagte lächelnd: „Du und ängstlich? Das kannst du jemand anderem erzählen."

„Nichts als Kompensation. Aber es geht jetzt nicht um mich. Als Franzi in die Pubertät kam, begann Philip, sie mehr oder weniger zu ignorieren. Hin und wieder ließ er seine Wut an ihr aus, meistens kümmerte er sich aber nicht um sie. Verständlicherweise hörte Franzi bald auf, ihren Stiefvater anzuhimmeln. Sie machte sich lustig über ihn, wenn er betrunken war. Damals ist es passiert ..., hat er sich an ihr vergangen", sagte ich zögernd.

Ich war mir längst nicht mehr sicher, dass tatsächlich Philip sie vergewaltigt hatte, und Jan hatte den Zweifel in meiner Stimme bemerkt.

„Du hast damals im Bootshaus nur einen männlichen Arsch gesehen?“

„Ja. Aber wer sollte es sonst gewesen sein? Ich glaube, Franzi lügt. Borderline-Patientinnen sind meistens perfekte Lügnerinnen. Auch ich bin bei unserem ersten Gespräch auf ihre Geschichten reingefallen, erst wenn ... “

Als die Kellnerin an unseren Tisch kam, brach ich abrupt ab.

„Red weiter“, bat mich Jan, nachdem wir bestellt hatten.

Ich wollte ihm meinen neuesten Verdacht nicht mitteilen. Es erschien mir selbst so ungeheuerlich, so völlig absurd, dass mein Vater damals ... Diesen Gedanken konnte ich keine weitere Sekunde ertragen. Rasch wechselte ich das Thema.

„Hast du die vielen verblassten Narben auf Franzis Unterarmen gesehen? Sie hat sich als junges Mädchen oft geschnitten, um wenigstens für ein paar Sekunden die Kontrolle über einen tieferliegenden Schmerz zu gewinnen und um sich endlich mal selbst zu spüren. Anschließend hat sie immer völlig ungerührt zugesehen, wie das Blut runtertropfte, während ich jedes Mal ausgeflippt bin, wenn ich ihr dabei zusah. Sie führte sich auf, als ob sie ihr Leiden nichts anginge. Den Zorn auf diejenigen, die ihr all diesen Schmerz angetan haben, hat sie völlig verdrängt. Aber sie hat sich nicht nur geschnitten, sie war auch anorektisch, obwohl sie im Grunde ein molliger Typ war.“

„Anorexie, Selbstverstümmelung, Missbrauch ...“

„Du sagst es. Sie fühlte sich, so wie wir alle in diesem Alter, einsam und unverstanden. Aber sie war völlig unfähig, damit umzugehen. Wenn der Schmerz zu groß wurde, um ihn zu ertragen, hat sie sich eben selbst verletzt. Wenn Philip oder Walpurga sie misshandelten, redete sie sich ein, dass sie es verdient hatte. Schließlich war sie eine notorische Lügnerin, ein schlimmes, freches Kind. Später hoffte sie, wegen ihres guten Aussehens geschätzt zu werden. Sie fühlte sich wertvoller, wichtiger. War selbstbewusst mit fünfzehn. Aber es war ein sehr trügerisches Selbstbewusstsein. Als sie schwanger wurde, hoffte sie vielleicht, sich durch ein Kind endlich selber spüren zu können."

„Sie wurde nach einer Vergewaltigung schwanger", sagte Jan empört.

„Ich weiß. Trotzdem vermute ich, dass ihr die Schwangerschaft kurzfristig sogar über dieses schreckliche Erlebnis hinweggeholfen hat. Endlich kümmerten sich alle um sie, endlich stand sie mal im Mittelpunkt ..."

„Das ist pervers. So kaputt kam sie mir heute nicht vor", unterbrach Jan sie.

„Du hast dich von ihrer Maske täuschen lassen. Du bist auch nur ein Mann", sagte ich lächelnd und fuhr ernsthaft fort: „Walpurga hat meiner Freundin ihren Widerspruchsgeist, ihre Versuche, selbständig zu werden, buchstäblich aus dem Leib geprügelt. In späteren Jahren hat Franzi die Prügel locker weggesteckt. Schläge waren genau das, worauf sie es abgesehen hatte. Sie provozierte ihre Mutter so lange, bis sie endlich zuschlug. Verstehst du, was ich meine?"

„Ein Art Beziehungsangebot?"

„Ja. Und als sie zu alt war für Prügel, hat sie sich mit Drogen und Alkohol selbst fertig gemacht."

„Und was für eine Rolle spielte Philip in diesem Drama?"

„Philips sogenannte Erziehungsmaßnahmen waren viel subtiler als die seiner Frau. Außerdem war er, wie gesagt, ein Sadist. Prügel waren zwar auch angesagt, aber meist bevorzugte er die feinere Klinge. Quälte Franzi mit seinen gemeinen Spielchen, brachte sie zum Beispiel dazu, über eine Leiter auf einen Baum zu klettern, um Obst zu pflücken und nahm dann die Leiter weg. Sie hat sich dort oben im Apfelbaum vor lauter Angst angemacht. Ich war dabei, ich habe damals heulend Victor zu Hilfe geholt. Oder wenn sie schrie wie am Spieß und es keinem gelang, sie zu beruhigen, sperrte Philip sie in der finsteren Scheune ein, wo es vor Mäusen und Ratten nur so wimmelte."

„Hat sie Mario auch gequält und misshandelt?", unterbrach mich Jan.

„Es hätte mich nicht gewundert. Ich bin eher überrascht, dass das nicht der Fall war. Opfer werden meist selbst zu Tätern. Sie hat einen anderen Ausweg gewählt: Die Flucht. Soviel ich mitgekriegt habe, war Franzi, als Mario klein war, nicht oft zu Hause."

„Apropos Wiederholungszwang. Den Mord an Philip könnte man durchaus als sadistische Tat beschreiben ...", unterbrach mich Jan.

„Wir waren uns bereits einig, dass sie es nicht getan hat", herrschte ich ihn an. „Franzi ist eine emotional instabile Persönlichkeit, aber deswegen ist sie noch lange keine Mörderin."

Während des Essens vermieden wir dieses unangenehme Thema. Nachdem die Kellnerin unsere leeren Teller abserviert hatte, fragte mich Jan über das Verhältnis zwischen Albert und Franzi aus.

„Sie liebte ihn, wie man eben als kleines Mädchen einen älteren Bruder liebt. Er war ihr Vorbild, der Held in ihren Träumen. Als Franzi klein war, himmelte sie ihn an und bemühte sich, ihm zu gefallen. Von ihrer Mutter fühlte sie sich von jeher ungeliebt. Philip war unberechenbar, also klammerte sie sich an ihren Bruder. Sie litt sehr, wenn er unter der Woche im Internat war. Zum Glück kam er fast jedes Wochenende nach Hause. Die Ferien waren sowieso die schönste Zeit des Jahres für sie."

„Und er? Wie behandelte er seine kleine Schwester?", fuhr Jan fort, mich auszufragen.

„Ich glaube, er konnte sie nicht leiden. Doch er ließ sich seine Ablehnung nicht anmerken. Wahrscheinlich beneidete er Franzi auch, weil sie zu Hause sein durfte, während er in diesem fürchterlichen Internat eingesperrt war. Andererseits konnte er sich der Liebe seiner Mutter ohnehin sicher sein. Sie erstickte ihn fast damit. Philip hingegen war eifersüchtig auf den Jungen und behandelte ihn schlecht ..."

„Und später?"

„In unserem letzten gemeinsamen Sommer am See hatte ich den Eindruck, dass Franzis Interesse an ihrem Bruder stark nachgelassen hatte. Mit ihm war nicht mehr viel anzufangen. Er war ihr zu unmännlich, nehme ich an. Er fuhr nicht einmal Auto, obwohl er einen Führerschein besaß. Selbst sein Mofa interessierte ihn nicht. Franzi düste andauernd damit herum. Und so richtig Spaß haben konnte man auch nicht mit ihm. Er war immer sehr ernst und verschlossen. Ich glaube, sie fand ihn schlicht und einfach uncool und langweilig. Albert hatte nur Augen für ältere Frauen, vor allem für meine Mutter. Mir war er schon damals unheimlich, allerdings fühlte auch ich mich von ihm angezogen."

„Du warst verliebt in diesen komischen Typen?" Jan klang fast angeekelt.

„Ich war dreizehn und sehr pubertär. Manchmal ließ er sich dazu herab, mit mir tiefgründige Gespräche zu führen. Er faszinierte mich, genauso wie er früher Franzi fasziniert hatte. Willi und Gustav konnten ihm nicht das Wasser reichen. Aber es ist natürlich schiefgegangen. Ich wusste damals noch nicht, was Verliebtheit anrichten kann. Vor allem konnte ich ihm nicht zeigen, was ich für ihn empfand. Stürmische Idealisierungen enden zwangsläufig mit herber Enttäuschung. Er sollte nicht meine letzte unglückliche Liebe sein. Aber zum Glück sind wenigstens nur meine platonischen Lieben unglücklich geblieben."

Ich drückte Jan einen Kuss auf die Wange. Und damit war dieses unerfreuliche Thema beendet.

Als wir in Seewalchen von der Autobahn abfuhren, bat ich Jan, mich hinauf ins Schloss zu bringen. Ich hatte meinem Vater versprochen, ihm zu berichten, was Franzi gesagt hatte. Jan protestierte vehement, respektierte aber schließlich meinen Wunsch und gab nach. Auch deshalb liebte ich diesen Mann.

Als er mich vor dem Schloss absetzte und mir einen langen Abschiedskuss gab, wehrte ich mich nicht. Als er meinen Busen zu streicheln begann, stieß ich ihn weg und sprang aus dem Wagen.

„Wir sehen uns morgen“, rief ich ihm zu, bevor ich die Autotür zuknallte.

Ich ging sofort hinauf ins Zimmer meines Vaters. Victor sah mir in die Augen, fragte nichts, bot mir eine Zigarette an. Wie zwei Verschwörer stellten wir uns ans offene Fenster, rauchten und tranken Wein.

Nachdem ich ihm pflichtbewusst über unseren Besuch bei Franzi Bericht erstattet hatte, erzählte er mir Walpurgas Familiengeschichte. Und zum ersten Mal sprach er ehrlich über sein Verhältnis mit ihr: „Unsere Affäre war eine besoffene Geschichte. Walpurga ist nie ernsthaft in mich verliebt gewesen. Sie war eine sehr schöne junge Frau, aber ziemlich unnahbar. Ihr Vater hatte darauf bestanden, dass sie die Matura in einer Klosterschule machte und danach studierte. Als der alte Baron um sie zu werben begann, witterte nicht nur die Frau Mama die große Chance ihres Lebens, auch Walpurga wollte um jeden Preis Baronin werden und brach, gegen den Willen ihres Vaters, ihr Lehramtsstudium ab. Sie heiratete den zwanzig Jahre älteren Herrn von Welschenbach, als sie von ihm schwanger wurde.“

„Oh la la ... hat sie trotzdem in Weiß geheiratet?“, fragte ich belustigt.

„Keine Ahnung. Die Arme stand total unter dem Einfluss ihrer Mutter. Während ihrer Ehe mit dem Baron ließ sie sich auf eine Affäre mit Braunsperger ein. Und eines Nachts flüchtete sie sich eben in mein Bett. Ihr hat vor dem perversen Baron geekelt. Außerdem hat dieser degenerierte Trottel bald nach der Geburt seines Stammhalters sowieso das Interesse an ihr verloren. Seine seltsamen Gelüste wurden in den diversen Puffs der Umgebung besser befriedigt. Ich war damals ihr bester Freund. Sie hatte mir bereits kurz nach ihrer Heirat erzählt, wie sehr sie die ungustiösen Spielchen des Barons anwiderten. Er sagte dauernd Mama zu ihr, und sie musste ihn zärtlich in den Armen wiegen wie ein Baby oder ihm den schlaffen Popo verhauen. Als sie verheiratet waren, verweigerte sie sich ihm, so gut es ging, und schlief mit Heinrich und einmal auch mit mir."

Seine Offenheit war mir peinlich. Ich bemühte mich, einen relativ neutralen Gesichtsausdruck beizubehalten, wagte es allerdings nach wie vor nicht, ihm die alles entscheidende Frage zu stellen.

„Nach dem Selbstmord des Barons hatte sie überhaupt keine Lust mehr auf Männer, wärmte auch ihre Affären mit mir und Doktor Braunsperger nicht mehr auf, obwohl wir beide nur allzu gern zur Verfügung gestanden hätten. Erst Philip schaffte es, ihre Leidenschaft aufs Neue zu entfachen. In den ersten Ehejahren war Walpurga sehr eifersüchtig und verhinderte tatsächlich, dass Philip auf Tournee ging. Er war finanziell total von ihr abhängig."

Diese Geschichte kannte ich bereits. Mich interessierte viel mehr die Rolle meines Vaters in dieser tragisch-komischen Operette.

„Und Mama?"

„Gisela wusste nichts von unserem Verhältnis. Sie ahnte daher, genauso wenig wie ich, dass Franzi meine Tochter ist. Franzi sieht heute ihrer Mutter angeblich sehr ähnlich. Stimmt das? Du hast sie ja inzwischen gesehen. Du warst jedenfalls ein Wunschkind. Wir wollten dich beide ..."

„Ja, ist schon gut. Erzähl mir lieber vom Selbstmord des Barons. Was ist damals wirklich passiert? Warum hat sich der Alte umgebracht?"

„Keine Ahnung. Es war grauenhaft. An einem heißen Sommertag hat er sich unten im Verlies, wo ihr als Kinder immer so gern gespielt habt, aufgehängt. Walpurga hatte ihm bei einem fürchterlichen Streit an den Kopf geworfen, dass Franzi nicht seine Tochter war."

„Das hat sie dir jetzt erzählt. Und du glaubst ihr natürlich nach wie vor jedes Wort. Oh Papa, dir ist nicht mehr zu helfen! Hast du einen Vaterschaftstest machen lassen? Nein, natürlich nicht."

Ein verletzter Blick aus seinen dunkelbraunen Augen war seine einzige Reaktion.

„Einmal Sex und schon gibt's ein Baby? Mit dem Braunsperger hatte sie offensichtlich eine längere Affäre. Und Franzi sieht ihm sogar ein bisschen ähnlich. – Sei still", zischte ich ihn an, als er ansetzte, mir zu widersprechen. „Du hast sie nicht gesehen. Sie ist genauso grobknochig gebaut wie er, sie hat keinerlei Ähnlichkeit mit dir." Ich war stinkwütend auf meinen Vater und wollte ihn um jeden Preis verletzen.

„Den Braunsperger hat Walpurga bereits ausgenommen bis aufs letzte Hemd. Jetzt hofft sie auf den nächsten Trottel, der ihr kostbares Schlösschen erhält."

Victor war endgültig beleidigt. Er wandte mir sein schönes Profil zu und zündete sich einen Zigarillo an.

„Rauchst du neuerdings ohne Filter?", fragte ich ihn spöttisch.

„Lass mich in Frieden. Du bist genauso misstrauisch wie deine Mutter."

„Ich fasse das als Kompliment auf", sagte ich. Doch bevor wir uns endgültig in die Haare kriegen würden, fragte ich ihn noch einmal: „Wie war das nun wirklich mit dem Selbstmord des Barons?"

„Er hat sich erhängt, mehr weiß ich nicht", sagte er knapp.

Keine schöne Art zu sterben, dachte ich.

„Und wer hat ihn gefunden?"

„Weiß ich nicht. Doktor Braunsperger war jedenfalls vor Ort. Er hat den Tod festgestellt. Wie ich ihn kenne, hat er bereits damals gehofft, dass ihn Walpurga nach einer angemessenen Trauerzeit heiraten würde. Er war ihr Vertrauter und wusste über ihre unglückliche Ehe ebenso Bescheid wie ich. Seine vornehme Zurückhaltung wurde ihm jedoch nicht gelohnt. Zwei Jahre später erlag sie den Verführungskünsten dieses Operettentenors."

„Könnte Walpurga nicht ihren ersten Mann mit Hilfe des verliebten Arztes umgebracht haben? Sein Schweigen war Hilfe genug, denke ich."

Mein Vater schüttelte heftig den Kopf. „Du hast zu viele schwarze Gedanken, zu viele böse Phantasien, mein Kind. Wie sollte eine schwache Frau wie Walpurga einen 1,85 großen Mann wie den Baron aufhängen – das ist vollkommen absurd."

Ich gab klein bei. „Vielleicht hat sie ihn in den Tod getrieben und der Doktor hat ihr geholfen, alles zu vertuschen. Franzi glaubt das ebenfalls. Deshalb kann sie diesen Arzt auch nicht leiden."

„Der alte Welschenbach war ein kaputter Typ. Dekadent, bankrott und schwer depressiv. Walpurga hat mit seinem Tod nichts zu tun gehabt, glaub mir, mein Schatz."

„Es war immer die Rede von einem dunklen Geheimnis, was den Selbstmord des Barons betrifft. Warum habt ihr nie offen mit mir darüber gesprochen?", fragte ich.

„Walpurga wollte nicht, dass darüber geredet wird."

„Und was Walpurga will, das geschieht", sagte ich zynisch.

Er sah mich mit seinem treuherzigsten Blick an. Ich wünschte ihm einen gute Nacht und hoffte, ihm jede Menge Zweifel eingejagt zu haben.

Da ich leichte Kopfschmerzen hatte, wollte ich noch ein bisschen frische Luft tanken. Ich machte einen kleinen Spaziergang rund ums Schloss. Die Gedanken an Walpurga ließen sich nicht vertreiben. Nachdem ich meine Mutter so früh verloren hatte, fühlte ich mich zu älteren Frauen stark hingezogen, brachte ihnen viel mehr Verständnis entgegen als die meisten Frauen in meinem Alter. Aber das war ein Riesenfehler.

Hau ab, Joe, nichts wie weg von diesem düsteren Schloss mit seinen schrecklichen Geheimnissen, weg von dieser egozentrischen, skrupellosen Frau, die nicht nur zwei Männer, sondern auch ihre Tochter auf dem Gewissen hat, sagte ich mir. Ich war mittlerweile überzeugt davon, dass sie ihren ersten Mann in den Tod getrieben und zumindest Mitschuld am Tod ihres zweiten Mannes hatte. Außerdem hielt ich sie für egoistisch genug, ihre Tochter dafür büßen zu lassen.

Plötzlich erinnerte ich mich an den Tag, an dem ich die erste und einzige Ohrfeige meines Lebens bekommen hatte. Und zwar von Walpurga.

Sie hatte uns Kindern gefülltes Huhn zu Mittag versprochen und uns gebeten, ihr zu helfen, eine Henne einzufangen. Ich war etwa acht Jahre alt gewesen.

Bald bereute ich meine Hilfsbereitschaft. Kaum hatte Walpurga das Huhn in den Fingern, griff sie nach der Axt und schlug ihm den Kopf ab. Das Huhn rannte ohne Kopf mindestens zehn Meter weiter. Ich wurde hysterisch, bekam einen Heulkrampf. Walpurga gab mir eine Ohrfeige.

Ich versteckte mich damals im linken, gesperrten Trakt des Schlosses, hatte mir ein Buch und eine Tafel Schokolade mitgenommen und spionierte in dem verfallenen Gemäuer herum. Wie ich später erfuhr, hatten sich Gisela und Victor große Sorgen um mich gemacht. Den ganzen Nachmittag lang hatten sie mich gesucht. Franzi hatte gewusst, wo ich mich versteckt hielt, hatte mich aber nicht verraten.

Abends belauschte ich mit Franzi von ihrem Zimmer aus ein Streitgespräch zwischen Walpurga und Gisela, die Walpurga vorwarf, mich geschlagen zu haben. Ich war damals sehr stolz auf meine Mutter, die Walpurga lautstark kritisierte.

Am nächsten Morgen entschuldigte sich Walpurga bei mir für die ungerechte Ohrfeige. Ich empfand große Genugtuung. Danach träumte ich nächtelang von der mörderischen Walpurga.

Auf einmal sah ich, so wie schon an einem der vorigen Abende, einen schwachen Lichtschimmer hinter einem Fenster im linken Flügel des Schlosses. Fast ein Uhr morgens. Wer trieb sich um diese Zeit dort herum? Und warum?

Ich hatte Albert in Verdacht. Andererseits hatte nicht nur Walpurga, sondern auch er mir in den letzten Tagen versichert, dass dieser Trakt leer stand und dass es lebensgefährlich wäre, ihn zu betreten. In allen Stockwerken waren die Verbindungstüren mit Brettern zugenagelt.

Meine Neugier ließ mir keine Ruhe. Bewaffnet mit Zigaretten, Feuerzeug, Taschenlampe und einem Stück Draht, das ich in der Küche fand, machte ich mich auf, meine Neugier zu befriedigen.

Sommer 1979

Plakate rund um den See kündigen die große Attersee-Überquerung an. Sowohl Gisela als auch Victor und Philip stehen an diesem Tag sehr früh auf.

„Wenn sich unsere Alten zutrauen, diese zwei Kilometer von Weyregg nach Attersee zu schwimmen, schaffen wir das locker“, sagt Franzi, als sie Joe um sieben Uhr morgens zu wecken versucht. „Steh endlich auf. Du kannst dich heute bei deiner Mama für deine ständigen Niederlagen im Tennis revanchieren“, sagt sie in energischem Ton.

Joe wankt verschlafen ins Bad und zieht ihren Badeanzug an. Als sie wieder rauskommt, wirkt sie total fit. „Let’s go“, sagt sie zu ihrer Freundin.

Philip, Gisela und Victor wirken etwas überrascht, als die beiden Mädchen zu Victor in den Fond des Wagens klettern.

Im Weyregger Strandbad warten bereits hunderte Leute auf den Startschuss. Gustav und Willi sind ganz vorne dabei. Franzi nimmt Joe an der Hand. Drängt sich mit ihr nach vorn zu den Burschen.

Victor sucht sich im Strandcafé einen Platz in der Sonne. Bestellt sich eine Melange, während seine Frau mit Philip an den Start geht.

Knappe zwei Kilometer, sagt sich Joe immer wieder vor, während sie hinter Franzi herschwimmt. Sie bemüht sich, die Füße ihrer Freundin nie mehr als vier bis fünf Meter vor sich zu haben. Und dreht sich mehrmals nach Philip und ihrer Mutter um, die sich einige Meter hinter ihr befinden. Mitten am See beginnt sie zu kraulen, holt Franzi sogar ein. Schwimmt dann langsamer neben ihr her. Als ihre Freundin zu quatschen anfängt, sich über den ehrgeizigen Gustav, der ihnen fast fünfzig Meter voraus ist, auslässt, entkommt Joe ein kleines Lächeln. Sie schweigt beharrlich. Atmet tief ein und aus. Bald hat sie ihre Freundin überholt. Franzi redet sich die Seele aus dem Leib. Der Abstand zwischen den beiden Freundinnen wird größer und größer. Joe kann das Gerede ihrer Freundin fast nicht mehr verstehen. Als sie auf den letzten hundert Metern zum Endspurt ausholt, vernimmt sie nur mehr unverständliche Wortfetzen.

Franzi scheint Joes Absicht zu durchschauen. Hört auf zu reden. Beginnt ebenfalls zu kraulen. Holt Joe fast ein.

Als Joe es dennoch schafft, vor ihrer Freundin durchs Ziel zu schwimmen, klatschen Gustav und Willi wie wild. Keiner von beiden hätte es ihr zugetraut, Franzi zu besiegen.

Gisela und Philip schwimmen kurz nach den Mädchen gemütlich an Land. Joe strahlt übers ganze Gesicht, scheint sich riesig zu freuen, dass sie schneller als ihre beste Freundin war.

Victor holt die Schwimmer dann mit dem Wagen im Ort Attersee ab. Er ist sehr stolz auf seine Tochter. Sein Lob ist Balsam auf Joes Wunden, hat sie doch in den letzten Tagen mehr als eine Niederlage einstecken müssen.

Franzi spielt die gute Verliererin. Gratuliert Joe, als sie hinten im Auto sitzen. Flüstert ihr jedoch ins Ohr: „Jetzt bist du mir einen zweiten Disco-Besuch schuldig."

Beim späten Mittagessen im Schloss tuschelt Franzi permanent mit ihrem Bruder. Als sie den Tisch verlassen, sagt Albert zu Joe: „Franzi möchte heute Nachmittag gern einen Familienwettbewerb im Schwimmen veranstalten. Du, Gisela und dein Vater gegen Franzi, Philip und mich. Eine blöde Idee. Ihr seid bestimmt alle total k.o. Aber ihr dürfte diese Revanche unheimlich wichtig sein."

„Mir soll es recht sein. Papa ist ein ausgezeichneter Schwimmer. Er hasst zwar kaltes Wasser. Aber er hat mir das Schwimmen beigebracht."

Walpurga erklärt sich bereit, den Schiedsrichter zu spielen, als sie am späten Nachmittag zum See hinuntergehen und vom Steg aus starten. Sie hat eine Stoppuhr dabei. Vereinbart ist eine Art Staffel-Lauf.

Gisela besteht darauf, dass nur bis zur letzten Boje geschwommen wird. „Wir sind alle müde", sagt sie in einem Ton, der keinen Widerspruch duldet, als Franzi zu protestieren beginnt.

Gisela und Albert springen als erste ins Wasser. Albert schwimmt besser als sie, ist jedoch viel zu höflich, um gegen sie zu gewinnen. Er erreicht zwar als erster die Boje, lässt ihr aber am Ziel galant den Vortritt.

Joe schwimmt als nächste gegen Franzi. Dieses Mal hat sie keine Chance gegen sie.

Danach sind Philip und Victor an der Reihe. Mit einem eleganten Kopfsprung verabschiedet sich Victor von den begeistert klatschenden Mädchen, holt Philips Vorsprung bereits an der Boje auf und erreicht den Steg viele Meter vor seinem Freund.

Joe versucht ihr Triumphgefühl zu verbergen. Umarmt aber trotzdem ihren Vater und küsst ihn begeistert. Auch Walpurga lässt es sich nicht nehmen, den Sieger zu küssen.

Nach diesem anstrengenden Tag beschließen die Erwachsenen, abends auswärts zu essen. Kurz vor Sonnenuntergang fahren sie mit zwei Autos nach Gampern zum Kirchenwirt. Sie fahren der untergehenden Sonne nach. Der Himmel verfärbt sich dottergelb, erstrahlt plötzlich in kräftigem Orange und zerfließt schließlich in rötlich-lila Tönen.

Gisela besteht darauf, dass sich ihre Tochter endlich den berühmten gotischen Flügelaltar in der Pfarrkirche ansieht. „Der Schnitzer dieses Meisterwerkes ist unbekannt. Es wird vermutet, dass es sich um Leonhart Astl handelt, dem wir auch den schönen Altar in Hallstatt verdanken. Die Malereien stammen wahrscheinlich von Michael Wolgemut, der ein Lehrer von Albrecht Dürer war. Sieh dir nur diesen wunderbaren goldenen Heiligenschein von Christus an. Typisch für Wolgemut sind auch die klaren, kräftigen Farben, die ausgeprägte Charakteristik der Figuren, ihre schmalen Schultern und runden Gesichter ...“

Joe verdreht die Augen zur Decke.

Gisela zeigt ihr auch noch die Rückseite des Altars. Eine Darstellung des Jüngsten Gerichts. „Die Leute nennen es die Gamperner Hölle“, sagt sie. „Teile dieser Malerei wurden auf Holzschnitte gemalt, der Entwurf könnte sogar von Dürer persönlich stammen.“

„Mama, es reicht. Ich hab Hunger“, mault Joe unbeeindruckt.

Als Joe und Gisela ins Gasthaus zurückkommen, scheint die Stimmung der anderen auf den Nullpunkt gesunken zu sein. Albert stiert in sein Glas. Franzi spielt mit den Bierdeckeln. Victor ist verschwunden. Walpurga und Philip streiten lautstark miteinander. Streitthema ist wieder einmal Philips unmäßiger Alkoholkonsum. Franzi, die gerade Philips Schnaps in einem Zug hinunterstürzt, kreischt beim Anblick von Joe und Gisela begeistert: „Da seid ihr ja endlich!“

Als Victor von der Toilette zurückkehrt, beginnt er mit Gisela über die unterschiedliche Qualität von Schweinefleisch in den Landgasthäusern Oberösterreichs zu debattieren. Bald mischt sich auch Philip ein. „Der Abend ist gerettet“, flüstert Franzi ihrer Freundin erleichtert ins Ohr.

15. Kapitel

Kaum hatte ich die Küchentür hinter mir geschlossen, wurde mir mulmig zumute. Im Stiegenhaus war es stockfinster. Ich tastete mich zum Eingangstor vor.

Das Licht, das ich in meinem Zimmer brennen gelassen hatte, erhellte ein paar Meter vor dem Schloss die Umgebung. Danach umfing mich die Finsternis.

Ich spähte in die Dunkelheit, versuchte, mich zu orientieren, schlich an der Schlossmauer entlang zu dem unscheinbaren Nebentor, das in das Untergeschoß des linken Trakts führte. Ich hatte bereits untertags festgestellt, dass dieser Eingang nicht mit Brettern zugenagelt war. Deshalb wollte ich versuchen, von außen hineinzukommen. Die Tür würde zwar versperrt sein, aber ich hatte das nötige Werkzeug dabei. Jan hatte mir einmal gezeigt, wie simpel es war, mit einem Stück Draht ein normales Schloss zu öffnen.

Als ich den Draht in den zahlreichen Taschen meiner Cargo-Hose suchte, stieß ich auf meinen Leatherman. Ich hatte diese Hose zuletzt bei meiner Hochlecken-Wanderung getragen und das Messer in der Seitentasche völlig vergessen. Sicherheitshalber steckte ich es in meine Jackentasche.

Plötzlich bildete ich mir ein, leises Rascheln zu hören. Ein aufgeschrecktes Mäuschen? Ich richtete den Strahl meiner Taschenlampe auf den Boden und ließ ihn dann über die Eingangstür wandern. Außer dem verwitterten Holz war nichts zu sehen. Ich machte die Lampe wieder aus.

Die Stille war unheimlich. Nur das vertraute Rauschen des Windes in den Baumwipfeln begleitete meinen ersten Einbruchsversuch. Ich musste weder Draht noch Leatherman benützen. Die Tür ließ sich einfach aufdrücken.

Wieder vernahm ich dieses leise Geräusch. War mir jemand gefolgt? Hatte ich etwas überhört? Das Knirschen von Kies? Das Quietschen der rostigen Türangel am Haupteingangstor?

Ich nahm eine Bewegung hinter mir wahr. „Hallo", sagte ich halblaut.

Keine Reaktion.

Auf einmal drehte der Wind. Ein kalter Hauch blies mir ins Gesicht, und das eigenartige Geräusch wurde vom monotonen Dröhnen der Motoren auf der Autobahn überlagert.

Meine Augen hatten sich inzwischen an die Finsternis gewöhnt. Ich bildete mir ein, dass sich aus dem Schatten der Orangerie eine Silhouette löste und auf mich zu bewegte.

„Mario?", fragte ich zögernd und tastete nach meinem Handy. Bevor ich es aus der Jackentasche nehmen und die Wiederholungstaste drücken konnte, kam die unheimliche Gestalt auf mich zu.

Ich wollte davonlaufen. Grobe Hände packten mich an den Armen. Als ich versuchte, mich loszureißen, schloss sich eine Hand von hinten um meinen Mund. Das Letzte, woran ich mich erinnern konnte, war ein nach Bier stinkender Atem. Im selben Augenblick spürte ich einen dumpfen Schlag auf meinen Hinterkopf. Ein greller Blitz zuckte durch mein Gehirn. Dann spürte ich nichts mehr.

Als ich wieder zu mir kam, geriet ich erst recht in Panik und begann laut zu schreien. Ich konnte meinen Schrei nicht hören. In meinem Mund steckte ein Stück Stoff, das mit einem Klebeband an meinen Wangen befestigt war. Ich bekam kaum Luft. Mein Herz pochte heftig. Ich wusste nicht, wo ich war, fühlte mich benommen und hatte höllische Kopfschmerzen. Erst als ich wegen der Dunkelheit meine Augen weit aufreißen wollte, bemerkte ich, dass ich eine Art Binde vor den Augen hatte.

War ich allein oder befand sich mein Angreifer in der Nähe? Ich lauschte. Es war vollkommen still.

Ich lag auf etwas Hartem. Auf einem Steinboden? Und ich befand mich in einem ungeheizten Raum. Trotz der Schweißperlen auf meiner Stirn fror ich.

Vergeblich versuchte ich, eine Hand zu heben. Meine Handgelenke waren vor meiner Brust gefesselt. Ich spürte die Schnur um meinen Oberkörper und den Knoten im Rücken. Meine Arme hatten so gut wie keinen Bewegungsspielraum. Auch meine Beine konnte ich fast nicht bewegen. Der Strick um meine Knöchel bohrte sich in mein nacktes Fleisch, als ich hilflos zu zappeln begann.

Ich würde gleich ersticken. Oder erfrieren? Oder an einem Herzinfarkt sterben? Ich war außer mir vor Angst. Kalte Schauer krochen über meinen Rücken, wechselten sich mit Schweißausbrüchen ab. Der Pullover klebte auf meiner feuchten Haut. Meine Kehle war vollkommen ausgedörrt. Ich fühlte mich meinem Angreifer total ausgeliefert. Hilflosigkeit, Verzweiflung, Panik.

Etwa krabbelte über mein Ohr, meine Nase juckte. Ich bemühte mich, das Ungeziefer zu ignorieren, das sich auf meinem Gesicht austobte.

Bleib ruhig, Joe, denk nach, sagte ich mir mehrmals vor. Ich versuchte, mich mit autogenem Training abzulenken. Mein rechter Arm wird schwer, immer schwerer ..., und der linke Arm ...

Eine Minute, fünf Minuten ...? Außer dem nach wie vor heftigen Klopfen meines Herzens vernahm ich kein Geräusch.

Ich verdrehte die Handgelenke, hoffte, der Strick würde sich lockern. Ich strengte mich an, bekam nicht genügend Luft. Mir wurde übel.

Nur ja nicht kotzen, sonst erstickst du womöglich an deinem Erbrochenen, dachte ich und bemühte mich, regelmäßiger zu atmen. Blieb still liegen und lauschte. Nicht das leiseste Geräusch. Ich war allein.

Keine Ahnung, wie lange ich bewusstlos gewesen war. Ich war überzeugt, mich irgendwo im Schloss zu befinden. Selbst wenn ich den Knebel loswerden würde, kein

Mensch würde meine Schreie hören. Mit diesem frustrierenden Gedanken in meinem schmerzenden Hinterkopf fiel es mir schwer, weiter nachzudenken.

War mein Angreifer in der Nähe? Wer hatte mich überfallen? Wer war dieser gesichtslose Mann? War es überhaupt ein Mann gewesen? Die Gestalt, die auf mich zugekommen war, hatte ungefähr meine Größe gehabt. Walpurga war mindestens einen halben Kopf kleiner als ich.

Plötzlich bildete ich mir ein zu wissen, wo ich war. Ich lag geknebelt, gefesselt und mit verbundenen Augen im Verlies des Schlosses, genau an dem Ort, wo sich der alte Baron von Welschenbach erhängt hatte.

Diese Erkenntnis beruhigte mich keineswegs. Was für ein scheußlicher Gedanke! Der Magen drehte sich mir um. Ich versuchte, gleichmäßig durch die Nase zu atmen. Tränen stiegen hinter meinen verbundenen Augen hoch. Nicht weinen, befahl ich mir und begann wieder, an meinen Hand- und Fußfesseln zu rütteln. Irgendwann mussten sie nachgeben, wenn ich nur heftig und lang genug herumzappelte.

Inzwischen war mir am ganzen Körper kalter Angstschweiß ausgebrochen. Meine Handflächen waren feucht. Ich sehnte mich nach meiner Wohnung in Wien, nach meinem schönen, alten Kachelofen, meinem großen, wundervoll weichen Bett. Träumte von einer heißen Tasse Tee, einer Wärmeflasche, und ich träumte, auch wenn ich das nie zugeben würde, von Jan. Stellte mir vor, wie er mich im Schlaf mit seinen langen Beinen und Armen umschlang, mir den Atem raubte, weil er mich so fest an sich drückte.

Als ich ein leises Pfeifen vernahm, erstarrte ich. Diesen Ton kannte ich nur zu gut. Seit frühester Kindheit litt ich unter einer Phobie. Ich hatte panische Angst vor Ratten. Und dieses Pfeifen in meinen Ohren war unverkennbar.

Als ich ein Kitzeln an meinen nackten Knöcheln spürte, fürchtete ich, auf der Stelle an einem Herzstillstand zu sterben. Ein Schrei stieg mir in die Kehle. Es war ein stummer

Schrei. Ich schlug mit meinen gefesselten Beinen wild um mich. Kreischte in Gedanken: „Verschwinde!“ Etwas Weiches streifte an meinem linken Hosenbein entlang. Mein Gesicht verzerrte sich vor Abscheu. Das Klebeband hielt meinen wilden Grimassen nicht stand. Es löste sich an der linken Wange. Mit einem ungeheuren Kraftakt riss ich meine gefesselten Hände in die Höhe, bekam mit den Fingerspitzen das etwas abstehende Band zu fassen, zog es weg und begann zu husten. Ich hustete und spuckte so heftig ich konnte, bis ich den Knebel aus dem Mund bekam. Meine Panik schien mir ungeahnte Kräfte zu verleihen. Nach drei weiteren Versuchen lockerte sich der Knoten auf meinem Rücken tatsächlich. Es gelang mir nun fast spielend, mit den gefesselten Händen das Band von den Augen zu entfernen. Einige Härchen mussten dran glauben. Doch meine Brauen und Wimpern waren mir nun egal.

Erschöpft hielt ich inne und lauschte. Das bedrohliche Pfeifen hatte aufgehört. Anscheinend hatte ich es geschafft, die Ratte zu verscheuchen. Langsam beruhigte ich mich. Meine Kehle brannte nach wie vor und das Atmen bereitete mir noch mehr Mühe als zuvor. Aber mein Verstand begann wieder zu arbeiten.

Jetzt die Handfesseln. Ich war immer stolz auf meine guten Zähne gewesen. Jetzt konnte sich mein Gebiss endlich mal beweisen. Ich hatte keine Angst, mir einen Zahn zu beschädigen oder gar auszubrechen, als ich an meinen Handfesseln zu nagen begann. Den Vergleich mit meinem Angsttier, der Ratte, verdrängte ich so gut ich konnte.

Kaute ich zehn Minuten oder eine Stunde an dieser Schnur? Ich hatte mein Zeitgefühl verloren. Das Blut hämmerte in meinen Ohren. Meine Lunge brannte. Ein stechender Schmerz fuhr mir in die Seite. Ich wurde vor Anstrengung beinahe wieder ohnmächtig.

Frustriert gab ich mich irgendwann geschlagen. Die Schnur, die er um meinen Brustkorb geschlungen hatte, war nun lose, aber ich konnte den Knoten um meine Handgelenke nicht aufbekommen.

Ich legte mich wieder hin und ging im Geiste alle Entspannungsübungen, die ich normalerweise meinen Patienten mit Panikattacken empfahl, durch.

Das Feuerzeug! Am liebsten hätte ich vor Freude lauthals aufgeschrien. Behutsam tastete ich mich mit den gefesselten Händen zur rechten Jackentasche vor, bekam aber statt des Feuerzeugs den Leatherman zu fassen. Noch besser, jubelte ich lautlos.

Meine Finger glitten an den Klingen entlang. Ich rutschte immer wieder ab, bekam aber schließlich den Flaschenöffner zu fassen.

Verzweifelt wiederholte ich den ganzen Vorgang noch einmal. Meine Finger verkrampften sich. Nicht aufgeben, Joe, befahl ich mir. Langsam und äußerst vorsichtig berührten die langen Nägel meines Daumens und Zeigefingers eine Klinge. Kaum hatte ich sie halb heraußen, klappte sie zurück. In Gedanken stieß ich die schlimmsten Flüche aus, probierte es aber gleich noch einmal.

Scheiße! Ein heftiger Schmerz durchzuckte mich. Die scharfe Klinge des Messers hatte meinen Zeigefinger gestreift. Blut tropfte auf meine Hände. Mit solchen Kleinigkeiten konnte ich mich jetzt nicht abgeben. Ich begann an meinen Handfesseln herumzusäbeln. Nach einigen Minuten waren meine blutbeschmierten Hände frei.

Die Fußfesseln aufzukriegen war dann geradezu ein Kinderspiel. Mein Feind hatte einen Kreuzknoten gemacht. War er ein Segler? Der Kreuzknoten war der einzige Segelknoten, den ich fast im Schlaf beherrschte. Auf jenem fatalen Segeltörn in Griechenland hatte mich unser Skipper stundenlang mit dem Üben der diversen Knoten genervt. Im Nachhinein war ich ihm dankbar dafür.

Bevor ich mich aufrichtete, tastete ich meinen Körper und meine Gliedmaßen ab. Es schien alles dran und vor allem noch ganz zu sein. Meine Finger glitten über die Ausbuchtung in meiner linken Jackentasche. Die Taschenlampe und mein Handy. Noch nie in meinem Leben hatte ich mich so erleichtert gefühlt. Fast hätte ich aus lauter Dankbarkeit zu beten begonnen.

Ich schaltete die Lampe ein und richtete den Strahl auf das Display des Handys. Natürlich hatte ich keinen Empfang. Was hatte ich anderes erwartet? Eine funktionierende Taschenlampe war momentan fast genauso wichtig wie ein funktionierendes Handy, redete ich mir ein.

Langsam erhob ich mich und tastete mit dem Lichtstrahl den unheimlichen Raum ab. Von der Decke hingen schwere Ketten und Eisenringe herab und an den dunklen Holzbalken waren Seile befestigt. Ein Schraubstock und eine Streckbank standen mitten im Raum. Die Tür war zu. Ich warf mich dagegen, rüttelte heftig an dem altmodischen Schloss. Es gab keinen Zentimeter nach. Ich wusste, dass man die Tür von außen mit einem dicken Balken verriegeln konnte.

Trotz aller Dankbarkeit für den Leatherman wurde mir bewusst, dass er mir, falls mein Angreifer wieder aufkreuzte, nicht viel nützen würde. Ich versuchte, die schweren Ketten von der Decke zu lösen. Ein vollkommen unmögliches Unterfangen. Die anderen Folterinstrumente waren alle fest im Boden verankert. Weit und breit keine Eisenstange oder irgendein Werkzeug, mit dem ich zuschlagen könnte.

Ich warf einen Blick auf meine Armbanduhr. Fünf Uhr. Morgens oder nachmittags? War ich seit drei oder gar seit fünfzehn Stunden gefangen? Mein Magen meldete sich noch nicht. Ich hatte auch keinen Durst. Also war ich wohl erst seit etwa drei Stunden hier unten. Sollte ich auf den Morgen warten, warten, bis die anderen mich suchen würden?

Mein Herz raste weiterhin. Der Schweiß lief über meine Stirn. Ich spürte die feuchten Haarsträhnen auf meinen Wangen. Sie werden mich nie finden, sagte die Stimme der kleinlauten, ängstlichen Joe. Und was soll ich tun, wenn der

Typ aufkreuzt, der mich niedergeschlagen und hier unten eingesperrt hat? Soll ich ihn mit meinen dürftigen Karate-Kenntnissen und der größten Klinge des Leathermans in Schach halten?

Ich war nahe daran zu heulen. Schimpfte mich selbst „blöde Heulsuse“ und musste sogar schmunzeln, als mir bewusst wurde, dass ich bereits Selbstgespräche führte.

Der Klang meiner eigenen Stimme hatte mich wieder zur Vernunft gebracht. Ich war schon einmal ein paar Stunden hier unten eingeschlossen gewesen, erinnerte ich mich plötzlich. Franzi und ich hatten, als wir klein gewesen waren, in den unterirdischen Räumen des Schlosses gern Verstecken gespielt. Wir kannten praktisch jede Ecke in diesem schrecklichen Verlies. Ich musste mich nur besser konzentrieren, dann würde die Erinnerung schon von allein kommen, sagte ich mir. Hatte mich meine Mutter damals gefunden? Hatte ich sie durch Schreie herbeigerufen? Oder hatte ich es selbst geschafft, mich zu befreien?

Ich setzte mich auf den Steinboden, lehnte mich mit dem Rücken an die Streckbank und zündete mir eine Zigarette an. Nach dem ersten Zug fühlte ich mich besser. Ich zählte die restlichen Tschiks in meinem Päckchen. Wenn ich jede halbe Stunde eine rauchen würde, könnte ich noch fünf Stunden durchhalten, ohne auszuflippen. Kaum hatte ich die erste Zigarette am Boden ausgedämpft, zündete ich mir die nächste an.

Ich musste mich nur erinnern, erinnern, wie ich damals hier herausgekommen war. Doch Erinnerungen lassen sich nicht befehlen. Um Batterie zu sparen, schaltete ich meine Taschenlampe wieder aus.

Irgendwann schlummerte ich ein.

Ein lautes Knarren weckte mich auf. Die schwere Tür schien sich zu bewegen. Ich erstarrte, überzeugt, meine letzte Stunde sei gekommen. Intuitiv schloss ich die Augen und umklammerte den Schaft meines Leathermans. Ich war nicht gewillt, mich ohne Gegenwehr abschlachten zu lassen.

Als ich die Augen wieder öffnete, war ich geblendet. Ein grellgelbes Licht war direkt auf mein Gesicht gerichtet. Ich machte meine Taschenlampe an. Albert stand zwei Meter vor mir. Er wirkte wie in Trance. Bestimmt war er voll mit Dope. Seine traurigen Augen starrten auf das Messer in meiner blutigen Hand.

Reden, Joe, einfach nur reden, so lange du noch reden kannst, dachte ich.

„Albert, Gott sei Dank, dass du mich gefunden hast", sagte ich mit zittriger Stimme.

Er starrte mich weiter nur schweigend an.

Am Leatherman in meiner Rechten hatte ich inzwischen die größte Klinge ausgefahren. Ich wartete darauf, dass er noch einen Schritt näher kam, dann würde ich ihm die Klinge in den Hals rammen. Ich war wild entschlossen.

„Major Serner wird auch gleich hier sein. Ich habe ihn gerade angerufen."

„Hier unten funktioniert kein Handy", sagte er lapidar und sah dabei durch mich hindurch wie durch eine gläserne Wand.

Meine Handfläche war voller Blut. Der Leatherman drohte mir zu entgleiten.

„Als dein Vater heute früh bemerkte, dass du nicht in deinem Zimmer geschlafen hast, rief er sofort deinen Freund im Hotel an. Nach einer Viertelstunde wimmelte es bei uns nur so von Polizisten. Sie suchen seit einer guten Stunde nach dir. Sie kämmen gerade mit ihren Hunden die Wälder durch. Ihr Gebell hat mich geweckt."

„Und du lässt sie suchen, obwohl du wusstest, wo ich bin?", versuchte ich zu scherzen.

„Hab keine Angst, Joe. Es ist bald vorbei", sagte er. Seine Stimme klang ganz sanft, fast freundlich.

Worauf warten? Meine rechte Hand schnellte nach vorn. Die Klinge berührte seinen Hals, hinterließ aber nur einen zarten rosa Streifen auf seiner Kehle.

„Joe, wa...rum?“, stammelte er und griff sich an den Hals. „Mein Gott, du glaubst doch nicht, dass ich dich in dieser Folterkammer eingesperrt habe? Weißt du denn nicht, dass ich diesen Ort, seitdem ich meinen Vater damals erhängt hier gefunden habe, nie mehr betreten habe? Es hat mich eine unglaubliche Überwindung gekostet, jetzt zu dir zu kommen. Ich war mir ziemlich sicher, dass Heinz dich im Verlies eingesperrt hat. Er kennt diesen Ort genauso gut wie ich. Vor dem Selbstmord meines Vaters haben wir oft hier unten gespielt. Auch damals, als ich ihn fand, war Heinz dabei.“

„Heinz ist tot“, sagte ich.

„Nein. Er lebt. Ich weiß es, seit ich den Unterarm, den sie aus dem See gefischt haben, sah. Der Heinz hatte auf beiden Unterarmen Tätowierungen, die nicht zu übersehen waren.“

„Warum hast du das Gustav nicht erzählt?“

„Ich habe etwas Zeit gebraucht, um mit dem Gedanken, dass mein einziger Freund ein Mörder ist, zurechtzukommen. Außerdem war ich dermaßen in diese üble Geschichte verstrickt, dass ich kein Wort sagen konnte, ohne mich selbst zu belasten. Als du mich an jenem Abend in meinem Zimmer besucht hast, war der Heinz nebenan und hat mein Abendbrot gegessen“, fuhr Albert fort.

Ich erinnerte mich daran, wie er Gustav Mahlers Kindertotenlieder angestimmt hatte, und erschauderte.

„Kann es sein, dass er mir vor ein paar Tagen mit einem dunklen Geländewagen gefolgt ist?“, fragte ich ihn.

„Woher sollte er einen Geländewagen haben?“

„Gekauft von dem großen Geld, das er bei seinem letzten Deal gemacht hat? Oder gestohlen?“

„Inzwischen traue ich ihm alles zu“, sagte er beschämt. „Ich habe ihm erlaubt, sich im Schloss zu verstecken. Ich war es ihm schuldig. Ich weiß nicht, was er untertags gemacht hat, ich habe ihm nur abends etwas zu essen gegeben. Dass er auch dich in Gefahr gebracht hat, übersteigt sein Guthaben bei mir", sagte Albert mit gebrochener Stimme. „Hat er dich verletzt?" Er deutete auf meine blutigen Hände.

„Das war ich selber, ich habe mich in den Finger geschnitten", sagte ich unwirsch und fragte ihn: „Aber wer ist der Tote? Die zerstückelte Leiche, meine ich?"

„Der Roither-Bauer."

„Verdammt! Was geht da für eine Scheiße ab? Du hast Erklärungsbedarf, Albert!"

„Der Heinz fühlte sich immer unerwünscht in unserem Dorf. Vielleicht wollte er sich dafür rächen, dass wir ihn ausgestoßen haben? Als junger Mann unternahm er riesige Anstrengungen, dazuzugehören. Er warf mir immer meine privilegierte Stellung vor, meinte, als Welschenbach könnte ich es mir erlauben, zu einem Sonderling zu mutieren. Ich könnte mich dem Müßiggang hingeben, meine Spinnereien kultivieren, mich so exzentrisch aufführen, wie ich wollte, die Leute würden mir trotzdem in den Arsch kriechen – nur wegen meiner Abstammung. Damals widersprach ich ihm. Aber im Grunde hatte er recht."

„Was hat das mit diesem schrecklichen Mord zu tun?"

„Gewalt ist etwas ganz Alltägliches in unserer Gesellschaft. Dass sie solche Formen annehmen kann, daran tragen wir Mitschuld. Ich fand es zum Beispiel sehr angenehm, dass ich mich nicht mit irgendwelchen kriminellen Elementen abgeben musste, um an das Dope zu kommen, das ich nun einmal brauche, um dieses verdammte Leben halbwegs zu ertragen. Heinz war ein idealer Lieferant, nicht nur für mich. Da er selber abhängig war, wuchs ihm das Geschäft bald über den Kopf. Ich nehme an, er war schwer verschuldet und hat sich nicht mehr anders zu helfen gewusst als durch Erpressung. Aber keiner war bereit zu zahlen. Meine Mutter hat ihn mit ein paar läppischen

Euros abgefertigt, und der Roither-Bauer hat erst gar nicht daran gedacht, ihm was von seinem Vermögen abzugeben. Auch ich habe ihm nicht geholfen, obwohl er mich mehrmals um größere Summen gebeten hat. Größenwahnsinnig, wie er war, hatte er eine Lieferung Kokain bestellt, die er nicht bezahlen konnte. Die Hälfte davon hat er selbst konsumiert. Seine Lieferanten saßen ihm im Nacken und das sind keine Kleinkriminellen. Er war total verzweifelt, hatte Angst um sein Leben. Nur deshalb hat er versucht, uns zu erpressen."

„Von Erpressung ist es kein weiter Weg mehr zu Mord", sagte ich leise. „Aber diese sadistische Zerstückelung der Leiche lässt sich wohl nicht durch seinen Größenwahn und seine soziale Benachteiligung erklären. Er ist ein gefährlicher Psychopath, Albert."

„Der Heinz fühlte sich hundeelend, glaub mir. Er ist kein psychopathischer Sexualmörder. Er hat die Leiche nur zerstückelt, weil er sie so leichter wegschaffen konnte."

„Du meinst also, er hat aus rein praktischen Überlegungen den Kopf und die Extremitäten vom Körper getrennt? Um sie leichter in Müllsäcke stopfen zu können?"

„Bitte hör auf, Joe. Mir wird ... schlecht", stammelte Albert.

Mein Mitleid mit ihm hielt sich in Grenzen. „Erklär mir bitte, wie es zu so einer grausamen Tat kommen konnte."

„Ich könnte mir vorstellen, dass er den Roither-Bauern im Drogenrausch umgebracht hat. Er hat mir gegenüber so etwas angedeutet. Die Leiche hat er am selben Abend zersägt und dabei ist ihm der Kopf ins Wasser gefallen. Er hat ihn im Finstern nicht mehr gefunden. Wir haben im Bootshaus kein Licht."

„Und dann ist er mitten in der Nacht hinausgerudert, um die Säcke mit den Leichenteilen zu versenken?"

„Er war nicht bei Sinnen, als er ..., er wusste nicht, was er tat, glaub mir ..." Albert sprach noch leiser als ich.

„Mario behauptete, der Heinz würde nur kiffen.“

„Mario ist naiv. Der Heinz war ein Kokser und auf Ecstasy, und das schon seit Jahren.“

„Das ist keine Entschuldigung.“

„Ich will ihn nicht entschuldigen, ich will dir nur erklären, dass er ein zurückhaltender, schüchterner Mensch ist, fast devot. Auf jeden Fall sehr höflich und hilfsbereit.“

„Hinter dieser Maske verbergen sich immer die Aggressiven“, warf ich ein.

„Das mag ja sein, aber er ist nicht das Monster, das er zu sein scheint. Nur wenn er eingekokst oder betrunken war, wurde er manchmal aggressiv. Da ich die Ursache kannte, verzieh ich ihm jedes Mal seine großspurigen Anwandlungen und auch seine Wutanfälle.“

„Wieso hast du ihm geholfen? Ihn sogar in deinem Haus versteckt? Ich begreife das nicht“, unterbrach ich ihn. „Du, der nicht nur den abgeschnittenen Kopf, sondern auch andere Leichenteile gesehen hat. Wie konntest du nur, Albert?“

„Er war so verzweifelt, er wusste nicht, wohin. Natürlich habe ich ihm geraten, sich der Polizei zu stellen, habe ihm angeboten, ihn zur nächsten Wachstube zu begleiten. Er hat gedroht, sich umzubringen. Du wirst verstehen, dass ich den Gedanken, Schuld an seinem Tod zu haben, nicht hätte ertragen können.“

„Momentan verstehe ich gar nichts und will auch nichts verstehen. Lass uns zu den anderen gehen. Ich bin kaputt, ich brauche dringend Schlaf.“

Als wir die steile Treppe hinaufgingen, nahm ich Alberts Arm. Ich war etwas wackelig auf den Beinen.

„Bist du doch verletzt?“, fragte er besorgt.

„Nicht ernsthaft. Außer einer Beule und ein paar Abschürfungen dürfte alles heil sein“, sagte ich. „Eines interessiert mich noch: Hast du mit dem Heinz nach seinem Überfall auf mich gesprochen?“

Albert schüttelte den Kopf. „Ich habe ihn seit gestern Abend nicht mehr gesehen. Ich nehme an, er ist abgehauen, nachdem er dich ..." Er seufzte. „Er hatte bestimmt nicht vor, dir weh zu tun. Er verehrt dich sehr, Joe."

„Das habe ich gemerkt", murmelte ich.

„Wie kam es überhaupt zu eurem Zusammenstoß? Hast du ihn in seinem Versteck überrascht?"

„Ich sah Licht hier im linken Trakt und ging nachsehen. Er erwischte mich, als ich gerade die Eingangstür aufbrechen wollte."

„Wahrscheinlich fühlte er sich von dir durchschaut und verfolgt, sonst hätte er dich sicher nicht überfallen."

Sommer 1979

Der Sommer hat sich nur kurz verabschiedet. Ein heißer Augusttag neigt sich dem Ende zu.

Joe und Gisela spielen in der glühenden Nachmittagshitze ein Match am Tennisplatz. Beide wirken ziemlich erschöpft. Gisela wischt sich mit dem Zipfel ihres T-Shirts den Schweiß von der Stirn. „Den Aufschlag habe ich dir schon im zarten Alter von neun Jahren beigebracht", spottet sie über ihre Tochter, die den Ball gerade ins Aus geschlagen hat. Fluchend holt Joe zum zweiten Aufschlag aus.

Gisela scheint ernsthaft Schwierigkeiten zu haben, gegen Joe zu gewinnen. Mit knapper Not erwischt sie den Ball. Befördert ihn jedoch ins Netz. Joe jubelt, als hätte sie bereits gewonnen. „Dritter Satz. Tie-Break. 5:5. Aufschlag Gisela", sagt Philip, der den Schiedsrichter spielt.

Victor, der sich gerade als einziger Zuschauer zu ihnen gesellt hat, klatscht, ohne zu wissen, wer den Punkt gemacht hat.

Joe, an Giselas weiche Aufschläge gewöhnt, retourniert mit voller Wucht. Der Ball landet ihrer Meinung nach auf der Linie. Philip entscheidet auf Aus. Trotz ihres heftigen Protests lässt er sich nicht dazu überreden, seine Entscheidung zu revidieren.

Als Gisela den Aufschlag ihrer Tochter mit Müh und Not erwischt und der Ball für eine halbe Sekunde am Netz halt macht, bevor er auf Joes Seite hinunterholpert, kreischt Joe hysterisch: „Du hast immer nur Schwein!“

„7:5. Satz und Spiel für Gisela“, sagt Philip, umarmt die Siegerin und gibt ihr ein Küsschen.

„Du lässt die Kleine wohl nie gewinnen“, flüstert er ihr ins Ohr.

„Sie muss lernen, mit Anstand zu verlieren, bevor sie gegen andere Leute spielt. Als sie klein war, hat sie nach einem verlorenen Spiel regelmäßig einen Heulkrampf gekriegt.“

„Vielleicht hättest du ihr lieber beibringen sollen zu gewinnen. Verlieren lernen Kinder ganz von allein. Ein guter Verlierer ist immer ein Verlierer“, mischt sich Victor ein.

Inzwischen scheint Joe es ohne Weinkrampf zu schaffen, knappe Niederlagen gegen ihre Mutter einzustecken. Trotzdem ist sie nicht gerade bester Laune, als sie am späten Nachmittag ins Schloss zurückkehren. Sie redet kein Wort mit Gisela und Philip. Beklagt sich jedoch bei Victor, der den Nachmittag im Clubhaus verbracht hat und nun mit ihr im Fond des Wagens sitzt, über ihr Pech.

„Ich habe dauernd geführt. Und den ersten Matchball nur um Haaresbreite ins Aus geschlagen. Er war gar nicht out. Aber Philip und Gisela haben es steif und fest behauptet. Dann hat Mama mit einem Netzball gewonnen. Sie hat nur Glück gehabt.“

„Mein armer Schatz, ich weiß, ich hab's gesehen“, sagt Victor und tätschelt ihre Schulter.

Joe stößt seine Hand weg und zischt ihre Mutter an: „Du bist wie Björn Borg. Der hat auch immer Schwein.“

„Das Glück gehört den Tüchtigen, nicht wahr, Philip?“, scherzt Gisela. „Immerhin hat Björn Borg heuer zum vierten Mal in Wimbledon gewonnen. Übrigens spielst du ähnlich wie Martina Navratilova. Kämpfst zumindest genauso verbissen wie sie. Außerdem kann sie auch nicht verlieren."

„Wozu auch? Sie gewinnt ja sowieso alles", sagt Joe.

Als Joe unter der Dusche steht, kommt Franzi ins Bad.

„Ich hab gehört, du hast wieder gegen deine Mama verloren. Ist sie echt so gut?"

„Lass mich in Ruhe! Ich bin genug bedient", seufzt Joe. „Und jetzt noch dieser Grillabend! Mir graut, das sage ich dir."

„Aber wir grillen heute zum ersten Mal in diesem Sommer."

„Na und? Ich hasse diese Grillerei. Ich kann es nicht mitansehen, wenn Tiere getötet werden. Der Fischer-Hans und der Heinz schlagen die Köpfe der Fische so lange auf einen Stein, bis die armen Tiere zu zappeln aufhören. Ich finde das unerhört. Eine echte Tierquälerei", sagt Joe.

„Ich glaub, der Heinzi steht auf dich. Er hat mich gefragt, ob du eh beim Grillen dabei sein wirst."

„Schreck lass nach! Der fehlt mir heute noch zu meinem Glück."

Das Spektakel beginnt pünktlich um neunzehn Uhr. Sie fahren mit zwei Autos hinunter zum See. Die Kofferräume voll bepackt mit Grillkohle, Kartoffeln, Würsten und vielen Getränken.

„Feuer machen ist Männersache", behauptet Walpurga.

Gisela widerspricht. Erklärt, dass Frauen seit jeher für das Feuer zuständig sind und es viel besser anfachen können, weil sie mehr Geduld haben.

Philip und Victor bringen erst nach einigen Whiskys, vielen deftigen Flüchen und unter Zuhilfenahme mehrerer Blasbalge und Unmengen von Papier ein ordentliches Lagerfeuer zustande. Joe scheint sich weder für das Knistern des Feuers noch für die romantische Abendstimmung am See begeistern zu können. Sie berichtet Albert ausführlich über ihre knappe Niederlage gegen ihre Mutter.

Heinz stellt einen Eimer voller Fische vor sie hin. Blickt Joe verstohlen an. Beifall heischend hält er ihr drei wohlgenährte Reinanken vor die Nase. Angeekelt wendet sie sich ab.

Franzi klatscht jedes Mal begeistert in die Hände, wenn einer der Fische bratfertig ist. Ja, sie hilft sogar Heinz dabei, die Fische auszunehmen. Spießt sie auf und hält das Stöckchen dann stolz übers Lagerfeuer.

Joe behauptet, keine Fische zu mögen. Sie hält sich an die ungeschälten, in Alufolie verpackten Kartoffeln, die sie in die Glut wirft.

„Später gibt es Würstchen für uns beide", sagt Gisela zu ihrer Tochter und nimmt ein paar Knacker und Frankfurter aus der Kühltasche.

Während Albert, Franzi und die Erwachsenen heftig dem Wein zusprechen, setzt sich Joe mit ihrer Colaflasche auf den Steg und wartet auf die Würstchen. Philip Mankur gesellt sich zur ihr. Versucht, sie wegen der verlorenen Tennispartie zu trösten. Sie dreht sich demonstrativ um, kehrt ihm ihr Profil zu, als er auf sie einredet.

„Ich kann deinen Frust gut verstehen. Verlieren ist auch nicht meine Sache. Aber dein Ball war out, glaub mir."

Als das Wasser plötzlich giftgrün zu leuchten beginnt und weiße Schaumkronen auf den Wellen tanzen, strahlt Joe ihn erfreut an. Ein heftiger Wind kommt auf. Peitscht die Wellen ans Ufer. Der Himmel hat sich dunkellila verfärbt. Blitze teilen die schwarze Wand in zwei Hälften. Joe zählt die Sekunden. Das Donnergrollen folgt bei zwölf. Das Gewitter ist also nur mehr vier Kilometer entfernt. Und der Himmel wird sich bald direkt über ihnen entladen.

„Eure blöde Grillparty fällt buchstäblich ins Wasser, bevor sie noch richtig begonnen hat", sagt sie freundlich lächelnd zu Philip. Er springt auf und flüchtet zu seinem Wagen.

Amüsiert sieht Joe zu, wie alle hastig zusammenpacken, die angebratenen Fische in Plastiksäcke werfen und im Kofferraum verstauen. Sie bleibt seelenruhig am Steg sitzen und beobachtet das imposante Wolkenspiel am Horizont.

16. Kapitel

Als Albert und ich Arm in Arm den Salon betraten, stürzten sich alle auf mich und redeten gleichzeitig auf mich ein. Jan, der mit seinem Handy am Ohr auf der Terrasse stand und eine Zigarette rauchte, kam sogleich zu mir, umarmte mich und sagte zu seinem Gesprächspartner: „Sie ist okay." Dann legte er auf.

Victor setzte sich zu mir auf ein Sofa, hielt meine Hand und ließ sie nicht mehr los. Ich erzählte der versammelten Runde von meinem Abenteuer, erwähnte aber mit keinem Wort meinen Entführer. Niemand wagte es, meine ausführliche Schilderung zu unterbrechen, nicht einmal Victor. Allerdings störte mich sein zärtlicher Händedruck bei jedem zweiten Satz. Ich entzog ihm meine Hand.

Erst als ich erschöpft innehielt, sagte Jan: „Gustav bezweifelt mittlerweile, dass es sich bei der Leiche im See um den Fischer-Heinz handelt. Der Tote war ein älterer Mann!"

„Ich weiß", sagte ich leise.

Er sah mich irritiert an. Sein Handy läutete wieder. Alle starrten wie gebannt auf ihn. Das Telefonat dauerte ein paar Sekunden.

„Gustav hat mir gerade mitgeteilt, dass es sich bei der zerstückelten Leiche um den Roither-Bauern handelt", gab er die neueste Information an uns weiter.

„Ich weiß", sagte ich noch einmal.

Er schaute mich wieder verwundert an.

„Die Großfahndung nach dem Fischer-Heinz läuft bereits", sagte er.

„Nicht nötig", sagte ich.

„Wenn dieses schreckliche Mannsbild nun wirklich tot ist, kann ich ja endlich offen sprechen", sagte Walpurga vorsichtig, und fügte dann laut und sehr deutlich hinzu: „Ich glaube, dass der Roither-Bauer Philip umgebracht hat."

„Wie bitte?", fuhr ich sie an.

„Wir hatten einen langjährigen Streit, einen Nachbarschaftsstreit, sozusagen. Der Roither-Bauer war unser ehemaliger Pächter, betreute die das Schloss umgebenden Felder und Wiesen. Als er auf illegale Weise in den Besitz einiger unserer Liegenschaften kam, stellte er einen Zaun um sein Grundstück auf. Philip machte sich einen Spaß daraus, den Zaun mit einem Seitenschneider zu durchtrennen."

„Und deswegen hat er Philip umgebracht?", fragte ich mit sarkastischem Unterton. „Liebe Walpurga, das ist einfach lächerlich. Wie soll der Roither-Bauer unbemerkt ins Haus gekommen und nach der Tat genauso ungesehen verschwunden sein? Doktor Braunsperger hat doch angeblich Philip beim Sterben zugesehen."

„Erzähl keine Märchen, Joe. Wir haben dir genau geschildert, was damals passiert ist. Als wir in den Salon kamen, war Philip schon tot."

„Und Franzi stand neben ihm, mit der Schaufel in der Hand?"

„Nein. Mit dem Schürhaken."

„Womit auch immer. Sie hätte den Roither-Bauern sehen müssen. Warum sollte sie ihn schützen, für ihn ins Gefängnis gehen?"

Walpurga begann herzergreifend zu schluchzen.

„Hör endlich auf zu lügen", herrschte ich Walpurga an. Betretenes Schweigen folgte meinen harten Worten.

Jan kam mir zu Hilfe. „Wir haben keine Zeit mehr, uns weitere Lügen auftischen zu lassen", sagte er ganz ruhig und freundlich zur Baronin. „Wir müssen diesen Psychopathen finden."

Ich glaubte zu wissen, wo er sich versteckt hielt, und flüsterte Serner ins Ohr: „Er hockt bestimmt im Dachboden, genau über Alberts Räumen. Man kommt durch eine ausklappbare Stiege am Gang hinauf."

Jan sprang sofort auf, griff nach seinem Handy und rief Gustav an. Victor kümmerte sich liebevoll um die weinende

Walpurga. Ich ignorierte das Pärchen und starrte Albert eindringlich an.

Zögernd ergriff er das Wort und gestand, dass er Heinz seit drei Tagen im linken Trakt des Schlosses versteckt hatte. „Ich habe ihn in den letzten Nächten mit Essen und Trinken versorgt", sagte er leise. „Aber er ist abgehauen, nachdem er Joe niedergeschlagen hat. Er ist sicher nicht mehr im Haus."

Dr. Braunsperger traf zur selben Zeit im Schloss ein wie Gustav und seine Leute. Walpurga musste es irgendwie geschafft haben, ihn zu informieren.

Gustav kam mit einem Durchsuchungsbefehl und suchte mit seinen Leuten jeden Quadratmeter im Schloss und in der Umgebung vergeblich ab.

Plötzlich kam mir eine andere Idee. „Heinz ist unten im Bootshaus", sagte ich zu Gustav und Jan. „Er denkt, dass ihn am Tatort keiner suchen wird."

Gustav nahm meinen Tipp nicht zur Kenntnis. Jan überzeugte ihn schließlich davon, dass meine Intuitionen durchaus ernst zu nehmen wären. Daraufhin schickte Gustav zwei Beamte hinunter zum See.

Nach einer halben Stunde kamen sie mit Heinz in Handschellen auf dem Rücksitz ihres Dienstwagens wieder. Gustav schenkte mir zum Abschied einen respektvollen Blick, gab mir aber keinen Kuss. Wahrscheinlich nahm er Rücksicht auf Jan.

Kaum war die Kripo mit Heinz verschwunden, brach Albert zusammen. Er kollabierte richtiggehend. Die Männer verfrachteten ihn auf die Chaiselongue. Walpurga lief sofort in die Küche, um Tee zu kochen. Mario flößte ihm rasch einen Whisky ein und sprach leise mit ihm, während Dr. Braunsperger in seiner Arzttasche herumkramte und hektisch nach einem Beruhigungsmittel suchte.

Serner bestand darauf, dass Albert im Salon blieb, obwohl ihn der Doktor am liebsten sofort ins Bett gebracht hätte.

Nach einem längeren Telefonat mit Gustav fasste Jan für uns alle zusammen: „Der Fischer-Heinz hat den Roither-

Bauern nach einem heftigen Streit im Bootshaus umgebracht und die Leiche dort mit der Motorsäge zerstückelt. Angeblich stand er unter Drogen. Das hat er zumindest behauptet. Er hoffte, den Verdacht auf die Großkopferten oben im Schloss – so seine Worte – lenken zu können. Da hier bereits ein Mord stattgefunden hatte, dachte er, einem von ihrer Familie auch den zweiten Mord an ihrem Erzfeind, dem Roither-Bauern, anhängen zu können."

„Na großartig", warf Mario sarkastisch ein. „Aber warum hat er ihn umgelegt?"

„Heinz hat ihn wegen seiner Grundstücksmanipulationen jahrelang erpresst und versucht, ihm die Fischereirechte abspenstig zu machen."

„Das stimmt", sagte Mario.

Jan lächelte ihn an und sprach weiter: „Sie verabredeten sich am Nachmittag im Bootshaus der Welschenbachs, angeblich wollte Heinz diese langjährige Fehde beenden und die jeweiligen Terrains abklären. Außerdem ging es um die Übergabe einer größeren Summe. Heinz hatte wieder einmal gedroht, den Roither-Bauern wegen der toten Fische in seinem Bassin anzuzeigen. Der Streit eskalierte anscheinend, als Roither den Spieß umdrehte und Heinz wegen seines Drogenhandels zu erpressen versuchte. Die Auseinandersetzung zwischen den beiden artete in Handgreiflichkeiten aus. Heinz war überzeugt, dass der Roither-Bauer seinen Vater auf dem Gewissen hatte, warf ihm zumindest unterlassene Hilfeleistung vor. Als der alte Fischer-Hans vor etwa einem Jahr mitten am See einen Schlaganfall erlitten hatte, war der Roither-Bauer mit seinem Boot in der Nähe gewesen. Er hatte den Alten einfach verrecken lassen, anstatt ihm zu helfen oder wenigstens die Rettung zu rufen, behauptete er."

„So war das nicht", warf Mario zögernd ein.

„Wieso weißt du das? Warst du dabei?", herrschte ihn Walpurga an.

„Sei nicht so streng mit unserem Jungen“, ermahnte mein Vater sie. Mir entkam ein unpassendes Lächeln.

„Ich konnte den Roither-Bauern auch nicht leiden. Aber ich erinnere mich, wie fertig er war, als er den alten Hans tot in seinem Ruderboot aufgefunden hatte. Er kam damals in meine Bar gestürzt und schrie, dass wir sofort einen Arzt holen sollten“, sagte Mario.

Jan fuhr unbeirrt fort: „Die beiden waren allein unten am See. Die Sommerhäuser in der Nähe sind alle bereits winterdicht gemacht. Geräusche einer Motorsäge sind um diese Jahreszeit keine Seltenheit. Wahrscheinlich dachten die Leute, die den Lärm hörten, dass jemand einen Baum fällte. Keiner kam auf die Idee, dass Heinz gerade das Gehirn des Roither-Bauern auf die Wände des Bootshauses verspritzte ...“

„Ich bitte dich, Jan! Musst du dich so drastisch ausdrücken?“, sagte ich vorwurfsvoll. Nicht nur Albert, auch Walpurga war bei Jans letzten Sätzen erblasst.

„Hältst du Raubfischerei oder Erpressung für ein hinlängliches Motiv, einen Menschen zu töten?“, fragte ich meinen Liebsten sarkastisch. Ich musste an mein Gespräch mit Albert denken.

„Natürlich nicht. Hör mir zu, ich bin noch nicht fertig.“

„Ich habe den Heinz gekannt“, unterbrach ich ihn erneut. „Er fühlte sich schon als ganz junger Mann als Außenseiter.“ Obwohl mir bewusst war, dass ich Alberts Erklärungen für Heinzis grauenhafte Tat übernahm, fuhr ich fort: „Seinen Mangel an Mut verbarg er hinter Prahlerei. Er war ein ängstlicher Aufschneider, könnte man sagen. Vielleicht bedeutet es für diejenigen, die als Kinder große Angst haben, eine Art Befreiung, wenn sie als Erwachsene gewalttätig werden? Eine Gesellschaft, in der sich immer mehr Menschen überflüssig oder unerwünscht vorkommen, muss damit rechnen, dass sich die Frustration dieser eingeschüchterten Individuen eines Tages in Aggression verwandelt. Das Gefühl, nicht geliebt zu werden, führt bei solchen Menschen zu einer totalen Verhärtung, zu einer Verrohung."

„Einsamkeit und zu wenig Liebe sind Eltern der Gewalt, da stimme ich dir zu. Aber warum hat er die Leiche zerstückelt? Die Verstümmelung, das Zerteilen der Leiche, das ist abartig, krank, pervers ..."

„Oder um Zeit zu gewinnen? Albert und ich haben, genauso wie die Polizei, zuerst angenommen, dass es sich um Heinzis Leiche handelt. Und genau das wollte er bezwecken."

„Warum ist er nicht abgehauen, sondern hat sich im Schloss versteckt?"

„Weil ihm klar geworden ist, dass er nirgendwo akzeptiert werden würde, nirgendwohin konnte. In seiner Verzweiflung hat er sich zu dem einzigen Menschen geflüchtet, dem er vertrauen konnte. Von Albert fühlte er sich zumindest ein bisschen gemocht. Das ist doch ganz logisch."

„Nicht für mich." Jan schüttelte den Kopf. „Ich habe noch eine andere Erklärung, die dich eher überzeugen wird. Heinz hielt den Roither-Bauern für seinen leiblichen Vater. Der alte Fischer-Heinz hat die um vieles jüngere Gerlinde geheiratet, als sie hochschwanger war. Gerlinde hatte damals aber ein Verhältnis mit dem Roither-Bauern ..."

„Ja, dieses Gerücht habe ich auch gehört", warf Walpurga ein. Plötzlich war sie wieder ganz munter. „Der Heinzi und der Roither-Bauer sind beide fast glatzköpfig. Außerdem hatte der Heinz auch bereits weißes Haar, während der Fischer-Hans bis ins hohe Alter eine dichte braune Mähne hatte."

Walpurga, und nicht nur sie, sondern auch Mario und Dr. Braunsperger, wirkten seit der Festnahme vom Fischer-Heinz erleichtert. Albert war nach wie vor nicht ansprechbar.

Walpurga stand auf und sagte: „Ich werde eine zweite Kanne Tee aufbrühen."

Während ihrer Abwesenheit verebbte die Diskussion. Heinz wäre nicht der erste Vatermörder, dachte ich und hing ebenso meinen eigenen Gedanken nach wie Jan und die anderen.

Mario meldete sich nun zu Wort: „Ich versteh nicht, wie er den Kopf des Roither-Bauern im Bootshaus lassen konnte. Und warum hat er das Bootshaus nicht gereinigt, die Spuren seiner schrecklichen Tat nicht entfernt? Ich kapier das alles nicht. Es macht keinen Sinn."

„Völlig absurd, du hast recht, mein Sohn", warf mein Vater unnötigerweise ein. Wenn schon, dann „Enkel", hätte ich ihn am liebsten korrigiert, aber ich hielt meinen Mund, da Albert leise sagte: „Ich bin schuld. Ich habe ihn gestört, als ich meinen üblichen Morgenspaziergang gemacht habe. Als er mich kommen sah, hat er das Bootshaus Hals über Kopf verlassen, ist rasch nach Hause gegangen und hat ein paar Stunden geschlafen. Am nächsten Tag ist er in der Früh zurückgekommen, um den Kopf vom Roither-Bauern, der ihm ins Wasser gefallen war, zu suchen. Er wollte alle Blutspuren beseitigen. Dazu hatte er keine Zeit mehr, weil ich erneut aufgekreuzt bin ..."

„Zu Gustav sagte er, dass er den Kopf einfach vergessen hätte", warf Jan ein. „Diese Aussage spricht dafür, dass er unter Drogen stand."

Albert verfiel wieder in lethargisches Schweigen.

Als Walpurga mit dem Tee und einer Platte mit Wurst- und Käsebroten in den Salon zurückkehrte, sagte sie beinahe fröhlich: „So, und jetzt wird gegessen. Keiner von euch hat heute anständig gefrühstückt."

Der einzige, der herzhaft zugriff, war mein Vater. Jan ignorierte ihre Worte ebenso wie wir anderen, sah Albert an und sagte: „Ich hoffe, Ihnen ist bewusst, dass die oberösterreichische Kriminalpolizei Sie für den Mörder von Philip Mankur hält."

Albert, der regungslos in seinem Fauteuil gesessen war, erhob sich und sagte leise: „Dazu habe ich nichts zu sagen."

Serner legte ihm eine Hand auf die Schulter und zwang ihn, sitzen zu bleiben. Dann teilte er uns in fast feierlichem Ton mit, dass er Franzi für unschuldig hielt. „Und ich bezweifle auch, dass Sie Ihren Stiefvater umgebracht haben, Herr Welschenbach. Primitive Gewalt ist nicht Ihr Stil, denke ich. Aber Sie werden verstehen, dass Ihre Aussage die Polizei misstrauisch machen musste. Wer verschläft schon seelenruhig mehrere lautstarke Auseinandersetzungen in seinem Haus. Selbst die dicken Mauern dieses Schlosses schlucken keine lauten Schreie. Durch die Luftschächte hört man in den oberen Stockwerken fast jedes Wort, das im Salon gesprochen wird. Ich habe das selbst überprüft", sagte er mit einem kleinen Augenzwinkern in meine Richtung.

„Die einzigen von Ihnen, die ein Alibi für die Tatzeit haben, sind Sie, Frau Mankur, und Sie, Herr Doktor Braunsperger", fuhr er fort. „Sie, Mario, haben uns leider auch angeschwindelt. Ihr Koch hat gestanden, dass Sie ihn um dieses falsche Alibi gebeten haben. Und Ihre Mutter hat zugegeben, dass sie Ihren Streit mit Herrn Mankur mit angehört hat."

Albert fuhr zusammen, als Mario sich lautstark und fluchend gegen diesen Verdacht wehrte. „Scheiß-Schnüffler!", schrie er. „Ich Trottel habe dir vertraut. Ja, ich habe Philip gehasst und ich habe mit ihm an jenem Abend auch gestritten. Aber ich habe ihn nicht aufgespießt. Ich weiß, dass er mein Vater war. Glaubt einer von euch tatsächlich, dass ich fähig bin, meinen eigenen Vater umzubringen?"

Vatermord? – Das hatten wir heute schon mal, dachte ich.

Albert schien plötzlich unter Schüttelfrost zu leiden. Er zitterte am ganzen Körper. Mit gebrochener Stimme sagte er: „Ich war es. Ich habe Philip umgebracht."

Er lügt, und er lügt schlecht, dachte ich.

„Du spinnst, weder Mario noch Albert haben Philip auf dem Gewissen“, schrie ich Jan an. „Du bist unfähig. Vielleicht solltest du wirklich bald in Pension gehen? Merkst du denn nicht, dass sie alle lügen? Lügen, nichts als Lügen!“

Dann besann ich mich meiner Profession, senkte meine Stimme und sagte ganz sanft: „Habe ich nicht recht, liebe Walpurga?“ Ich lächelte sie freundlich an, sah ihr lange in die Augen und fragte sie: „Willst du uns nicht endlich die Wahrheit sagen?“

Sie erwiderte meinen Blick. Die Stille im Raum war fast unerträglich. Keiner wagte sich zu rühren, keiner ergriff das Wort.

„Joe hat recht“, murmelte Walpurga und senkte den Blick. „Ich allein bin für Philips Tod verantwortlich.“

Sie machte eine bedeutungsvolle Pause und begann dann, uns detailliert den Tathergang zu schildern.

Dr. Braunsperger fiel ihr anfangs mehrmals ins Wort, befahl ihr zu schweigen. Sie hörte aber weder auf ihn noch auf Victor, der ihr ebenfalls empfahl, die Aussage zu verweigern.

„Halt endlich den Mund, Papa“, herrschte ich ihn an.

Walpurga übernahm die Notwehr-Version, die sie für ihre Tochter Franzi entworfen hatte: „Wir stritten wieder einmal ums Geld. Er war nicht bereit, die fünfzehntausend Euro für die Renovierung der Bar rauszurücken, bestand jedoch darauf, dass ich den Vertrag mit diesen Amerikanern unterschreibe. Irgendwann ging er auf mich los. Er war stockbetrunken. Ich griff nach dem Schürhaken, hielt ihn schützend vor mich. Die Zacken bohrten sich wie von selbst in seinen Unterleib, als er sich auf mich stürzte. Er hat sich selber aufgespießt. Heinrich hat bestätigt, dass ich nicht wirklich zugestochen habe. Die Wunde war viel zu wenig tief. Daran wäre er sicher nicht gestorben.“

„Höchstens impotent geworden“, warf ich ein.

Sie blickte mich irritiert an, sprach aber weiter: „Er taumelte und ich versuchte, den Schürhaken aus seinem Bauch zu ziehen, versetzte ihm dabei unabsichtlich einen weiteren Stoß. Sein Körper kippte nach hinten. Sein Kopf prallte gegen den Kaminsims. Er schrie, als er stürzte und ganz langsam zu Boden rutschte. Und ich verließ fluchtartig den Raum, rannte am Gang Heinrich in die Arme. Als wir uns in die Küche zurückzogen, sahen wir Franzi in den Salon eilen."

Walpurga schilderte die Tat ganz nüchtern, ohne eine Träne, streckte nur dramatisch ihre Arme aus und hielt sie Serner hin, so als würde sie nach Handschellen verlangen.

„Es war eindeutig Notwehr", krächzte Victor. „Hab keine Angst, mein Schatz, Jan wird das verstehen."

Diese Beteuerung meines Herrn Papa schien nicht viel zu nützen. Jan starrte die Baronin abfällig an und sagte: „Sie wollten Ihre Tochter opfern. Warum?" Am liebsten hätte ich ihn in diesem Moment umarmt. „Ihre Tochter ist jahrelang missbraucht worden, und Sie haben es gewusst."

Walpurga zuckte nicht einmal mit einer Wimper, starrte ihn unverfroren an und sagte: „Ich habe es vermutet. Auch deswegen habe ich dieses Schwein umgebracht."

„Oh nein", sagte Jan. „Sie haben den Falschen erwischt."

Nicht nur ich schaute ihn verblüfft an. Mein Vater zündete sich einen Zigarillo an.

„Als Joe anlässlich unseres gemeinsamen Besuches bei Ihrer Tochter kurz auf der Toilette war, habe ich Franzi noch einmal ins Gebet genommen. Sie hat mir erzählt, dass sie von ihrem Bruder Albert seit ihrem zwölften Lebensjahr, also seit dem Beginn ihrer Menstruation, sexuell genötigt worden ist. Und sie hat mir versichert, dass sie bis zu ihrem sechzehnten Lebensjahr mit keinem anderen Mann als mit ihrem Bruder Geschlechtsverkehr gehabt hat. Sie alle wissen ganz genau, was das bedeutet."

Ein eisiger Schauer erfasste mich. Ich wollte ihm nicht glauben. Bluffte er nur? Ein Blick auf Albert und Walpurga, und mir wurde schmerzhaft klar, dass Jan die Wahrheit sagte.

Albert war sieben Jahre älter als Franzi. Er war damals bereits ein erwachsener Mann gewesen. Es war also sein pickeliger Hintern, der mich fast dreißig Jahre lang in meinen Träumen verfolgt hatte. Geschwisterliebe? Was für eine Scheiße! Er hatte sie missbraucht. Eigentlich stand er auf meine Mutter, aber bei der hatte sich dieser Komplexler nicht getraut. Also hatte dieses Schwein seine kleine Schwester vernascht. Und Franzi hatte ihn fast bis zum Schluss nicht verraten. Verrat war nie ihre Sache gewesen. Sie hatte uns alle im Glauben gelassen, dass Philip sie vergewaltigt hatte. Nur Jan hatte sie sich anvertraut. Warum wohl?

Erst als Franzi von Albert schwanger wurde, die Hotelfachschule in Bad Ischl abbrach und nach Linz ging, hat sie sich ihrem Bruder verweigert. Der arme Albert war geschockt, musste in die Psychiatrie, hatte damals seinen sogenannten Nervenzusammenbruch. Oh mein Gott, wie hatte ich nur so blöd sein können? Der Zusammenhang zwischen Alberts Psychiatrieaufenthalt und Franzis Schwangerschaft lag doch auf der Hand.

Ich verfluchte meine Naivität. Natürlich musste es der böse Stiefvater gewesen sein, wer denn sonst? Ich sollte besser meinen Beruf aufgeben. So viel Blindheit darf sich eine Therapeutin einfach nicht erlauben.

Während ich weiter mit meiner Dummheit haderte und wüste Mordgelüste gegenüber dem kreidebleichen Albert hegte, entging mir beinahe eine wichtige Szene.

Walpurga hatte sich auf ein Sofa gelegt und wand sich in einem Weinkrampf. „Er hat es nicht getan ...“, schluchzte sie.

Victor und Dr. Braunsperger stürzten zu ihr, übertrafen sich in ihren Bemühungen, sie zu beruhigen.

„Na, wunderbar! Sie hat zugesehen, wie ihr Mann ihre Tochter misshandelte, ihr Sohn sie missbrauchte, und hätte ihre Tochter auch noch eiskalt für einen Mord, den sie selbst begangen hat, büßen lassen. Und ihr habt Mitleid mit dieser Frau?", herrschte ich die beiden an. Es war eine rein rhetorische Frage. Mein Ton ließ keine Antwort zu.

Alle starrten mich entgeistert an.

Jan Serner entkam ein böses Lächeln, als er sagte: „Ich rufe Gustav an."

Ich nickte, ging zu Victor, der vor dem Sofa, auf dem Walpurga lag, kniete, und zerrte ihn von der Baronin weg. „Sie hat deine Tochter zum Sündenbock gemacht. Was willst du noch von dieser Frau?", schrie ich ihn an.

Victor schien einem Schlaganfall nahe. Ich umarmte ihn, zog ihn hoch und drückte ihn in einen Fauteuil.

„Ich bringe ihn um", schrie Mario plötzlich.

Gesunde Reaktion, dachte ich und wusste im Moment nicht, welchen der Männer ich im Auge behalten sollte, denn inzwischen war auch mein Vater aufgesprungen und brüllte: „Dieser Kinderschänder gehört in eine geschlossene Anstalt."

„Schafft mir dieses Schwein aus den Augen, sonst garantiere ich für nichts", schrie Mario weiter.

Während sich Dr. Braunsperger nach wie vor liebevoll um Walpurga kümmerte, brachte Jan den vor Angst schlotternden Albert aus dem Zimmer.

„Ich wusste nicht, dass Albert ... bestimmt hat sie ihn verführt", stammelte Walpurga halblaut.

„Halt den Mund", fuhr Mario sie an.

Als Jan in den Salon zurückkam und mich um Hilfe bat, erklärte ich mich bereit, Albert zu bewegen, das Schloss noch am selben Tag zu verlassen und sich irgendwo in der Umgebung ein Zimmer zu nehmen. Mir war bei diesem Gedanken nicht ganz wohl. Obwohl ich ihn jetzt mindestens so sehr hasste wie Mario, fürchtete ich, dass er sich etwas antun könnte.

Als ich sein Zimmer betrat, war er bereits am Packen.

„Ich bin nicht mehr da", flüsterte er.

„Wo willst du hin?“

„Vorerst mal in ein Kloster. Dann werde ich weitersehen.“

Ich hatte kein Mitleid mit meinem Jugendschwarm.

„Glaub mir, ich habe Franzi geliebt, genauso wie deine Mutter. Sie waren die einzigen beiden Lieben meines Lebens. Es gab keine anderen Frauen.“

Schlimm für dich, mein Freund, dachte ich.

„Hast du geahnt, dass deine Mutter Philip umgebracht hat?“

„Nein. Ich habe, wie immer, alles verschlafen. Und jetzt möchte ich nur mehr schlafen. Geh bitte, Joe.“

Er konnte mir nicht in die Augen sehen, reichte mir nicht einmal die Hand zum Abschied. Ich hätte sie auch nicht genommen.

„Die Polizei wird dich wegen Heinz noch einmal vernehmen wollen. Womöglich wirst du sogar ein Strafverfahren angehängt bekommen. Du hast ihn tagelang vor der Polizei versteckt. Bleib lieber in der Nähe.“

„Du kannst Gustav sagen, wo er mich findet.“

„Warte zumindest, bis er kommt, sonst wirst du womöglich wegen Fluchtversuch belangt.“

Er reagierte nicht auf meine Worte, packte ein paar CDs in seine Reisetasche, kehrte mir dabei den Rücken zu.

„Du musst eine Therapie machen, Albert“, sagte ich freundlicher als beabsichtigt und ließ ihn allein.

In der Zwischenzeit war im Salon ein heftiger Streit zwischen meinem Vater und Dr. Braunsperger entbrannt. Sie stritten lautstark darüber, wer für Walpurga den besten Strafverteidiger engagieren durfte. Victor, wieder voll in seinem Element, pochte auf seine Vaterschaft, was Franzi betraf.

„Ihr solltet beide vielleicht erst mal einen Vaterschaftstest machen“, warf ich boshaft ein.

Dr. Braunsperger gab nicht so rasch klein bei und betonte, dass er jahrelang Walpurgas einziger Vertrauter gewesen wäre. Die zwei alten Männer kämpften auch um Mario. Dr. Braunsperger bot ihm an, bei ihm zu wohnen. Victor wollte seinen Enkel sofort nach Wien mitnehmen.

„Und meine Mutter soll ich mit diesem Irren in diesem Gruselkabinett hier allein lassen? Ihr seid mindestens so verrückt wie Albert. Lauter Irre! Am besten wir ziehen alle in die Psychiatrie nach Linz!", schrie Mario.

Während Victor, Dr. Braunsperger und Mario aufeinander einschrien, schlich sich Walpurga zur Tür hinaus.

„Und sie hat es doch gewusst", sagte ich leise zu Jan.